L'INCIDENTE

NATALIE BARELLI

Traduzione di
PAOLA DE CARLI

Questo libro è opera di fantasia. Nomi, personaggi, luoghi e avvenimenti sono frutto dell'immaginazione dell'autore o utilizzati in modo fittizio. Qualsiasi somiglianza con fatti, luoghi o persone reali, vive o defunte, è puramente casuale.

Titolo originale: The Accident
Copyright © 2018 Natalie Barelli
Tutti i diritti riservati.

Traduzione: **Paola De Carli**

Editing a cura di: **Paola De Carli, Laura De Carli e Francesca Noto**

Revisione a cura di: **Paola De Carli e Francesca Noto**

ISBN: 978-0-6487312-2-1, 978-0-6487312-3-8
Furphies Press, NSW Australia
Immagine di copertina a cura di coverquill.com

CAPITOLO 1

Avevo un insegnante di matematica al liceo, il signor Cunningham, che all'inizio di ogni lezione sceglieva uno studente a caso e faceva una domanda complicata sulla lezione precedente. Se la risposta era errata, toglieva un punto al voto finale. Se era corretta, non aggiungeva niente. Si poteva avvertire il terrore nella stanza mentre sedevamo tutti in silenzio, a testa bassa, cercando di farci più piccoli possibile, con gli occhi alzati quanto bastava per seguire quel dito puntato, pregando che si posasse su qualcun altro.

Per me non era così. Me ne stavo lì seduta, immobile, sperando segretamente che mi scegliesse, perché conoscevo sempre la risposta. Ma conoscevo anche l'importanza di uniformarmi, e se ciò voleva dire sembrare pietrificata, pazienza.

«Potreste pensare che le probabilità siano a vostro favore», dichiarò solennemente una volta. «Dato che siete trenta, ognuno di voi si è messo in testa che esista solo una possibilità su trenta che lo scelga. Ebbene, chiunque lo pensi si sbaglia. Le probabilità sono cinquanta e cinquanta: o lo scelgo, o non lo scelgo. Pensateci».

Sapevo già abbastanza sul calcolo delle probabilità da capire che non era proprio così. Neanche lontanamente. Ma ero anche stupita dalla sfacciataggine della menzogna, e forse proprio perché era così convincente, non ho mai dimenticato quel discorso. Pensate, ad esempio, a quando prendete l'auto. So che le probabilità di morire al volante sono una su ventimila, più o meno, ma ancora penso al signor Cunningham.

Non è così che funziona, Katherine. Se prendi l'auto, forse morirai, forse no. O è il tuo turno, o non lo è.

E proprio in questo momento, quando sento un dolore al petto come se venissi colpita da un proiettile, il mio collo viene sbalzato in avanti dalla forza dell'impatto, tanto che non riesco a riprendere fiato, e qualcuno – forse io? – urla, il primo pensiero che mi viene in testa è: *Merda. È il mio turno.*

Ma subito dopo mi rendo conto che non è andata così male. Siamo andate a sbattere contro qualcosa, sì, e non so ancora in cosa. So che l'urto è stato così forte da farmi molto male al collo, ma niente di drammatico. L'auto si è fermata, ma il motore è ancora acceso e i fari diffondono il loro bagliore sotto la pioggia. Strizzo gli occhi, cercando di capire cosa ci sia là fuori.

«Che cazzo è stato?». È successo qualcosa alla mia voce. È rauca. Provo a deglutire, ma ho la bocca secca e la mia gola sembra carta vetrata. La radio sta ancora diffondendo a tutto volume quell'allegra melodia country su cui stavamo cantando solo pochi secondi prima, e mi allungo per spegnerla. Ora tutto ciò che riesco a sentire, oltre al mio respiro irregolare, è il cigolio dei tergicristalli. Sono seduta immobile, con entrambe le mani che afferrano il volante, le nocche bianche, come se mi stessi preparando per un altro impatto, e poi di colpo mi metto a ridere.

Rido perché l'intera serata è stata così strana. Rido

perché non so perché rido. Probabilmente perché sono sbronza. Sono fatta. Sono ubriaca. E rido soprattutto perché, indovina un po', signor Cunningham, non è il mio turno.

«Gesù. Che diavolo!».

Poi sento Eva accanto a me. All'inizio, non mi rendo conto che è lei, perché sta facendo un verso così strano che penso ci sia qualcosa di rotto nell'auto. Mi giro verso di lei e il mio stomaco si rivolta.

«Oh, Dio. Oh, mio Dio. Eva». È curva, piange sommessamente, con il petto che forza contro la cintura di sicurezza e la fronte premuta sul cruscotto. Il suo respiro è rumoroso, rantolante.

Adesso non rido più.

«Eva, che succede? Stai bene? No, certo che non stai bene».

Sto tremando così tanto, faccio fatica a trovare il pulsante di apertura della cintura di sicurezza e, anche quando le mie dita afferrano la fibbia, ci vuole un po' prima che si apra.

«Oh, Cristo. Eva, parlami».

Mi sporgo sopra di lei, le metto una mano sulla spalla, mi chino in modo da poterla guardare in faccia.

«Credo di star bene», sussurra, con gli occhi chiusi, la voce ancora rauca. «Ho bisogno di un minuto... riprendo fiato... mi puoi sganciare?».

«Sì, sì, aspetta». Riesco a sganciarle la cintura di sicurezza e lei fa un respiro più profondo.

«Sto bene», conferma infine, portandosi una mano sulla fronte. Le massaggio la schiena.

«Non so cosa sia successo», dico, sia a me stessa che a lei. «Siamo andate a sbattere contro qualcosa? Oh, merda, guardati: non stai bene, vero? Chiamo un'ambulanza».

I miei occhi cercano frenetici il cellulare, ma non ho idea

di dove sia. Mi fa male la testa. Mi fa male anche il petto. Ci sarà campo, qui? Siamo in mezzo al nulla... No. Siamo solo sulla Parkway. Siamo circondate dal mondo civile, che è poco più in là. Riesco a vedere le luci nelle finestre degli edifici più alti, al di sopra degli alberi. Noi stiamo bene. Ce la caveremo.

Ora Eva è tornata a sedere al suo posto, ma è pallida in viso. «Non ho bisogno di un'ambulanza, sto bene. Sono un po' senza fiato, tutto qui. Mi serve solo un minuto». Tossisce, e io le massaggio di nuovo la schiena.

«Non so cosa sia successo», ripeto, «ma dobbiamo aver sbattuto contro qualcosa, forse un albero caduto. Vado a dare un'occhiata».

Apro lo sportello ed esco fuori. Devo camminare con attenzione, perché sento che la strada è scivolosa e non indosso le scarpe adatte. Poi all'improvviso vedo qualcosa davanti a me, proprio di fronte alla macchina. Qualcosa di grande e scuro. All'inizio, penso che sia una specie di animale selvatico, un cinghiale, forse? Sono davvero fatta, ma malgrado ciò, so che non ci sono cinghiali così vicini al centro di Boston.

O invece sì?

Mi accovaccio per dare un'occhiata più da vicino, ed è allora che capisco. Mi alzo di scatto, ma ho le vertigini e la nausea, e devo voltarmi verso il ciglio della strada e vomitare, mentre il mondo mi gira tutto intorno. Voglio parlare, ma non riesco a muovere bene la bocca.

Mi asciugo le labbra con la manica. «Eva?». La mia voce sembra soffocata, come se non potesse uscire perché il mio petto è troppo stretto.

«Eva?». Questa volta grido il suo nome, ma lei è già qui, in piedi davanti alla macchina, con una mano sulla bocca, a fissare quella sagoma. Devo appoggiare la mano sul cofano per riprendere l'equilibrio.

Due settimane fa pensavo di essere stressata. Pensavo di avere una vita dura per il fatto che mi destreggio tra un lavoro molto impegnativo, che comunque amo, e una figlia adolescente che forse ha intrapreso troppe attività extrascolastiche. I suoi voti ne risentono, ma lei è felice: è brava a hockey e ne è appassionata, vuole fare teatro, e si è iscritta al club di scacchi. Devo lasciare che faccia queste scelte in piena autonomia? O dovrei imporle restrizioni fino a quando non si rimetterà in pari coi voti? Questo era ciò su cui rimuginavo prima di addormentarmi.

Due settimane fa, stavo organizzando la cena per la festa di compleanno di Abigail al ristorante *Barolo*, perché a lei piace quel posto e hanno tavoli grandi e lunghi, quindi è facile riunire la mezza dozzina di compagni di scuola che invita lei e i tre adulti invitati da me. Okay, forse *organizzare* è una parola grossa, in questo caso. Ho fatto alcune telefonate. *Venite questo sabato*, ho detto. *Ci divertiremo.*

Quando al telefono l'ho detto a Hilary, ci ha pensato per un attimo in silenzio, poi ha esclamato, con la voce carica di significato, al punto che riuscivo a immaginare le sue sopracciglia corrugate, nonostante non potessi vederla: «Davvero? Organizzi la festa di compleanno di Abigail in un *ristorante?*».

Ho chiuso gli occhi e non ho risposto. L'avevo appena chiamata proprio per dire che, alla fine... sì, avrei fatto il compleanno di Abi al ristorante.

Lei ha continuato: «Beh, è una tua decisione, suppongo. Io non riesco a immaginare di fare lo stesso per il sedicesimo compleanno di Paige. È una tappa fondamentale, per una ragazza. Henry e io di sicuro vogliamo organizzare la festa di Paige a casa nostra».

Beh, certo che lo volete, avrei voluto dire io. Guarda la tua casa, per l'amor del cielo. È splendida! Proprio come te, Hilary. Sei spettacolare, non hai una ruga, i tuoi capelli sono sempre perfetti, ti vesti sempre elegante, sei sempre così impeccabilmente agghindata, e non hai bisogno di lavorare perché il tuo perfetto maritino guadagna un trilione di dollari al minuto, quindi puoi prenderti cura dei tuoi adorabili figli, e certo che organizzerai la festa di compleanno perfetta per Paige. Ma io e Abi la faremo al *Barolo*, quindi eccoti servita. *Se ci sei ci sei sennò non sentiremo la tua mancanza*, come spesso dice Abi.

Non so perché Hilary continui a infastidirmi così. Non è che lei non mi piaccia, perché mi piace. So che, sotto quella perfetta corazza alla Martha Stewart, c'è un essere umano che lotta per uscire. E a volte Hilary riesce a essere dolce e divertente. Di solito quando pensa che nessuno l'ascolti. Vorrei solo che si astenesse dal prendermi in giro ogni volta che le si presenta l'occasione. Cosa che, garantito, succede spesso.

Ma, con tutto ciò, ho continuato a sentirmi in colpa, così ho chiamato Sasha. «Pensi mai di essere la peggiore delle madri? No, certo che no. Tu sei una madre fantastica. Forse dovrei chiederti di adottare Abi. Io sono proprio la peggiore. Sono pessima, come madre».

«Non capisco perché ti autoflagelli», ha risposto lei. «I ragazzini adorano mangiare fuori. So che per le mie figlie è così, quindi scommetto che anche per Abi è lo stesso. Dai, Kat, è molto meglio che proporre la tua solita torta di carote». Quando l'ha detto, ho riso, anche se ero così stanca che avrei potuto piangere.

Sasha mi manca così tanto. È allegra, generosa e le voglio un mondo di bene. Quando parlo con lei, non posso fare a meno di rimpiangere di aver lasciato Los Angeles. Ci ho vissuto per quasi metà della mia vita, fino a poco più di due anni fa. È un sacco di tempo. Qui non ho amiche come Sasha, non ancora, almeno. E non credo che Hilary sia una di quelle.

Così, due settimane fa, insieme a Hilary, sua figlia Paige e gli altri invitati di Abi, ho visto mia figlia spegnere le sedici candeline. Abbiamo cantato, riso, e mi sono meravigliata di quanto alla fine la serata fosse riuscita perfetta.

Due settimane fa, non sapevo nemmeno che Eva esistesse.

Era domenica mattina presto, e dal silenzio della casa avrei detto che Abigail dormisse ancora. Mi sono alzata e, con un piede, ho tirato via le pantofole da sotto il letto e me le sono infilate. Ho tolto la vestaglia dall'appendiabiti sul retro della porta e, mentre la indossavo, avevo i brividi. Si gelava, in quella mattina d'inverno. Come sempre, avevo dimenticato di programmare il timer del termostato.

Era il giorno dopo il compleanno di Abigail e volevo che lei trascorresse una bella giornata. I compleanni, a casa nostra, durano un'intera settimana e avevo promesso ad Abi di portarle la colazione a letto. Ho acceso il riscaldamento, che ha preso subito il via con un rumore metallico. Ho preparato delle uova, strapazzate e non troppo asciutte, proprio come piacciono a lei, e ho messo un paio di fette di pane nel tostapane.

Poi, Abi è apparsa sulla soglia della cucina, strofinandosi gli occhi ancora assonnati. È alta, con gambe belle e slanciate, come una ballerina, e, quando si è seduta al tavolo della cucina, mi è sembrato quasi che si piegasse su se stessa. Si trova in un'età in cui ogni cinque minuti non le stanno più i vestiti.

«Stavo per portartela a letto».

«Grazie, mamma, ma ora sono sveglia. Preferisco fare colazione con te».

È stato carino, abbiamo fatto colazione insieme, solo noi due. Ha detto che si era divertita molto, la sera prima, e aveva apprezzato i regali. Sua zia Sue le aveva regalato cento dollari, e lei voleva andare al centro commerciale con i suoi amici a comprarsi una giacca di pelle. Le ho detto che cento dollari forse non sarebbero bastati, ma se avesse trovato qualcosa che le piaceva, saremmo potute andare ad acquistarla insieme e io ci avrei messo il resto.

«Sei la mamma migliore del mondo». Mi ha buttato le braccia al collo e ha appoggiato per un attimo la testa contro la mia. Ho sentito l'odore di mia figlia. Profumava di limone e sapone. Sono molto felice di come sta crescendo. Sta diventando più serena, più a suo agio con le persone e col mondo. Di recente, ha iniziato a parlare di voler andare al college. Ha detto che suo padre l'avrebbe aiutata a pagarlo. Il padre di lei vive in Sud America con la sua famiglia. In base alla mia esperienza, non riuscirei a fidarmi di lui nemmeno tra cent'anni.

«Puoi studiare dove vuoi, tesoro, ma hai solo sedici anni, hai un sacco di tempo per pensarci».

Che è un modo per dire: *Ti prego, non andartene così presto.*

Dopo quell'episodio, non è accaduto granché di nuovo. Era una domenica come tante altre, del tutto normale e uggiosa. Abigail era uscita con le sue amiche. Io avevo tirato fuori dei libri di cucina che non aprivo da mesi, ma Hilary era ancora nei miei pensieri. *Non credo sia un problema,* aveva detto a bocca stretta quando era arrivata la torta a forma di castello, mentre tutti i ragazzi si davano alla pazza gioia, e Paige aveva strillato a gran voce: «Posso fare anch'io il compleanno qui, mamma?». Ma erano mesi che non preparavo una cena decente. Ho pensato che quella poteva essere la volta buona.

Sto correndo troppo? Perché non siamo ancora arrivati alla telefonata, la chiamata che cambierà tutto, anche se non nell'immediato. Quindi sì, mi prenderò del tempo. Non voglio avere fretta di descrivere il ricordo di quel giorno, perché, fino al momento in cui Abigail è al centro commerciale, io tolgo il cappotto dall'attaccapanni in corridoio, scrivo la lista della spesa per la settimana, la faccio scivolare in tasca, ed esco nella giornata grigia, tutto va bene.

Va più che bene. Va alla perfezione, e neanche lo so.

CAPITOLO 3

Stavo camminando per la strada con la mia lista della spesa, pensando alla nuova divisa da hockey di Abi. Dove sarei dovuta andare a comprarla? L'avevo dimenticato. Avrei dovuto chiedere di nuovo all'allenatore. Poi ho pensato alla casa abbandonata di mia madre e a ciò che avrei dovuto fare con le cose che c'erano dentro. Penso molto alla casa di mia madre, piena zeppa di cianfrusaglie accumulate nel corso di decenni. Mi sono detta che, per risolvere questo problema, avrei avuto bisogno di un po' d'aiuto, ma non sapevo proprio a chi chiedere. Forse Mark avrebbe saputo cosa fare.

Mark. Ho pensato di chiamarlo e chiederglielo al volo. *Aiutami a decidere cosa fare con tutta questa roba*, gli avrei detto, e lui, ridendo, avrebbe replicato: *Non ne hai mai abbastanza di me, vero?* E io avrei risposto: *Ci hai preso in pieno*. E poi lui avrebbe concluso: *Sarò lì tra mezz'ora*.

Siamo ancora in quella fase della relazione in cui, anche se ci vediamo quasi ogni giorno, quando non ci vediamo mi manca da morire. Ogni volta che sono con lui, mi sento come una scolaretta che ha una cotta, anche se non mi è stato concesso di essere una comune adolescente, quando era il mio momento. Forse è per questo, perché sto ancora giocando a recuperare la mia adolescenza. E comunque, stare insieme al lavoro non conta. Non posso prenderlo, baciarlo e strappargli i vestiti quando siamo in ufficio.

Avevo proprio voglia di chiamarlo. Gli avrei chiesto della casa, poi ci saremmo incontrati lì, come facevamo spesso, e avremmo potuto parlare del progetto SunCell. Molte cose dipendono da quello. È ancora il chiodo fisso di entrambi.

Ha iniziato a piovere e mi sono messa in testa il cappuccio della giacca. Avevo in mano il telefono, pronta a chiamare Mark, quando ha suonato. Mi sono fermata bruscamente quando ho letto il nome sullo schermo. Chiamavano dalla Atwood House, la casa di riposo dove risiede mia madre. E di domenica: non avevano mai chiamato la domenica.

«Katherine, sono Fiona di Atwood House...».

Fiona è scozzese e ha un piacevolissimo accento. La classica cadenza che ti rallegra solo ad ascoltarla, come una melodia. Ma quel giorno, c'era una certa tensione nella sua voce.

«Fiona, va tutto bene? È successo qualcosa?»

Mi sono fermata al centro del marciapiede e un ragazzino in equilibrio su uno skateboard per poco non mi ha sbattuto contro le gambe.

«Nancy sta bene, non ti preoccupare», si è affrettata a dire Fiona. Il ragazzo ha raccolto il suo skate e suo padre mi ha lanciato un'occhiataccia, come se fossi io quella che aveva sbattuto contro il figlio. Se non fossi stata al telefono, forse gli avrei detto qualcosa, tipo: "Ma svegliati!".

Invece, mi sono allontanata e mi sono fermata nei pressi della casa alle mie spalle. «Cosa è successo?»

«Non è niente di grave, ma c'è stato un episodio spiacevole proprio ora».

«Un episodio spiacevole?». Era un eufemismo per sottintendere qualcos'altro? Se l'era fatta addosso? Non mi avrebbero chiamata per quello. Le succede di continuo. «Le è capitato qualcosa?». Sentivo lo stomaco in fermento, mentre lo dicevo.

Ha esitato solo per un attimo. «Stava soffocando durante il pranzo, ma...».

«È soffocata?», ho gridato. «Mio Dio! Con che cosa? Sta bene?»

Ho visto un taxi arrivare su per la strada e ho alzato un braccio per fermarlo. Fiona mi ha di nuovo assicurato che mia madre stava bene. C'era una persona con lei, proprio al momento giusto.

«Ha fatto prendere paura a tutti, ma ora sta benissimo».

«Vengo subito», ho detto, con il telefono incastrato nell'incavo del collo mentre armeggiavo per aprire lo sportello posteriore del taxi e scivolavo sul sedile.

«Non c'è bisogno...».

«Lo so, stavo per venire comunque. Voglio solo vederla. Sarò lì tra poco».

«Certo. A tra poco, Katherine». L'ho sentita sbuffare, poco prima di chiudere la chiamata, ma non mi importava se pensava che la mia reazione fosse esagerata. Ho trascorso così poco tempo con mia madre, negli ultimi sedici anni; la sua malattia l'ha costretta a dimenticarmi, ma io non sono pronta a dimenticarmi di lei. Non ancora.

Man mano che la sua mente veniva lentamente svuotata dalla demenza, restare in contatto con mia madre diventava sempre più difficile. A un certo punto, aveva smesso di chiamare. Poi le sue lettere avevano cominciato pian piano a diradarsi fino a cessare del tutto, e lei, intanto, si dimenticava di me, un ricordo alla volta.

Mi mancava così tanto; spesso scrivevo a mio padre, cercando disperatamente notizie, ma non mi rispondeva mai. Quando lo chiamavo, riattaccava. Questo è il tipo di rapporto che avevamo. O non avevamo, a seconda di come la si vuol vedere.

Ma ora lui non c'è più, e siamo rimaste io e Abi. Siamo venute via da Los Angeles perché io potessi prendermi cura di mia madre al meglio delle mie capacità, anche se sembra che non faccia mai abbastanza, nonostante l'impegno che ci metto.

Sono entrata nella sua camera e mi sono sentita sollevata quando l'ho vista comodamente seduta nella sua grande poltrona. Aveva gli occhi chiusi. Chinandomi, mi sono accostata a lei. «Tutto bene, mamma?», le ho sussurrato.

C'era un'altra persona, nella stanza. Una donna, seduta dall'altra parte, che le teneva la mano. Si è alzata per salutarmi. «Ciao, tu devi essere Katherine. Io sono Eva». Ci siamo strette la mano e ho borbottato qualcosa, poi l'ho osservata mentre sistemava la coperta sulle gambe di mia madre e parlava per tutto il tempo con la sua bella voce rassicurante. Ho provato una piccola fitta di gelosia, perché ho visto mia madre aprire gli occhi e sorridere, e ho pensato che apprezzasse più lei di me. Se non avessi saputo che era impossibile, avrei dato per scontato che quella persona fosse una sua parente. Non indossava un'uniforme e non aveva quel modo di fare frettoloso che ha spesso il personale. Ma non poteva essere così, perché sarebbe stato troppo strano che non la conoscessi. Ho deciso di prendere il posto che mi spettava di diritto accanto a lei e di far sloggiare l'usurpatrice. Ho avvicinato l'altra sedia fino ad accostarla a quella di mia madre e ho preso la sua mano nella mia. Si è voltata verso di me con le sopracciglia alzate.

«Sì. Ciao». Si è portata una mano ai capelli. Come se volesse assicurarsi di avere un aspetto decente per questa visitatrice, questa sconosciuta... me. I suoi capelli grigi e ricci stavano diventando lunghi e mi chiedevo quando avrebbe dovuto tagliarli.

Ho sorriso. «Ciao, mamma». La sua pelle era secca e grinzosa. Stavo cercando la sua crema idratante lì vicino, quando ho sentito una voce dietro di me.

«Katherine?».

Mi sono voltata. Alla porta c'era Fiona, che mi invitava a uscire con un cenno del capo. L'ho seguita, lasciando quella sconosciuta a occuparsi di mia madre.

«Chi è quella?», ho chiesto, accennando col pollice dietro le mie spalle. Fiona camminava svelta e dovevo correre per starle dietro.

«Eva è una delle nostre volontarie. È lei che ha aiutato tua madre, ha visto quello che è successo».

Ah. Mi sono immediatamente sentita in colpa per non essere stata più amichevole. O addirittura più grata. Nel frattempo, siamo arrivate alla scrivania delle infermiere e ho abbassato la voce. «Quindi cosa diavolo è successo?». Non avevo intenzione di far sembrare la domanda così brusca, e Fiona si è infastidita, ma si è ripresa in fretta. «Vieni nel mio ufficio, ti spiegherò. Vuoi del tè o del caffè?»

«No, grazie», ho borbottato. Avevo le mani sudate e le ho asciugate contro i fianchi. Mi succede quando sono stressata, e io ero stressata.

Fiona ha intrecciato le dita sul piano della scrivania. «Abbiamo servito il pranzo alle 12:30. Cotoletta di pollo, fagiolini, purè di patate e broccoli. Barbara, che è di servizio la domenica, ha fatto tutto in modo corretto. Ha raddrizzato la sedia reclinabile di Nancy in modo da farla sentire più a suo agio e le ha avvicinato il vassoio. Nancy stava guardando la TV».

C'era una piccola ciotola con delle mentine, nell'angolo della scrivania di Fiona. L'ha presa e me ne ha offerta una. Ho scosso la testa.

«E poi cos'è successo?»

«Eva, la donna che hai incontrato proprio ora, passava davanti alla stanza di tua madre mentre stava soffocando. L'ha vista, ha chiesto aiuto, ha premuto il pulsante di emergenza e l'ha immediatamente assistita».

«Assistita in che modo?»

«Le ha dato una pacca sulla schiena, tua madre ha tossito e il boccone è uscito. Nel frattempo, le infermiere sono arrivate nella stanza e hanno confermato che non c'erano più blocchi nelle vie respiratorie».

Blocchi? Vie respiratorie? Gesù! «Dev'essere stata terrorizzata. Mia madre è stata lì lì per morire? Soffocata?»

«Mi dispiace moltissimo, Katherine. È stato un incidente. Monitoriamo costantemente i nostri ospiti in modo da...».

«Non le fate a pezzetti il cibo? Sapete che dovete tagliarle il cibo, vero? Lei dimentica di masticare».

Fiona diede un'occhiata alla porta dell'ufficio, senza dubbio sperando che fosse chiusa.

«Certo, tagliamo noi il cibo a Nancy, lo facciamo sempre. Sempre. È stato un incidente, Katherine, ed è stato prontamente evitato».

«Mi dispiace. Non intendevo...».

Mi sono sentita cadere le braccia. Era stato un incidente, non il risultato di una negligenza. Lo sapevo. L'assistenza, in quella struttura, non è seconda a quella di nessun altro posto. E così dev'essere, visto che costa una fortuna.

Mi sono morsa un'unghia. «E adesso sta bene?»

«Le abbiamo subito fatto un controllo completo. Sta benissimo. Ha avuto solo un po' di paura. Ne abbiamo avuta tutti».

«Vado di nuovo da lei», ho detto, spingendo indietro la sedia. «E devo ringraziare Eva».

Fiona si è alzata in piedi. Poggiando la punta delle dita sulla scrivania, ha detto: «Mi dispiace davvero, per tutto questo. Ma ti assicuro, Nancy sta bene».

«Lo so. Grazie».

Mi ha tenuto la porta aperta per lasciarmi uscire. «Eva ti piacerà. Nancy le vuole molto bene. Tutti noi gliene vogliamo. È molto benvoluta dagli ospiti. Siamo davvero fortunati, ad averla qui».

Ho sorriso e sono tornata nella stanza di mia madre. Eva era ancora lì, a leggerle una rivista. Quando mi ha visto, si è interrotta e mi ha rivolto un dolce sorriso. Mi sono sentita un po' in imbarazzo; avrei dovuto parlare prima con lei.

Ho baciato la fredda guancia di mia madre.

«Sì, ciao», ha detto e ha girato di nuovo lo sguardo verso Eva.

«Ciao, mamma». Le ho preso la mano. «Sono contenta che tu stia bene. Ora io vado a casa, tu tra poco andrai a letto». Mi sono rivolta a Eva. «Posso parlarti un minuto?»

«Certo». Ha posato la rivista. «Tanto devo andare a casa», ha aggiunto. «Esco con te».

Ha salutato mia madre con fare adorabile e affettuoso. Mentre uscivamo insieme, mi sono profusa in abbondanti ringraziamenti come meglio potevo. Lei ha minimizzato con un gesto della mano. «Mi è capitato per caso di essere lì. Eravamo in tanti, non c'ero solo io».

«Ma Fiona dice che tu sei stata la prima ad accorgerti che qualcosa non andava».

«Sono stata la prima, ma solo per pochi secondi». Si è fermata e mi ha rivolto un'occhiata diretta. «È al sicuro, Katherine, davvero. Sono felice di essere stata utile, ma poteva esserci qualsiasi altro membro del personale. Tua madre è al sicuro».

Io ho la lacrima facile. Anche alla mia età, non riesco a controllarmi. Sono sopraggiunte le lacrime, non richieste e inaspettate. Mi pungevano gli occhi mentre cercavo di trattenerle. «Grazie, è proprio ciò che volevo sentire».

Lei mi ha stretto il braccio e ha detto che doveva firmare e prendere le sue cose in infermeria. L'ho guardata appoggiarsi al bancone e chiacchierare con le infermiere. L'ho guardata con attenzione per la prima volta. Era molto carina, ma non appariscente da intimidire. Sembrava in forma e vivace, con luminosi occhi azzurri, capelli biondi e lucenti, pelle rosea e un viso gentile e aperto. Aveva la faccia di una persona che fa buone azioni per il prossimo. La faccia di una volontaria.

È tornata. «Tutto fatto», ha annunciato. Con un rapido gesto, senza stringere troppo, si è legata i capelli sulla nuca prima di abbottonarsi il bavero della giacca.

«Io tornerò a casa in taxi», ho ribattuto. «Posso lasciarti da qualche parte?»

Si è morsa il labbro inferiore come una bambina, ci ha pensato, poi ha sorriso. Un sorriso brillante, a trentadue denti, un sorriso da stella del cinema. Ricordo di aver pensato che avrebbe potuto vendere dentifricio a un formichiere, con quel sorriso.

«Sai, Katherine, l'idea di un passaggio mi tenta molto, ma sto morendo di fame. Tu hai pranzato?».

Ho scosso la testa.

«C'è un ottimo ristorante italiano a un isolato da qui. Vuoi unirti a me?».

La proposta è stata così inaspettata che non sapevo cosa dire. Ho pensato in fretta a tutte le cose che avrei dovuto fare quel pomeriggio. Ho pensato a Mark. Ho dato un'occhiata all'orologio alla parete. Era solo l'una. Potevo sempre chiamarlo più tardi, dopo pranzo. Avevamo ancora un sacco di tempo per vederci.

«Se hai da fare, non ti preoccupare», ha detto Eva.

«No, no. Mi piacerebbe pranzare con te. Ma offro io».

CAPITOLO 4

Ho chiamato Abi mentre aspettavamo l'ascensore, mi sono assicurata che stesse trascorrendo una bella giornata, e così era. Si trovava con Paige, al centro commerciale, con cento dollari in tasca. Non poteva stare meglio.

L'ascensore è arrivato con un *ding*, e io ed Eva abbiamo tirato fuori i nostri pass insieme. Dato che tutti gli ospiti hanno vari gradi di demenza, la sicurezza è fondamentale. L'ascensore non si muove finché il pass non viene scansionato dal sensore. Per quanto bello sia questo posto, infatti, i residenti cercano sempre di sgattaiolare via e uscire. Vorrei capire perché, ma se chiedi loro dove stanno andando, si limitano a guardarti con aria assente. Non lo sanno. Vogliono semplicemente andare da qualche parte. Eppure, questo posto è così bello, il cibo è eccellente, c'è un cinema, c'è un teatro, in primavera fanno concerti sul prato, il personale è adorabile e tutto è a misura degli ospiti.

A volte, penso che sarebbe bello avere la demenza.

Dall'esterno, il ristorante non era niente di speciale. Aveva una facciata di mattoni con insegne al neon rosa brillante su ogni vetrata, con la scritta: *Tavola Calda* (vetrata 1), *da Mario* (vetrata 2). Ma, una volta dentro, ci si sentiva subito riscaldati dagli odori, dalla musica, dall'arredamento allegro, anche un po' kitsch, con le tovaglie a scacchi bianche e rosse e le candele che grondavano cera sulle bottiglie del Chianti. Mi è piaciuto.

All'improvviso, avevo fame. Eva ha ordinato una porzione di linguine con salsa di vongole e io ho deciso per le scaloppine di vitello. Abbiamo ordinato anche una bottiglia di Sangiovese perché "quando si è a Roma si fa come i romani" e, come mi ha fatto notare Eva, nessuna di noi avrebbe dovuto guidare.

«Trovo che la vita sia molto più semplice senza una macchina, vero?», ha commentato.

«Oh, io ce l'ho una macchina. Non potrei farne a meno, ma oggi mi è capitato di prendere un taxi al volo».

Poi mi è tornato in mente che Eva ha salvato la vita a mia madre, quindi le ho preso la mano, l'ho ringraziata ancora una volta e le ho detto che naturalmente le avrei offerto io il pranzo, e anche ogni pranzo e ogni cena per il resto della sua vita, perché non avrei mai potuto ripagarla, e lei ha continuato per tutto il tempo a minimizzare. «Ormai è andata», ha soggiunto, poi si è messa a ridere e a chiedersi come mai quel Sangiovese non arrivasse, perché, Cristo, aveva bisogno di qualcosa da bere.

È riuscita a far materializzare il cameriere, perché è apparso subito col vino. Abbiamo aspettato in silenzio mentre lo versava; entrambe gli stavamo sorridendo, anche se lui non guardava me, ma solo Eva. Non mi importava. Io avevo Mark, non stavo cercando l'amore e, senza offesa, certamente non un cameriere di un ristorante italiano. Ho anche sentito che gli orari che fanno i camerieri non vanno troppo bene per chi ha famiglia. Poi lui ha detto qualcosa in italiano che non ho capito e credo che non abbia capito neanche Eva, ma gli abbiamo sorriso e l'abbiamo ringraziato lo stesso, dopodiché se n'è andato.

«Alla tua», ho esclamato, alzando il bicchiere.

«E alla tua». Abbiamo fatto un brindisi e il vino era buono. Ho iniziato a rilassarmi.

«Allora, raccontami di te», ho esordito. «Come sei arrivata alla Atwood House? Non sembri la classica volontaria di una residenza per anziani».

Si è coperta le labbra col tovagliolo mentre deglutiva, lasciando un debole segno di rossetto a forma di cuore.

«Mia nonna era una paziente di quel posto, fino a poco tempo fa. È morta. E io ho continuato a venire lo stesso. È assurdo? A volte penso di sì, ma non sono ancora pronta a smettere». Ha alzato le spalle.

«Oh, mi dispiace tanto. Mi sento un'idiota».

Ha agitato una mano per aria. «Non dire così. Non lo sapevi».

«Mi sembra di capire che voi due eravate molto legate». Stavo pensando a mia madre. Avrei continuato ad andare alla Atwood House dopo la sua morte? Avrei assistito un'altra donna anziana nel suo letto? Oddio, no! Assolutamente no.

«Eravamo legate. Era il mio mondo». Sospirò. «E tu? Qual è la tua storia?».

La mia storia. Mi è piaciuta, questa. Ogni persona ha una storia. Ogni persona è una storia. Le ho raccontato alcuni episodi su me, su Abi, sulla vita a Los Angeles, sull'università. Mi sono fermata quando il nostro simpatico cameriere è arrivato con le portate.

«Cos'hai studiato all'università?», ha chiesto Eva, prima di soffiare sulla sua pasta fumante, come una bambina.

«Matematica. Ho una laurea in statistica. Teoria delle

probabilità. Avevo anche iniziato col dottorato, ma la vita si è messa in mezzo».

«Wow! Katherine! Complimenti! Ti ammiro!».

«Mi ammireresti di più se l'avessi terminato, ma un giorno ci riuscirò, o almeno lo spero».

«Comunque, tu sei meglio di me. Non saprei far quadrare i conti neanche se ne andasse della mia vita».

Ho scosso la testa. Forse ho addirittura sbattuto la mano sul tavolo, ma non ne sono sicura. «Perché tutti odiano la matematica? La matematica è meravigliosa. È magica! Un giorno...», ho raccolto le posate, puntando vagamente il coltello nella sua direzione, «...vorrei che mi capitasse davanti la persona che ha dato alla matematica una reputazione così cattiva. E quando l'avrò trovata, passerò il resto della mia esistenza a infamarla. Perché, se avessi un dollaro per ogni volta che ho sentito la frase "La matematica? Non fa per me. Non saprei nemmeno far quadrare i conti", sarei più ricca di Bill Gates».

Poi ho tagliato un pezzo di carne.

«Okay, vedo che ne sei proprio appassionata», ha commentato lei, con un'espressione divertita.

«Lo sono. Capiscimi, chi è che va in giro a dire: "Non sarei capace di mettere insieme una frase neanche se ne andasse della mia vita?". Oppure: "Non riuscirei a sillabare una sola parola neppure per salvarmi la vita?"». Mi sono fermata solo perché dovevo finire di masticare, e ho fatto fatica lo stesso.

«Almeno, questo motivo di orgoglio non dipende dal sesso», ho ripreso. «Anche certi uomini pensano che non essere capaci di sommare due numeri sia carino e affascinante. A proposito, Eva, spero che tu non ti sia offesa».

«Non mi sono offesa, Katherine. E cosa fai nella vita?»

«Lavoro per un'impresa di investimenti. È una piccola impresa di *venture capital*. Si chiama Rue Capital».

«Impresa di *venture capital*? Che vuol dire?»

«Capitale di rischio. Aiuto le imprese emergenti a trovare investitori. Ci occupiamo principalmente di startup tecnologiche. Se riteniamo che l'impresa abbia un potenziale, la sponsorizziamo e organizziamo un round di finanziamento. Gli investitori ne traggono profitto, o almeno si spera, l'impresa va bene, e tutti sono contenti. C'è richiesta dei nostri servizi, perché tutti vogliono "scoprire" la prossima Uber o Airbnb, ed entrare nell'affare fin dall'inizio».

«Ti piace?»

«Sì, lo adoro».

Le ho detto quanto sono stata fortunata a trovare questo lavoro, considerando che volevano una persona con esperienza. Avevo passato così tanti anni a cercare di tirar su mia figlia, e allo stesso tempo guadagnarmi da vivere e studiare. Nel bar dove lavoravo, scherzando dicevano che probabilmente ero la cameriera più qualificata di tutta la California. Immagino lo dicessero perché ero in grado di fare il conto e dare il resto giusto senza usare la calcolatrice. Poi ho trovato un lavoro nel marketing, che era meglio pagato e aveva orari migliori, ma, poco dopo, mio padre è morto e siamo tornate da queste parti. Abi si è trasferita in un'altra scuola. Io ero piuttosto disperata e avrei accettato qualunque lavoro. Mark, in seguito, mi ha detto che mi aveva scelto perché ero uno "scarto di Stanford". Pensava che avrebbe fatto una buona figura sul curriculum.

Non certo la parola "scarto", ricordo di aver detto.

Soprattutto la parola "scarto". Fa molto Silicon Valley, aveva risposto lui. *Agli investitori piacerà da morire.*

«Comunque», ho detto a Eva, «io a quanto pare ho un talento per scegliere le idee vincenti. Sembro essere capace di identificare imprese emergenti che si avviano molto bene, e in tempi molto rapidi. O forse sono solo fortunata. A ogni modo, ho la stoffa dell'imprenditrice. Vedo un'opportunità commerciale e l'agguanto a piene mani. Alla fine, tutti sono contenti. Siamo anche stati menzionati su *Forbes* lo scorso mese. *Venti imprese emergenti di venture capital da tenere d'occhio*».

«Wow, è fantastico, Katherine. Che numero era la tua?»

«Venti», ho riso. «A ogni modo, scusami per aver divagato così tanto. Deve essere il vino. Ti prego, parlami di te».

«Non scusarti, mi interessa davvero molto», ha risposto lei. Almeno, non ho specificato cosa dicesse l'articolo di me. Mi avevano definita *l'arma segreta di Rue Capital*.

«Tocca a te, Eva. Dai. Dimmi tutto».

Ha alzato le spalle, si è zittita e ha raccolto la cera sciolta che si era raffreddata alla base della bottiglia.

«Niente di così entusiasmante come quello che mi hai appena raccontato tu», ha dichiarato alla fine. «Ho ventisei anni, mi incammino verso i trenta, e questo mi spaventa...».

«Non devi», le ho detto. «Avere trent'anni è fantastico. E comunque, non hai ancora trent'anni, ne hai ventisei».

«Wow, sei davvero un genio della matematica».

Ho riso. «Sei sposata?».

Ha scosso la testa. «Io e il mio ragazzo ci siamo spostati un po' qua e là. Siamo stati a New York negli ultimi tre anni, poi siamo tornati qui, perché lui ha ricevuto un'offerta di lavoro che non poteva lasciarsi scappare. Un mese dopo, al lavoro, ha incontrato una persona, si è accorto di amarla più di me, e mi ha scaricato!». Ha fatto una faccia come per dire, *e ora eccomi qui!*

«Oh, Eva, mi dispiace così tanto! Deve essere stato terribile».

«Puoi dirlo forte. Come se non bastasse, non sono

ancora riuscita a trovare un impiego serio, solo lavoretti qua e là. Il mercato del lavoro non è eccezionale, in questo momento, è anche per questo che mi offro come volontaria alla Atwood. Penso proprio che mi deprimerei troppo, se non mi tenessi occupata».

Ha bevuto un sorso del suo vino; pareva che tutta la vivacità e la luce fossero scomparse dai suoi occhi.

«Aspetta». Ho messo giù le posate e mi sono sporta in avanti.

«Cosa?»

«C'è un posto vacante dove lavoro io, e...».

«Dove lavori? Oh, Katherine, che diamine farei io lì? Non so nulla di... come si chiama, capitale di...?»

«In realtà è un posto di assistente esecutivo, sei capace di usare il computer?».

Ha alzato le spalle. «Certo, so usarlo...».

«E sei capace di rispondere al telefono, giusto? Quindi, ecco qua! Sei qualificata». Riuscivo a sentire il cuore battere per l'eccitazione. Forse era il vino, o il cibo delizioso, oppure il fatto che Eva aveva salvato mia madre dal soffocamento solo poche ore prima, ma sapevo che la cosa che desideravo di più al mondo era renderla felice. Stavo per trovarle un lavoro. Gliene avrei inventato uno, se avessi potuto.

Lei si è illuminata tutta in viso. Mi ha preso la mano e l'ha stretta nella sua. «Faresti questo per me?»

«Stai scherzando? Sì! Ovvio!».

«E pensi che mi prenderebbero in considerazione? Oh, mio Dio! Io sono una gran lavoratrice, Katherine, te lo garantisco. Sarò felice di fare qualsiasi cosa che possa essere utile, sai. Come preparare un caffè, spazzare il pavimento, pulire le finestre...».

«Sei assunta!». Ho riso. «Parlerò con Mark, è lui il capo.

Sono sicura che sarà entusiasta di averti con noi. Ed è davvero un tipo in gamba, vedrai».

Poi ho aggiunto, in tono più serio: «In realtà, si tratta di un posto nel mio ufficio, lavoreresti con me».

«Oh, Katherine, stai scherzando? Sarebbe davvero fantastico. Sono sincera, questa è la notizia migliore che ho avuto in tutta la giornata. Che dico, in tutta la settimana! In tutto l'anno!».

Per un attimo, ho temuto di aver parlato troppo. E se Mark non avesse voluto Eva per quel posto? No, certo che l'avrebbe voluta. Perché non avrebbe dovuto? Era qualificata come qualunque altra persona.

Ci siamo scambiate i numeri di telefono e ho promesso di chiamarla entro un paio di giorni per darle notizie. Sembrava di nuovo felice, e io ero piena di orgoglio per aver fatto in modo che le tornasse la luce negli occhi. E quando ce ne siamo andate, il cameriere le ha rivolto il suo sorriso più bello e radioso. Scommetto che avrebbe gradito anche il suo numero di telefono.

CAPITOLO 5

Il nostro ufficio è molto elegante e molto moderno. Occupa due interi piani di un edificio storico. Ha anche vinto un premio di architettura. Ogni stanza ha pareti di vetro, quindi è possibile vedere praticamente tutti, da qualsiasi posto. Al centro abbiamo quella che noi chiamiamo reception, che in realtà è una combinazione di centralino, tavolo per le conferenze e persino una cucina aperta all'estremità della stanza con tutti gli optional che ci si potrebbe aspettare in un'impresa moderna come la nostra, e un ampio mobile bar per la colazione lungo la parete di mattoni. Poi c'è un altro spazio al piano superiore a cui si accede per mezzo di una scala in acciaio. Lì è dove facciamo le presentazioni e dove stanno i tecnici informatici. Ne abbiamo addirittura due.

Siamo una piccola azienda. Abbiamo due ricercatori, un esperto legale, c'è Mark, ovviamente, e la sua assistente Caroline, a cui sospetto di non piacere molto, il che è un peccato, dato che gestisce la maggior parte del lavoro di amministrazione, e, come direbbe chiunque lavori in un ufficio, tutti vorrebbero piacere al personale amministrativo.

Poi abbiamo Amy alla reception e, infine, una squadretta di due persone che si occupano del marketing.

Prima che io iniziassi a lavorare qui, l'azienda non era messa molto bene. Dovrei dirlo forte? Certo che dovrei. Non è un segreto. Io ho un talento per scegliere le idee vincenti. Sono in grado di fare la ricerca, tener d'occhio i numeri ed estrarre il candidato giusto tra un centinaio, sapendo che i tempi sono maturi e che il mercato è pronto, e posso quasi prevedere quanto guadagneranno i nostri investitori e per quanto tempo. In poco meno di due anni, la Rue Capital è passata da essere in crisi a essere la ventesima impresa *venture capital* da tenere d'occhio, e in gran parte è stato merito mio.

Qualche settimana fa, mi sono rivolta a Mark brandendo l'articolo di *Forbes*, su cui avevo evidenziato in giallo fluorescente le parole *Katherine Nichols, l'arma segreta di Rue Capital*.

«Voglio entrare a far parte dell'azienda», ho esclamato.

Lui ha lasciato cadere gli occhiali sulla scrivania e ha sorriso.

«Va bene, sentiamo la tua proposta».

Quindi gliel'ho detto: *voglio liquidare Sonya*. Ricordo che ha fatto una smorfia, quando ho pronunciato quel nome. Sonya è la ex moglie di Mark. O meglio, presto sarà la sua ex moglie. Sembra molto più squallido di quanto non sia in realtà, ma loro non sono più una coppia, non esattamente, mentre noi, Mark e io, lo siamo. E voglio comprare a Sonya la sua parte dell'azienda, anche se non ho abbastanza soldi per farlo. Ma io sono un'arma segreta. Deve pur contare qualcosa.

Abbiamo un cliente molto promettente, una nuova società che produce batterie a energia solare. Non sembra una cosa particolarmente innovativa, tranne per il fatto che sono riusciti a immagazzinare l'energia in minuscole celle. Si può fornire energia elettrica a un'abitazione per una settimana con una cosetta delle dimensioni di un orologio. Volume piccolo, grande capacità. Prodotti come questi sono fantastici, perché sono facili da testare senza perdersi in troppi balzelli burocratici. C'è così tanto potenziale, che non riesco a concepire come non possano non portare un sacco di soldi a chi vi investe, e questo rende tutti contenti. Con la quota di quella transazione, in aggiunta ai soldi che gli ho già fatto guadagnare, Mark avrà abbastanza denaro da prestarmi per liquidare Sonya, e io gli rimborserò il prestito con la mia quota dei futuri round di finanziamento che andranno a buon fine. Continuerò comunque a prendermi il mio stipendio, proprio come fa lui.

Ecco perché la SunCell è così importante per me. Richiede un grosso finanziamento. Grosso? Come minimo cento milioni, forse di più. Ma si tratta del mio futuro. Se ce la faccio, io e Abi saremo a posto finanziariamente. Forse non per tutta la vita, ma per un bel po'. Per più di un bel po'. Penso davvero che questa invenzione sconvolgerà il mondo.

L'ufficio di Mark è di fronte al mio, dall'altro lato della zona centrale. Lo condivide con Caroline, la sua assistente esecutiva. Non vedevo l'ora di parlargli di Eva. Ho attirato l'attenzione di Mark dalle pareti di vetro. Lui mi ha fatto l'occhiolino e un piccolo cenno con la testa, che, devo ammettere, adoro proprio.

Mi sono precipitata nel suo ufficio. «Hai un minuto?».

Era in piedi e stava mettendo il portatile in borsa. Ha sorriso. «Mi piacerebbe chiacchierare, ma purtroppo devo scappare. È urgente?»

«No, possiamo parlare più tardi. Ciao, Caroline», ho aggiunto, in ritardo.

«Ciao», ha risposto seccamente lei, senza guardarmi.

Dopo che è uscito, Mark mi ha inviato un messaggio.

Scusa, piccola, sono dovuto scappare, possiamo vederci dopo? Nel pomeriggio alle 4? Solito posto?

Sono andata in fibrillazione solo a leggerlo. Ho risposto con un *Sì, grazie.* Anche se questo significava che avrei dovuto portarmi il lavoro a casa per finirlo più tardi.

Sono cresciuta all'angolo di Kirkland Place, non molto distante da dove vivo adesso. È la casa della mia infanzia ed è rimasta vuota dal funerale di mio padre. È la garanzia per il soggiorno di mia madre alla Atwood House. Potrei venderla e dare loro il denaro ricavato, ma ciò significherebbe svuotarla del contenuto e non saprei come fare. Non c'è solo la mobilia, c'è una vita intera di souvenir, soprammobili, documenti di mio padre, diari di mia madre e quarant'anni di storia. Negli anni Settanta, i miei genitori si sono dedicati all'arredamento con più entusiasmo che negli altri decenni. C'è anche una serie di anatre di ceramica di dimensioni crescenti appese alla parete del soggiorno. Mark ha detto scherzando che probabilmente ora hanno un valore. Era una battuta, ma molte cose, qui, hanno un valore, come la collezione di orologi antichi di mio padre, alcuni pezzi di mobilia di antiquariato, un piccolo schizzo di Giacometti, che è la bozza di un'opera più grande ma avrà sicuramente valore, una piccola, deliziosa scultura in bronzo di Gaudí, e così via. Sarebbe un'impresa titanica mettersi a passare in rassegna tutte queste cose. Ma, soprattutto, sono sempre cose di mia madre e non è giusto che me ne liberi.

Questa casa è diventata il nostro rifugio, il nostro luogo

di intimità. È qui che Mark e io ci incontriamo, dato che non voglio ancora andare a letto con lui in casa mia, per via di Abigail. Voglio aspettare che la nostra relazione sia ufficiale e consolidata, prima di parlare a mia figlia di Mark.

Giacevamo nella camera da letto dei miei genitori, coi capelli scompigliati e le gambe impigliate nelle lenzuola, io avevo la testa sul petto di Mark. Lui era sdraiato, con le mani incrociate dietro la testa, gli occhi chiusi e un'espressione seria sul viso. Ho inspirato il suo odore. Lui mi ha messo una mano dietro il collo. «Ti amo», ha detto. Mi sono sollevata su un gomito e ho premuto le labbra sulla sua bocca. Adoro la sua bocca, adoro la sua forma, adoro il suo sapore. Mi sono spostata indietro e ho strofinato le nocche contro il suo mento ispido. «Devi farti la barba», gli ho detto.

Si è accarezzato lentamente in quella zona. «La gente dice che mi fa sembrare un giovane George Clooney».

Ho riso. «La gente dice le cose più strambe, vero?».

Ha riso anche lui e mi ha dato un pugno sulla spalla con fare scherzoso.

«Hai fatto piani per rimodernare questo museo?», ha chiesto, incrociando di nuovo le mani dietro la testa.

«Buffo, avevo proprio intenzione di chiedere il tuo aiuto».

«Bene. Perché, francamente, è un po' inquietante».

Sono rimasta sorpresa da quelle parole. «Lo pensi davvero?»

«È come *Madame Tussauds*, ma senza le statue di cera».

«Oh, ah ah. Buona questa, Mark».

«O Jurassic Park senza i dinosauri».

«Smettila». Ma sapevo cosa intendeva. Tutto era polveroso e logoro. Datato. Come il comò nell'angolo, con sopra uno specchio rotondo per il trucco, che aveva decorazioni in vetro intagliate lungo il bordo. Il primo cassetto è ancora pieno dei prodotti di bellezza di mia madre, o meglio, di ciò che resta di essi. Barattoli pieni per metà di fondotinta incrostato, bustine polverose di pot-pourri che non emanano più alcun odore da molto tempo. Tubetti di rossetto essiccati. Fermagli per capelli e vecchi biglietti dell'autobus. Odora di lei, quel cassetto, nonostante la lieve nota di rancido. Ma questa incuria non è recente, e regna dappertutto, in questa casa. Cos'era accaduto? Quando aveva smesso di prestarvi attenzione?

Ho accarezzato il braccio di Mark con le dita. «Sai, riguardo a quel posto, l'assistente esecutivo che stiamo cercando», ho detto.

«Sì?»

«Ho qualcuno in mente».

«Davvero?»

«Sì, penso che sarebbe fantastica. E, in un certo senso, glielo devo». Appena quelle parole mi sono uscite di bocca, mi sono resa conto di aver detto una cosa sbagliata. A volte mi succede. Parlo prima di prendermi il tempo di pensare.

«Cosa le devi esattamente?», ha chiesto lui, come era prevedibile. «E, comunque, che razza di criterio è questo, per assumere qualcuno?»

«Mi sono espressa male. Non ti sto chiedendo di assumerla. Ti sto chiedendo di farle un colloquio, tutto qui».

«Chi è questa persona?»

«Una che ho incontrato di recente. Penso che andrebbe molto bene per quel lavoro, ma, come ho detto, solo un colloquio. Questo è tutto ciò che chiedo».

Ci ha pensato per un momento. «Posso farle un colloquio. È qualificata, vero?».

Mi sono illuminata. «Ha fatto la segretaria legale a New York».

«Mah, non so, Kat...».

«Io non avevo alcuna esperienza, quando mi hai assunto».

«Sì, ma tu sei diversa. Sei un'intelligentona pazzoide. Chiunque può vederlo».

Me l'ha detto un sacco di volte. *Sei un'intelligentona pazzoide, Kat. Paurosamente intelligente.*

Poi il suo cellulare ha squillato. Quella suoneria personalizzata mi ha provocato un tuffo al cuore, perché sapevo che era Sonya a chiamarlo, e che aveva bisogno di lui.

Mark ha messo le gambe fuori dal letto senza guardarmi. I nostri vestiti erano sparsi dappertutto sul pavimento e ha impiegato qualche secondo per trovare il telefono. L'ha tirato fuori dalla tasca dei jeans e la chiamata è terminata senza che lui riuscisse a rispondere. Io mi sono massaggiata la parte posteriore del collo con una mano.

«Devo andare», ha detto.

«Perché?», ho piagnucolato, protendendomi verso di lui. «Non sarà niente. Resta».

«Non fare così, Kat».

Non capivo cosa intendesse. Non fare cosa? Sapevo che Sonya non stava molto bene e Mark era un quasi-ex-marito premuroso, ma finora ero stata molto comprensiva, no?

Si è messo i pantaloni e ha agganciato la cintura. Poi si è chinato verso di me, baciandomi con dolcezza sulle labbra. «La tua amica... Mandamela. Anzi, di' a Caroline di prendersi un po' di tempo per farle il colloquio».

Ho messo il broncio. «Va bene», ho detto. Poi, di malavoglia, ho aggiunto: «Grazie».

«Nessun problema. Come si chiama?»

«Eva».

CAPITOLO 6

Eva è stata assunta, come era prevedibile. Mark all'inizio era un po' titubante, ma, come poi ha rimarcato, lei avrebbe lavorato soprattutto con me, quindi, se ero contenta io, sarebbe stato contento anche lui. Quando l'ho chiamata per dirglielo, mi ha strillato così forte nell'orecchio che ho dovuto allontanare prontamente il telefono.

La mattina del primo giorno di lavoro di Eva, io stavo parlando con Liam con una tazza di caffè in mano. Liam è il nostro tecnico informatico. Sviluppa per noi software, strumenti di analisi e cose di questo genere.

Alcune persone trovano difficile avere a che fare con Liam. Una volta mi ha detto che, fin da bambino, ha sempre avuto problemi con gli spazi altrui. Non riesce a capire a che distanza dovrebbe stare dalle persone. Ho il sospetto che sia più comune di quanto si pensi. Io, semmai, avevo il problema opposto. Tendevo sempre ad allungare la mano, a toccare, ad accostarmi agli altri, fino a quando questo vizio non mi è stato fatto passare. Liam ha detto che, per questo motivo, è sempre attento a lasciare molto spazio intorno alle persone e, di conseguenza, la gente pensa che lui sia scostante. Io gli avevo detto: «Liam, odio dirtelo, ma penso che sia per il tuo aspetto. Per cominciare, tagliati i capelli». È un ragazzo alto e magro con i capelli lisci e neri che gli cadono sempre sugli occhi. «Le persone vogliono guardarti negli occhi, lo sai?». E poi la sua pelle è un po' grigiastra, probabilmente perché non esce mai, se può evitarlo.

Mi stava mostrando qualcosa sul suo telefono, quando ho sentito la voce di Eva accanto a me. «Oh, wow. Kat, ciao! Questo posto è fantastico!».

«Eva! Ciao! Benvenuta!», ho esclamato. Mi ha dato un bacio sulla guancia e l'ho presentata a Liam, che ha borbottato un saluto e l'ha guardata di sottecchi per un attimo, prima che i capelli gli cadessero di nuovo sugli occhi.

L'ho condotta via per presentarla in giro. «Simpatico», ha detto. Ho sorriso con indulgenza. «Beh, non proprio», ha aggiunto, una volta certa che lui non sentisse.

«È un tipo a posto», ho detto.

«Lo spero proprio. Sembra il classico ragazzino che non si fa scrupolo a portare un fucile al liceo perché i suoi compagni di classe non gli permettono di giocare a *Fortnite*. O qualcosa del genere».

Sono rimasta così scioccata che mi sono fermata. Sono rimasta lì, immobile, a bocca aperta, senza parole. Eva si è accorta che non le ero accanto quando era già un metro avanti a me. «Stavo scherzando! Dai, andiamo a lavorare», ha detto, in tono allegro.

«Hai proprio un pessimo senso dell'umorismo, Eva», sono scattata. «Dovresti moderarti un po'. Non lo conosci nemmeno». Sono rimasta sorpresa di quanto forte fosse la mia reazione, e non pensavo fosse per il fatto che volevo difendere Liam, ma piuttosto perché temevo che lei si rivelasse una persona diversa da quella che pensavo.

«Katherine, mi dispiace. Sono davvero tesa», ha detto.

Sul suo viso è comparsa un'espressione di rammarico. «Sono un'idiota. Mi perdoni?».

Ho annuito. Mi rendo conto che a volte si ha bisogno di apparire più sicuri di quanto si è realmente e poi si finisce per sembrare perfetti idioti. Ho deciso di lasciar perdere.

«Lascia che ti presenti in giro», ho ripreso. Mi sono imposta di calmarmi mentre la portavo nel nostro ufficio. «Eccoci, questo è l'ufficio dove lavoreremo io e te. Tu starai qui», ho indicato una scrivania, «e io sono lì».

Lei ha dato un'occhiata intorno. «Molto carino».

Ho controllato l'orologio. «Ogni lunedì mattina abbiamo una riunione, dove tutti illustrano le nuove imprese a cui dovremmo prestare attenzione, e anche come vengono monitorate. Sta per iniziare, vieni con me. Incontrerai la squadra».

Erano già tutti seduti quando noi siamo entrate. Ho presentato Eva. Lei ha esternato con tono dolce quanto fosse lieta di essere lì e ha ringraziato tutti per averla fatta sentire così benvoluta.

«Ho portato un pensierino per ringraziarvi», ha annunciato, con l'indice rivolto verso l'alto. Si è voltata, si è avvicinata alla reception, e tutti l'abbiamo vista prendere una grande scatola bianca dal bancone e tornare verso di noi, con la gonna che le svolazzava a ogni passo. L'ha aperta e l'ha posata sul tavolo con un gesto plateale. Ho riconosciuto il nastro rosa e il logo della pasticceria *Flour Bakery* sull'adesivo.

Tutti si sono alzati per sbirciare all'interno. C'erano delle brioche, dei deliziosi piccoli muffin al cioccolato, degli involtini di cannella con glassa alla crema di formaggio, e quei dolcetti simili a focaccine a base di mele e noci, che sapevo che Mark adorava.

«Non dovevi!», ha esclamato Amy, mentre si fiondava sulla scatola. È seguito un turbinio di mani allungate e gomitate, mentre ognuno di noi sceglieva i suoi dolci preferiti. Ce n'erano più che a sufficienza, e, per qualche minuto, nella stanza non si è sentito che il rumore di gente che si leccava le dita e schioccava le labbra.

«Beh, è stato fantastico, grazie, Eva!», ha commentato Mark; tutti hanno concordato e hanno iniziato ad applaudire, Eva si è alzata e ha fatto un piccolo inchino. È stato divertente e carino, molti hanno sorriso e fatto cenni di approvazione, dopodiché ci siamo messi al lavoro. Mi sono sentita stranamente orgogliosa di lei. Ho dato un'occhiata a Mark per valutare la sua reazione. Mi stava guardando e sorrideva. Mi ha fatto l'occhiolino.

Avevo dato a tutti una copia della relazione strategica della SunCell, e ciascuno di loro ha sfogliato la propria con le dita appiccicose. Aaron, l'avvocato, ha fatto mille domande e mi ha fatto piacere avere una risposta per ciascuna. Non abbiamo parlato di altre imprese: ci eravamo soffermati molto a lungo sulla SunCell, e a Mark non piace che le riunioni durino troppo.

Abbiamo finito, poi io ho accompagnato di nuovo Eva nel nostro ufficio e l'ho fatta sistemare.

«Wow», ha detto. Ho notato che diceva molte volte "Wow". «È stato così interessante, Katherine. Non posso dire di averci capito molto, ma sei stata fantastica, là dentro!».

Ho riso. «Capirai tutto, vedrai. Non ci vorrà molto».

Poi Mark ha fatto capolino dalla porta e si è rivolto a Eva: «Di nuovo benvenuta, Eva. È un piacere averti a bordo. Ottimo lavoro, Katherine». Dopodiché, è tornato alla sua scrivania senza aspettare una risposta, e mi è venuto da pensare che avere Eva qui, nel mio ufficio, avrebbe cambiato le cose. Nessuno sapeva ancora di me e Mark, quindi, di solito, quando Mark entrava nel mio ufficio, sembrava perfettamente professionale a chiunque osservasse dall'esterno, ma poi lui mi bisbigliava sempre qualcosa di inappropriato. La conversazione andava suppergiù così: «Bel lavoro, Katherine», e, con voce bassa e ruvida, quasi come un ventriloquo, aggiungeva: «Ora, per favore, togliti la camicetta». Il che era divertente e mi faceva ridere ogni volta. Chiunque ci avesse osservato si sarebbe chiesto perché stessi ridendo, pensando che tutto ciò che lui aveva detto fosse: «Bel lavoro, Katherine». Un tipico giochetto di coppia.

Inutile dire che, quel giorno, Mark ha tralasciato l'ultima parte.

CAPITOLO 7

Il giorno seguente, mi sono meravigliata di trovare Eva già al lavoro. Non erano nemmeno le otto e mezzo, ma lei era già lì, e non solo, stava parlando con Liam nell'angolo in fondo alla zona reception. Stava sorseggiando una tazza con qualcosa di fumante, e Liam sembrava divertirsi nonostante avesse le mani in tasca, anche se, con lui, era difficile dirlo.

Eva mi ha visto, ha sorriso, ha detto qualcosa a Liam che ha annuito, e poi, con le sopracciglia alzate, ha indicato la sua tazza. *Caffè?*

Ho alzato il pollice, e cinque minuti dopo lei mi ha raggiunta nel mio ufficio con un espresso per me. Nessuna di noi ne ha fatto cenno, ma mi ha fatto piacere che Eva abbia fatto uno sforzo con Liam. Ha significato molto, per me.

Nei giorni successivi, tutti i miei dubbi, non che ne avessi molti, alla fine, sono svaniti. In realtà, Eva si è rivelata davvero fantastica. Imparava in fretta e si impegnava molto. Le domande che faceva erano tutte pertinenti, anche quelle che non riguardavano direttamente le sue mansioni. Voleva capire cosa facessimo qui, come ci fossimo arrivati, come funzionasse il tutto. Mi faceva sentire come una maestra con un discepolo zelante. In breve tempo, mi ha tolto un tale carico dalle spalle, che ho iniziato a uscire dall'ufficio a un'ora decente senza dovermi portare a casa il lavoro, e mi sono persino concessa qualche pausa caffè.

Io ed Eva stavamo consumando il pranzo alle nostre scrivanie, nei rispettivi contenitori da asporto. Stavamo discutendo delle strategie per completare il round di finanziamento del progetto SunCell quando Caroline è passata davanti al nostro ufficio e ha salutato Eva, che ha ricambiato il saluto.

«Conoscevi Caroline, prima di venire qui?», le ho chiesto.

«No, perché?».

«Niente di particolare. Semplice curiosità». In realtà, avrei voluto dirle: *Qual è il tuo segreto, perché lei è così gentile con te?* Del resto, si poteva dire che Eva facesse amicizia facilmente. Era quel tipo di persona.

«Stai con qualcuno?», ha chiesto, raccogliendo un'oliva dalla sua insalata greca.

I miei occhi si sono posati involontariamente sull'ufficio di Mark. Era al telefono, mi ha sorpreso a guardarlo e mi ha fatto l'occhiolino. Ho rivolto di nuovo l'attenzione su Eva, mentre sputava il nocciolo dell'oliva nella sua mano.

«Scusa, dicevi, sto con qualcuno? Sì, certo», ho risposto, con un po' di esitazione.

Lei ha piegato la testa verso di me. «Davvero?»

«Sì. Perché sei così sorpresa?»

«È solo che non l'hai mai detto... voglio dire, non hai mai parlato di nessuno, non mi sembra che tu riceva chiamate personali, per quanto ne so».

Mi sono presa una pausa per mangiare un pezzo del mio panino.

«È ancora presto», le ho detto, togliendomi una briciola dall'angolo delle labbra.

«Ah. Da quanto state insieme?»

«Sei mesi».

«Bello», ha commentato. «Credo che sei mesi siano il punto di svolta, giusto? Se riuscite a superare i sei mesi, probabilmente andrà tutto per il meglio».

«Lo spero proprio», ho ribattuto io. In un certo senso, volevo cambiare argomento; non sono abituata a parlare della mia vita sentimentale, meno che mai del fatto che non ne ho una. Ma poi mi sono ricordata che pure io le avevo posto domande simili, quando l'ho incontrata per la prima volta.

«Allora? Come si chiama?», ha chiesto.

Ho esitato, ma solo per un momento. «Mark». Di certo potevo fidarmi a dirlo. Ci sono un milione di Mark là fuori, non sarebbe saltata a nessuna conclusione. Ma non l'avevo mai detto ad alta voce, prima, e mi ha fatto un'impressione strana e piacevole.

«Vogliamo giocare al quiz a premi?», ha chiesto lei, ma non in modo sgarbato. Stava bevendo un sorso d'acqua, e mi guardava al di sopra del bordo del bicchiere, con le sopracciglia alzate, in attesa.

«Mi spiace. È solo che, considerando quello che mi hai detto l'altra volta su come è finita la tua relazione...».

Ha posato il bicchiere. «Cosa vuoi dire?»

«Beh... praticamente lui è sposato». Ho fatto una faccia simile all'emoji coi denti serrati.

Potrei dire che è rimasta scioccata.

«Non è quello che pensi», ho detto in fretta.

«Kat, prima di tutto, tu non sai cosa penso. Non ti sto

giudicando, ma quando la gente dice "non è quello che pensi", invariabilmente scopro che è proprio quello che penso».

Stava sorridendo, ma credo che in realtà fosse delusa. Come se, in qualche modo, l'avessi tradita. In quel momento, si stava identificando con Sonya, non con me. *Prendi nota. Smetti di spiattellare i fatti tuoi.*

«Hanno figli?»

«No!». L'ho detto troppo forte. Ho abbassato la voce. «Sono in procinto di separarsi».

«Davvero?». Si è messa in bocca un pomodorino. C'era una chiara ironia nel tono della sua voce.

«Sì, Eva. Davvero, è così».

«Quindi, vivono ancora insieme?».

Ho scosso la testa, non riuscendo a nascondere la mia frustrazione. Ora vorrei davvero non aver rivelato nulla. «È complicato», ho detto.

«Non è una risposta, Kat».

Ho girato la testa di scatto, ma il suo viso si era già addolcito.

«Non voglio metterti in difficoltà, e ovviamente non sono affari miei...».

«Hai ragionissima», ho detto, tentando di fare una battuta e sembrando invece un'idiota.

«...ma ascolta una che c'è passata. Non ci vogliono sei mesi per dire a tua moglie che la lasci per un'altra. Secondo la mia esperienza, ci vogliono tre minuti e dodici secondi. Se ti dice che lascerà sua moglie per te, e sei mesi dopo è ancora lì...».

«Non la lascia *per me*. Si stavano già separando, quando ci siamo conosciuti».

«Separando?»

«Sì, sarebbe successo comunque».

«Capisco». Mi ha dato una pacca sulla mano e si è asciugata la bocca con un tovagliolo di carta, poi l'ha accartocciato fino a farne una palla e l'ha lasciato cadere nel contenitore vuoto dell'insalata.

Non sapevo cosa dire. L'ho guardata alzarsi e raccogliere le cartacce e i resti del pranzo per gettarli nella spazzatura.

«Sei così intelligente, Kat, dovresti ascoltare te stessa. Quella storia che mi hai appena raccontato, la conosco già. È vecchia come il mondo, e finisce sempre in lacrime».

CAPITOLO 8

Non era esattamente una tresca, ma neppure una relazione ufficiale. Era cominciata all'inizio dell'estate. Eravamo andati insieme a un convegno a Denver. Ho l'impressione che questo genere di cose accada spesso, ai convegni. Tre giorni rinchiusi con colleghi e sconosciuti, ottimi alberghi, molto da bere e una carta di credito aziendale. C'è sempre una specie di rituale, in questi eventi, dove ipoteticamente si dovrebbe socializzare e creare un network. E poi ci sono le cene, i raduni nei bar, il tutto lontano da occhi indiscreti di mariti e mogli.

Immagino che per noi sia andata così: una bottiglia di vino condivisa a cena, poi, quando il ristorante ha chiuso, siamo saliti in camera sua perché volevamo continuare la conversazione. Chi ha fatto la prima mossa? Non lo so e non mi interessa. Tutto quello che so è che i nostri corpi si sono fusi così bene insieme e che io avevo fame di lui. Credo di esserne stata già innamorata, ed è stato meraviglioso.

Non ne vado fiera, ma neanche me ne vergogno. Sapevo che era sposato, quindi sì, la mattina dopo quella prima notte, mi sono sentita confusa, in colpa. Mi sono alzata e me ne sono andata subito dalla sua stanza. Lui non mi ha fermata, ma più tardi, nella macchina presa a noleggio che ci stava riportando a Boston, mi ha parlato del suo matrimonio.

Lui e Sonya si erano sposati giovani e avevano tentato di avere figli per molti anni. Dopo vari accertamenti, avevano scoperto che Sonya non era in grado di rimanere incinta. Avevano parlato di fecondazione in vitro, adozione, ma con poco entusiasmo da parte di entrambi. Avevano accettato l'idea di non avere bambini, e avevano deciso che sarebbero stati bene così.

Ma, perché c'è sempre un ma, man mano che il successo di Mark cresceva, e Sonya si lanciava nella sua attività di decoratrice d'interni, si allontanavano sempre di più. Avevano iniziato a parlare di separazione. Tutto procedeva in modo molto amichevole, finché l'anno scorso, Sonya non si è ammalata di sindrome da stanchezza cronica. Ora sta molto meglio, segue una terapia che sta funzionando, ma Mark non ha più affrontato l'argomento separazione, e nemmeno lei. Voleva aspettare che Sonya stesse di nuovo bene. Suppongo che la loro normale routine di coppia si fosse ristabilita, finché Mark non ha incontrato me, e, a quanto dice lui, questo ha fatto di nuovo cambiare tutto, e ora è giunto il momento di portare a termine quella separazione che avevano intrapreso.

Per come la vedo io, non c'è niente di sbagliato in questa storia. È la storia di due persone che tengono molto l'una all'altra. Hanno ancora il diritto di rifarsi una vita. Ma, dopo aver parlato con Eva quel giorno, per la prima volta da quando io e Mark ci frequentiamo, ho pensato che ora forse è giunto il momento di far uscire questa relazione fuori dal suo guscio ovattato e alla luce del sole.

. . .

Dopo il lavoro, sono andata a trovare mia madre. Ho chiesto a Eva se volesse venire con me alla Atwood House, ma ha detto di no.

«Sono esausta», si è giustificata. «Credo di non essere più abituata a lavorare a tempo pieno. Vado a casa e cercherò di riposarmi un po'. Se ci riesco, con tutto il casino che ho a casa».

«Cosa vuoi dire?»

«Beh, sai, ti ho detto che la mia relazione è finita di recente, no?»

«Lo ricordo».

Ha fatto una smorfia. «Ora scrocco l'ospitalità di alcune amiche, e passo da un divano all'altro. In questo momento, sono dalla mia amica Allegra. È una buona amica, ma comunque non può durare per sempre». Ha scosso la testa. «A volte mi sento proprio una perdente».

«Oh, Eva! Sul divano? Nel soggiorno? Ogni notte? Non esiste!».

«Lo so, dillo a me. Ma, ehi, non sarà ancora per molto! Lascia che te lo dica, Kat, questo lavoro è una manna dal cielo. *Tu* sei una manna dal cielo. Non hai idea di quanto ti sia grata».

Le ho risposto di non preoccuparsi, era il minimo che potessi fare, dopo quello che lei aveva fatto per mia madre e per me. Sono io ad esserti grata, ho ribadito.

Alla Atwood House era tutto tranquillo. Mia madre dormiva. Sembrava così serena. Mi sono seduta accanto a lei e mi sono limitata a tenerle la mano.

Dopo qualche minuto, ho tirato fuori il cellulare dalla borsa. C'è una foto di me e Mark fatta durante quel convegno a Denver. Io guardo verso il palco, con gli occhi socchiusi, concentrata. Mark guarda me, con un leggero sorriso sulle labbra. C'è un'aria di profonda dolcezza in lui, e, penso, di amore. Adoro quella foto, così tanto da tenerla sul telefono. A volte la guardo.

L'ho chiamato. Ha risposto subito.

«Ciao, Katherine», ha detto, un po' sbrigativo e un po' formale, e mi sono chiesta se Sonya fosse lì.

«Speravo di riuscire a parlare con te, sei occupato?»

«Sì, un po', che succede?»

E, in un attimo, la mia considerazione di Mark è cambiata. Avrei voluto non dare peso alle parole di Eva, spingerle mentalmente nel bidone dell'immondizia. Avrei voluto gettarle in un sacchetto per la spazzatura con su scritto *lei non capisce* e dire a me stessa che quello che Mark stava passando con Sonya non era affatto facile.

Invece ho sentito salire un'ondata di risentimento. «Riesci a liberarti? Dobbiamo proprio parlare».

«Possiamo incontrarci tra mezz'ora», ha risposto lui.

Eravamo seduti al tavolo della sala da pranzo, a casa di mia madre. Mark era stravaccato sulla sedia, con aria sofferente.

«È la verità, giusto? Tutto quello che mi hai detto? Tu e Sonya vi state davvero separando, è così? Se scoprissi che per te sono solo un'avventura, non so cosa farei, Mark. Penso che potrei arrivare a ucciderti». Volevo dire quell'ultima frase in tono ironico, per alleggerire l'atmosfera, ma avevo lo stomaco chiuso dal nervoso ed è uscita dura e spietata. «Non era mia intenzione avere una relazione con un uomo sposato. Non lo farei mai», ho aggiunto, come se contasse qualcosa. Come se non fosse esattamente ciò che stavo facendo.

«Certo, lo so», ha replicato, ma io non ricordavo più a cosa stesse rispondendo.

«Come stanno davvero le cose, Mark?».

Ha cercato di prendermi le mani, ma io le ho ritirate.

«Mark?»

«Lo sai come stanno le cose. Tra me e Sonya è finita. È finita da anni. Lo sai».

«Per favore, smetti di ripeterlo. So che non è affatto così, lo stai dicendo da mesi».

«Ho solo bisogno di più tempo».

«Mark, te lo giuro, se mi spari un'altra delle tue solite frasi fatte, ti prendo a calci. O ti mordo. O tutte e due le cose».

Discutere è stato strano e inaspettato, ma mi ha infuso anche un senso di sollievo. Non mi ero resa conto, fino a quando non ho parlato con Eva, di quanto ci volesse quel bisticcio. Forse mi ero addormentata al timone, e mi ero lasciata trasportare dalla corrente. Forse avevo semplicemente riposto quella conversazione nella cesta delle "cose troppo complicate". Era stato più facile fingere che tutto andasse bene e che tutto si sarebbe risolto da sé, per magia, grazie a una specie di polvere di fata che, guarda caso, mi sarei ritrovata in tasca.

«Hai ragione. Devo fare qualcosa al riguardo», ha detto Mark, passandosi una mano tra i folti capelli neri e ricci. Sembrava così imbarazzato, che avrei voluto prenderlo tra le braccia e dirgli che tutto sarebbe andato bene. Ma non l'ho fatto.

«Se mi hai mentito...», ha sussultato alle mie parole, «...e non hai mai avuto intenzione di metter fine al tuo matrimonio, allora è meglio che tu me lo dica subito. O devo chiudere io e risparmiare il compito a entrambi?».

Lui si è limitato a chinare la testa, i suoi occhi erano pieni di tristezza. Mi sono subito pentita delle mie parole.

«Kat, io ti amo. Ti prego, aspettami, per favore».

«Per quanto tempo?»

«Ti fidi di me? Guardami, Kat, ti fidi di me?»

«Per quanto tempo!», ho ripetuto, perché ora la discussione era davvero seria. E mi sono detta, fanculo, posso anche dargli un ultimatum, una data per chiudere la partita. Ci ho pensato. E mi sono resa conto che da lui non ne avevo mai avuta una. Non una data certa. Solo vaghe promesse.

«Un mese».

«Cosa deve succedere in un mese che non è ancora accaduto?»

«Due settimane, allora. Per favore».

«Due settimane?»

«Sì. È tutto ciò che mi serve. Te lo giuro».

Due settimane potevo concedergliele. Due settimane, a quel punto, potevano essere un tempo ragionevole. Due settimane, era fantastico.

«Va bene», ho detto. «Due settimane».

Si è proteso in avanti finché le sue labbra non hanno toccato le mie, e ci siamo baciati teneramente, a lungo. Ho lasciato che quelle due parole danzassero nella mia mente.

Due. Settimane.

CAPITOLO 9

Pochi giorni dopo, mi sono ritrovata a girare per le strade di Danvers, un sobborgo che non mi è familiare, protesa in avanti per riuscire a leggere i segnali stradali sotto la pioggia. Era davvero una brutta serata per uscire. Sarei voluta restare a casa con Abi, sul divano con un buon libro, invece che lì fuori in quell'umida e triste serata invernale. Ma Eva ha insistito così tanto che non me la sono sentita di rifiutare.

«Voglio ringraziarti come si deve», ha detto, «per tutto ciò che hai fatto per me».

Le avevo ripetuto cinquanta milioni di volte che ero io a essere in debito con lei, ma era inutile. Ha annunciato con un gesto solenne che mi avrebbe portato a cena in un ristorante *molto* speciale e che sarei dovuta passare a prenderla per strada. Questa è la classica situazione in cui mi trovo spesso: qualcuno dice che vuole farmi un favore, e, in qualche modo, finisce che io faccio di tutto per dargli una mano a farmelo. Di sicuro succede spesso con Hilary.

Alla fine, ho trovato la strada e ho svoltato; ed eccola lì, pochi metri più avanti, che mi salutava da sotto un ombrello. Fino all'ultimo, avevo sperato che non ci fosse.

Che si fosse magari sentita male e si fosse dimenticata di chiamarmi. Ma ho sfoggiato un sorriso luminoso e mi sono fermata davanti a lei.

«Ciao!», ha esclamato, solare e felice, la classica Eva, mettendo in mostra il suo sorriso più radioso. Tutti i dubbi sulla serata se ne erano andati, di punto in bianco. Mi stavo già divertendo.

«Allora, dove andiamo?», ho chiesto, allontanandomi dal marciapiede.

«A Chestnut Hill», ha risposto lei.

«Va bene, è un po' vago, ma Chestnut Hill sia».

Tutto, di quella serata, è come avvolto in una nebbia. Mi ha portato in un ristorante francese di lusso molto costoso, dove probabilmente abbiamo bevuto più vino del dovuto, ma lei ha continuato a ordinarlo, e, che diamine, io l'ho assecondata. Stare con Eva era molto diverso dalle mie solite serate tra amiche. Non che me le conceda spesso. Ma quando vedo Hilary, parliamo delle bambine, della scuola, di suo marito Henry, delle nostre responsabilità. Anche uscire con Sasha a Los Angeles non era affatto come uscire con Eva. Quella sera, lei era spiritosa, e socializzava con tutte le persone lì intorno. Mi raccontava storie così esilaranti, che dalle risate mi cadevano le lacrime nella vellutata di gambi di sedano con polpa di granchio e limone candito che avevo davanti. Parlava del futuro, delle cose che avrebbe voluto fare, dei posti in cui sarebbe voluta andare. Era interessata a me. Voleva sapere tutto su Abigail e sul motivo per cui mi piacessero così tanto i numeri.

«Mio padre era un matematico», ho spiegato, rimestando col cucchiaio una crème brûlé. «La matematica ci aveva avvicinati, me e mio padre. Finché le cose non sono cambiate».

«Cosa è successo?».

Si è arrotolata una ciocca di capelli intorno al dito ed è rimasta in attesa.

«Sono rimasta incinta».

«Quanti anni avevi?».

Usa la matematica, l'ho quasi detto.

«Quattordici».

«Wow!»

«Avevo preso una cotta per un ragazzo della mia scuola che si chiamava Harry. Era la prima volta per tutti e due... sul divano dei suoi genitori. Loro erano al cinema e noi dovevamo studiare per un'interrogazione di storia».

Quante sono le probabilità di rimanere incinta la prima volta che si fa sesso? Le stesse di ogni altra volta.

O forse sono cinquanta e cinquanta, o rimani incinta, oppure no.

«Due mesi prima del mio quindicesimo compleanno, ho scoperto di aspettare un bambino. L'ho detto a mia madre, che l'ha detto a mio padre, e lui mi ha ordinato di abortire. Io mi sono rifiutata. Mi ha buttato fuori di casa. L'ho implorato di farmi restare. Mia madre ha minacciato di lasciarlo se non avesse accettato. Ma lui è stato irremovibile. Era troppo tardi, ha detto. Non aveva più fiducia in me. Avevo screditato il suo buon nome. Gli ho detto di andare al diavolo, lui e il suo buon nome. Sono stata spedita a vivere con una zia e uno zio a Los Angeles, e non ho mai più visto mio padre».

«E quando è nata Abigail? Deve essersi ammorbidito, quando l'ha vista. Di sicuro».

Ho scosso la testa. «Non l'ha mai vista».

«Stai scherzando? Perché?»

«Non ha voluto».

«E tua madre?»

«Lei sì, veniva a trovarci regolarmente. Mio padre non poteva proibirle di venirci a trovare, o se anche ci avesse provato, mia madre non l'ha mai detto. Stravedeva per Abigail».

«Sembra che tuo padre fosse un perfetto stronzo», ha commentato Eva.

A volte penso che tenere la mia bambina sia stato il mio solo e unico atto di sfida. In seguito, sono diventata più accomodante. Scoprire in giovane età quanto dipendiamo dagli altri fa questo effetto.

«Esatto, mio padre era uno stronzo».

Abbiamo finito di cenare e io ho iniziato a sbadigliare.

«Sei stata davvero, davvero adorabile Eva. Grazie».

«Non andrai ancora a casa», ha dichiarato lei. «Ho intenzione di portarti fuori, ricordi?». Mi ha parlato di un night club che pare fosse molto popolare, come se me ne importasse qualcosa. «Io non ci sono mai stata, tu?»

«Io? Stai scherzando? Non sono mai stata da nessuna parte», ho detto. Il che è vero, non sono mai uscita molto. Quando è arrivata Abi, ero ancora troppo giovane per frequentare posti del genere. Incredibile, se ci si pensa.

Ci siamo andate. Non posso dire di essere rimasta "estasiata" dal posto, ma Eva era eccitata. Voleva ballare sotto la luce blu intermittente della pista, così io mi sono lasciata guidare. E poi, mentre ondeggiavo, con le braccia in alto, mi sentivo leggera e senza pensieri. Il mio cuore batteva forte, ma non era una sensazione spiacevole.

Non ho idea di che ora fosse, quando siamo uscite da lì. La pioggia si era trasformata in pioviggine e io stavo gelando. Ho allacciato più stretta la cintura del cappotto e ho infilato le mani nelle tasche. Eva mi ha preso sottobraccio. Stava ancora ridendo.

«Chiamo un taxi», ho farfugliato, cercando il cellulare.

Lei mi ha dato un pugno sulla spalla. Mi ha fatto un po' male. «Non essere sciocca, puoi guidare tu fino a casa».

Ho riso, massaggiandomi la spalla. «Non penso proprio!».

«Oh, andiamo, Kat. Non fare la mammoletta». Mi ha trascinato verso la macchina e ricordo di aver pensato che non sapevo esattamente cosa fosse una mammoletta, ma di sicuro non volevo essere una di quelle.

«Passeremo dalla Parkway, laggiù». Ha alzato il braccio, piegandosi leggermente, per indicare in lontananza. «Conosci quella zona. Lì non ci saranno poliziotti. Mio zio è un poliziotto, te l'avevo mai detto?»

«No, non me l'hai mai detto».

«Sì, si occupa del traffico o qualcosa del genere. Lui mi dà certe informazioni, tipo dove la polizia pattuglia di notte e dove non ci sono controlli. È una brava persona, lo zio Bill. Te lo presenterò, un giorno».

Una volta in macchina, ho acceso il riscaldamento e mi sono strofinata le mani.

«Pensi che io sia sobria?», ho chiesto. «Io penso di star bene».

«Sei decisamente sobria», ha detto lei. «Decisamente».

«Non sento di essere ubriaca, mi sento solo rilassata».

«Esatto».

«Ma non so davvero come tornare a casa passando da quella strada».

Ho iniziato ad armeggiare con il navigatore.

«È facile. Ti guiderò io, è proprio laggiù», ha dichiarato lei.

«Va bene, allora». Ho spento il navigatore e ho seguito le sue indicazioni.

«È così strano», ho detto. «Non sono mai stata da queste parti a quest'ora della notte. È bellissimo».

«Passa da lì», ha suggerito lei. «Solo un minuto».

Sono entrata in un parcheggio vuoto. «Qui?».

Pensavo che volesse far pipì sul lato della strada e ricordo di aver pensato: *ehi, questa donna è folle*. Invece ha estratto dalla tasca quella che sembrava una sigaretta arrotolata a mano.

Ho spento la macchina e l'ho guardata negli occhi. «È quello che penso che sia?»

«Uh-uh». Ha tirato fuori un accendino. Mentre l'accendeva, la fiamma ha proiettato un bagliore giallo sul suo viso e, in quella luce, per un momento, mi ha fatto quasi paura. Mi ha fatto sussultare.

Dopo aver fatto uscire un lungo filo di fumo, me l'ha passata. «Fidati di me, questa è roba di alta qualità, da sballo. Ti farà anche concentrare».

«Concentrarmi sarebbe un bene», ho ribattuto.

Le ho preso lo spinello dalla mano e ho fatto un lungo tiro. Non so perché l'ho fatto. Perché, "perché non farlo?". Perché non volevo rovinare la festa? Perché era Eva?

Per tutte queste cose.

La botta è stata immediata. Non mi faceva bruciare la gola, per cui ho ritenuto che si trattasse di roba "di alta qualità", come aveva detto lei. Mi ha procurato un'intensa sensazione di piacere e mi sono sentita leggermente euforica, come se fossi di nuovo al club.

Mi sono appoggiata allo schienale e ho lasciato che quella sensazione mi avvolgesse. Eva rideva, e io pure. Presto ridevamo così tanto che riuscivo a malapena a respirare.

«Basta, mi piscio addosso!», ha esclamato lei, e alla fine ci siamo calmate. Ho riavviato l'auto, mentre Eva digitava sullo schermo del navigatore.

«Lì c'è l'impostazione 'Casa'», ho detto. «Faccio io».

«Va bene, ho capito», ha risposto lei. «È solo una linea dritta. Gira qui, a sinistra», ha aggiunto, proprio mentre il navigatore recitava "gira a sinistra", il che ci ha fatto di nuovo scoppiare dalle risate entrambe.

Sapevo che non avrei dovuto guidare, ma mi sono detta che mancavano solo quindici minuti all'arrivo, ed Eva ha uno zio poliziotto che pare avesse detto che non c'è nessun problema finché non vieni beccato.

«Rallenta», mi ha rimproverato. Ho controllato il cruscotto ed era vero, stavo superando il limite di velocità. Lei teneva una mano sul mio braccio, gli occhi sul tachimetro e io ho mollato l'acceleratore fino a quando non ci siamo stabilizzate su una velocità moderata di poco meno di 50 chilometri orari.

«Meglio», ha commentato lei, togliendo la mano.

Eravamo di nuovo tra gli alberi e non ero sicura di dove mi trovassi. Era strano quanto silenzio vi fosse, quanto fossimo sole. Ricordo di aver pensato che doveva essere molto tardi. Ricordo che aveva ricominciato a piovere. Ricordo che avevo sete.

«Prosegui dritta fino a Beacon Street, e saremo quasi a casa», ha indicato Eva. Sapevo come andare a casa mia da Beacon Street, quindi non c'erano problemi. Ho cominciato a rilassarmi.

C'era una canzone alla radio, Eva ha alzato il volume e abbiamo iniziato a cantarci sopra. Io ero in fermento. Mi sentivo leggermente spaventata, ma esaltata. Mi sentivo libera, mentre guidavo nel vento, e tagliavo attraverso la Hammond Pond Reservation. Era bellissima la foresta illuminata dal riflesso giallo della luce dei lampioni che filtrava attraverso la pioggia.

Eva ha detto qualcosa, ma ho colto solo l'inizio, *Ehi*, perché la musica era troppo alta.

«Cosa?», ho risposto gridando. Stava ridendo. Era così carina. Ha detto qualcos'altro, ma ancora una volta non sono riuscita a sentire, quindi ho allungato la mano per cercare il pulsante del volume.

E poi ho urlato.

CAPITOLO 10

Sto tremando, ho la mano sulla bocca. Sento l'odore del vomito di qualche istante fa. Eva è accovacciata vicino alla sagoma.

«È u... una persona», dice.

«Lo so che è una persona, maledizione».

È un uomo, per essere precisi. Indossa una felpa scura con cappuccio, una sciarpa grigia intorno al collo, jeans scuri e stivali. I suoi vestiti sono logori, vecchi, come se li indossasse da... Non lo so, da molto tempo. Poi vedo un rivolo di sangue che gli cola accanto alla testa. Sembra quasi un serpente.

«Oh, Dio. Fanculo. Okay. Dobbiamo chiamare un'ambulanza. C'è qualche macchina che passa? Dov'è il mio telefono? Mi serve il telefono. Io prendo il telefono, e tu controlla se arriva una macchina, okay? Ferma la prima che vedi». Il mio cuore va a mille e ogni centimetro del mio corpo sta tremando. Sto per entrare in modalità panico completa, sono già in iperventilazione, a un passo dall'isteria.

«Katherine! Aspetta!»

Eva sembra isterica quanto me. Mi volto di nuovo a guardarla. È ancora accovacciata accanto all'uomo. Lunghe ciocche di capelli biondi le nascondono una parte del viso. Gli ha tolto la sciarpa e gli tiene due dita premute su un punto del collo. Sento la bile salirmi in gola di nuovo. Non so come riesca a farlo. Io non sarei mai riuscita a toccarlo. Forse dipende dal fatto che è una volontaria. Deve essere brava, nelle emergenze. Mi guarda. I suoi occhi azzurri sono fissi nei miei.

«Allora?», chiedo.

Cerca un battito. Dopo un'attesa che sembra lunga un secolo, le sue dita sono sempre sul collo dell'uomo, i suoi occhi penetrano ancora nei miei, imploranti.

«Dobbiamo andare. Dobbiamo andarcene da qui».

«Cosa?»

«Non c'è battito cardiaco. Non riesco a sentire il battito cardiaco!», sbotta.

Mi avvicino. Continuo a non volerlo toccare, ma devo farlo. Perché quello che ha appena detto Eva non può essere vero. Mi chino e allungo la mano. Mi trema il braccio.

«Kat, fermati, dobbiamo andare! È morto!».

«Morto? Come può essere morto?»

«Sali in macchina».

«No! Devo chiamare un'ambulanza!».

Il sangue ha smesso di colare e si sta raccogliendo in una pozza, viscida come un covo di serpenti. È arrivato ai piedi di Eva.

Ho un altro conato di vomito, ma non esce nulla.

«Devo prendere il telefono», ripeto, per quella che sembra essere la decima volta.

«Kat, ti prego».

Si tiene una mano su un lato del torace, premuta sulle

costole. Per un attimo, ho paura che sia davvero ferita. Che stia sanguinando. Che possa morire anche lei.

«Dobbiamo andarcene», ripete. Sembra disperata.

«Ma non possiamo lasciarlo qui e andare via, è questo che stai cercando di dire?»

«Ascoltami...».

«No. Dico davvero, Eva. Scusa, ma non possiamo. Forse hai sbattuto la testa anche tu, non lo so, ma non lo faremo, okay? Non posso credere che tu possa anche solo pensare...».

«Io non andrò in prigione!», urla.

Sussulto. «Prigione? Chi cazzo ha parlato di prigione?»

«E tu dovresti essere il fottuto genio? Siamo strafatte, Kat! Fino al midollo! E io sto peggio di te, ho preso un paio di pasticche...».

«Hai preso delle pasticche? Che pasticche?»

«...e io magari non verrò rinchiusa per detenzione di stupefacenti, ma tu sicuramente andrai in prigione. Sei di gran lunga oltre il limite di tasso alcolemico, e questo in aggiunta allo spinello che hai appena fumato. Quanti drink hai bevuto?».

Scuoto la testa. Non so quanti drink ho bevuto, non ne ho idea, il tempo non ha senso, in questo momento, niente ha senso, in questo momento.

«Non possiamo proprio lasciarlo qui», ripeto, ma senza decisione, questa volta, perché in fondo alla mia mente c'è una vocina che chiede: *magari possiamo?*

Eva mi ha preso per il braccio e mi sta trascinando in macchina. «Andiamo! Cazzo, Katherine! Muoviti!». Mi spinge sul sedile del passeggero e si precipita al lato del guidatore.

Continuo a ripetere, più e più volte: «Non capisco. Io non l'ho visto, tu l'hai visto? Com'è possibile che io non l'abbia visto?».

Accende il motore e imbocca una stradina laterale che ci conduce in un parcheggio vuoto. Un altro. Spegne il motore. Sta ancora tremando. Io pure.

«Stai bene?», chiede, in un singhiozzo.

«No, Eva, non sto bene. Non sto bene. Non sto bene per niente. Come puoi anche solo pensare di chiedermelo?». Mi metto una mano sugli occhi. Tutto il mio corpo sta tremando. Un miscuglio di adrenalina dovuta allo shock e agli stupefacenti presi prima. Non so nemmeno se qualcosa di tutto questo sia reale.

«Non possiamo permetterci di essere coinvolte in questa cosa. Mi dispiace», dice ancora, «ma io non andrò in prigione. E tu devi pensare ad Abi e a tua madre. Hanno bisogno di te, Kat. Non c'è niente che tu possa fare per quel tizio laggiù. È un tossico...».

«Non lo sai».

«Di certo lo sembrava».

«E anche se lo fosse?».

Si volta a guardarmi.

«Lo era, Kat, lo era».

Alla fine, Eva è troppo scossa per guidare, quindi ci scambiamo di nuovo di posto. Non diciamo più niente, durante il tragitto verso casa. Io sono sotto shock. Non riesco a credere a ciò che è appena successo. «Forse dovresti portare la macchina da un meccanico», dice lei, «in caso ci sia qualcosa che deve essere riparato».

«Tipo cosa?»

«Tipo qualsiasi danno alla parte anteriore della macchina, dove l'hai colpito...».

«Gesù, Eva, sta' zitta! Non sono stata solo io. Non dare la colpa a me».

«Non ti sto dando la colpa, allora, diciamo, dove *la macchina* lo ha colpito, okay? Va meglio, così?».

In un modo o nell'altro, abbiamo raggiunto la mia strada. Mi fermo davanti casa e spengo il motore. Abigail ha lasciato la luce del portico accesa per me, ma le luci del piano di sopra sono spente. Sono le due del mattino passate.

«Tu come tornerai a casa?», le chiedo.

«Farò un pezzo a piedi, poi prenderò un taxi. Cerca di dormire, Kat. Ci vediamo domani, okay?».

Annuisco, sapendo benissimo che non esiste alcuna possibilità che ora io riesca a prendere sonno.

Sto per inserire la chiave nella serratura, ma poi mi giro un'ultima volta. «Vuoi restare qui?». Mi asciugo le lacrime con il dorso della mano, lacrime di dolore, stanchezza e sì, di gratitudine.

Lei scuote la testa. «Voglio tornare a casa». Poi aggiunge: «Abbiamo fatto la cosa giusta, Katherine».

«Davvero?». Vorrei che non lo avesse detto, perché non c'è niente di giusto in quello che abbiamo appena fatto. Niente, sotto nessun aspetto.

«Fidati di me», conclude, e la guardo allontanarsi giù per la strada.

Più tardi, con un paio di Valium per calmare i nervi, mi infilo sotto le coperte e mi raggomitolo subito in posizione fetale. Penso a Sasha, ai tempi di Los Angeles. Ho una voglia disperata di chiamarla. *Cosa ho fatto? Cosa dovrei fare?* Ma è troppo tardi, e man mano che i minuti, e poi le ore, passano, giungo a una conclusione. Eva ha ragione. Devo pensare a mia figlia. E a mia madre. Perderei il lavoro, per questo. Non posso perdere il lavoro. Perderei tutto. Quindi sì, è ovvio: Eva ha ragione. Non c'è niente che avremmo potuto fare per quell'uomo, e c'è anche una parte di me che lo considera colpevole. Una parte importante. Cosa ci faceva lì? Nel cuore della notte, per l'amor di Dio! Pioveva, era buio! Non c'è niente, laggiù. E non penso che stessimo andando troppo veloci. Non c'era traffico. Io ero strafatta. Stavamo cantando insieme alla radio una canzone di Miranda Lambert. Io non guardavo il cruscotto, stavo guardando la strada, credo. E per quanto ne so, quell'uomo non è morto. Eva ha detto che non c'era battito, ma che diamine, è diventata dottoressa tutto d'un colpo? Scommetto che invece lui sta bene. Qualcuno deve averlo trovato e soccorso. Se la sarà cavata. Ne sono sicura.

E *io*, cosa ci facevo lì? Non esco con gli amici per finire ridotta in questo stato. Non fumo uno spinello dai tempi del college. Non sono nemmeno una gran bevitrice.

Perché ho accettato di uscire? Non volevo contrariare la mia nuova amica, ecco perché. Volevo dimostrarle che non sono una mammoletta, che so ancora divertirmi.

Quanto ti diverti ora, Katherine?

CAPITOLO 11

Il suono è così forte, così acuto, che, per un attimo, penso di essere di nuovo in macchina, di nuovo su quella strada. Di nuovo in quell'incidente. Mi sento come se il cuore mi fosse esploso nel petto e me lo avesse dilaniato. Mi precipito fuori dal letto. È il telefono. Lo afferro da sopra il comodino, rispondo senza guardare.

«Dove diavolo sei? Sei malata? Ti conviene essere malata, Katherine». È la voce di Mark.

Mi siedo svelta.

«Cosa?».

Mi fa male la testa. Tanto. C'è troppa luce, qui. Mi faccio scudo con una mano davanti agli occhi.

«È tutta la mattina che provo a chiamarti. Ti aspettiamo da più di un'ora». Poi sibila: «Dove cazzo sei?».

Allontano il telefono dall'orecchio per guardare l'ora sullo schermo. Le undici e cinque. Merda. E ci sono quattro chiamate perse.

«Mi dispiace», riesco a rispondere. «Temo di aver dormito troppo». Le parole escono a fatica, biascicate, come se mi fossi appena alzata dalla poltrona del dentista.

«Ah, temi di aver dormito troppo?». La sua voce si è alzata di mezza ottava, e ha un tono incredulo.

Noto un biglietto sul comodino. Lo prendo e mi trema così tanto la mano che riesco a malapena a leggerlo.

È di Abigail.

Ciao, mamma, spero che tu stia bene. Ti ho lasciato dormire, hai detto che non avevi impegni, questa mattina. Ci vediamo stasera. Ti voglio bene, xxx.

«Scusami», borbotto. «Cosa mi sono persa?»

«Cosa intendi con "cosa ti sei persa"? La riunione strategica della SunCell, Katherine! L'hai organizzata tu». Poi, abbassando la voce, chiede: «Cosa c'è che non va? Ti senti male?».

Metto le gambe giù dal letto. «Mark, la riunione strategica c'è martedì prossimo».

«L'hai anticipata, Katherine. A stamattina alle nove. Che ti succede?».

Fanculo. Avevo spostato la data. Ora mi ricordo. Volevo avvantaggiarmi. Non ha senso aspettare, mi ero detta.

Mi prendo la testa tra le mani. «Oh, Dio. Mi dispiace».

«Per l'amor del cielo. Come non detto, resta a casa. Ci vediamo lunedì».

«No, vengo subito», esclamo, ma ha già riattaccato, non prima che io l'abbia sentito borbottare: «Che stronzata!».

In bagno, i miei vestiti sporchi di ieri sera sono ammucchiati in un angolo sul pavimento. Oh, Dio. Sono ancora bagnati di pioggia. Controllo che non ci sia sangue. Non riesco a vederne. Li spingo in fondo al cesto dei panni sporchi.

Rimango sotto la doccia per alcuni minuti e lascio che l'acqua mi colpisca il viso con getti caldi e pungenti. Stralci di incubi si stanno facendo strada tra la nebbia che mi offusca il cervello. Incubi dove vedo me stessa sperduta nei boschi, Eva con il sangue sulle mani. Mio padre in piedi davanti all'auto mentre premo il piede sull'acceleratore...

Caccio via quelle visioni.

Tiro fuori dall'armadio una giacca grigio scura, e una camicia bianca. Non molto originale, ma questa è la mia mise preferita quando non mi va di mettermi a scegliere: pantacollant scuri con abbinata una giacca fatta su misura.

Sistemo in fretta gli abiti con il palmo della mano e mi do una spazzolata ai capelli. Non voglio pensare proprio a nulla, per non rischiare che torni il ricordo della scorsa notte, e mi sforzo di tenere la mente vuota.

Quando mi chiudo la porta alle spalle, sono le undici e trentadue.

Poi vedo la mia macchina. È parcheggiata in strada, proprio dove l'abbiamo lasciata ieri sera. Di solito non la parcheggio fuori, dato che ho un garage. Mi avvicino, controllo in fretta la parte anteriore, mentre il mio polso accelera al pensiero di ciò che potrei trovarvi.

C'è qualcosa. Un piccolo frammento di tessuto ruvido, impigliato sul bordo della targa. Mi chino e lo tolgo con cautela, come se fosse una cosa pericolosa, come se potesse nuocermi.

Mi sento male. C'è un'ammaccatura sul paraurti anteriore della macchina, in prossimità del faro sinistro, come se fosse stata spinta in dentro. Mi chiedo se Abi l'abbia notata. Probabilmente no. E poi, perché mai avrebbe dovuto guardare la macchina? Neanche guida. Gesù. Questa si sta già rivelando una giornata di merda, dopo una notte di merda.

Il vicino della porta accanto, il vecchio signor Jones, mi sta spiando dalla finestra. Lo saluto con un cenno, ma non è proprio un saluto, è più come una vaga alzata di mano. Lui non contraccambia. Anzi, abbassa le tapparelle.

Non prendo la macchina. Ora, comunque, non ce la farei

nemmeno a guidare, tantomeno *quella* macchina. Sono ancora scossa, intontita, spaesata. Non la parcheggio nel garage perché è già abbastanza tardi. Lo farò quando tornerò a casa. Con la speranza che, nel frattempo, qualcuno la rubi. Lascio le chiavi inserite nel quadro, proprio per assicurarmene.

Prendo un taxi e, quando arrivo al lavoro, con un doppio espresso in una mano e una buona dose di paracetamolo nello stomaco, noto Mark nel suo ufficio. Mi dà le spalle e sta parlando con una donna. Poi mi accorgo che quella donna è Eva. Okay, lei è qui. Bene.

Apro la porta con decisione ed entro spedita, ma devo averla spinta più forte di quanto avessi intenzione di fare, perché rimbalza sui cardini e va a sbattere contro il muro.

«Merda. Scusate il ritardo, andiamo. Dove sono tutti?».

Buffo, non avevo mai notato che gli occhi di Mark fossero color nocciola. Pensavo che fossero marroni, di una tonalità chiara, certo, ma...

«Tutto bene, Katherine?», esordisce. Noto che quegli occhi nocciola ora sono puntati su di me, ma non tanto perché sia preoccupato, quanto perché è infastidito.

«Sì, sto bene». Mi pare di essermi già scusata un milione di volte, questa mattina, ma chiaramente non basta. «Mi dispiace, sono in ritardo», gli dico, «Non succederà più. Ciao, Eva. Andiamo».

Esco dall'ufficio, ma nessuno dei due si muove.

«L'abbiamo già fatta, la riunione», mi informa Mark. Con uno scatto del polso, controlla il suo Fitbit. Odio quell'oggetto. Lo maneggia sempre, controlla il battito cardiaco, quanti passi ha fatto nella giornata.

«Ho detto che mi dispiace, Mark, non devi farci una tragedia. Gesù».

Lui risponde al mio sfogo con una smorfia. Eva non mi guarda nemmeno.

«Sei sicura di star bene?», chiede. «Non hai una bella cera».

«Sto benissimo».

Stanno entrambi fissando il bicchiere di plastica nella mia mano. Abbasso lo sguardo e noto che sta tremando in modo incontrollato. Mi sforzo di tirare giù la manica con l'altra mano, solo per fermarla, ma è complicato, con la borsa e il portatile che mi impacciano.

«Andiamo, su. Perché state perdendo tempo?», insisto.

«Te l'ho appena detto. La riunione l'abbiamo già fatta, Kat!». Trovo che la voce di Mark sia insolitamente dura.

«Non potete fare quella riunione senza di me, Mark. È la mia strategia».

«Allora avresti dovuto essere qui in orario», scatta lui.

«Lo so, l'hai già detto, e io ho detto che mi dispiace». Vorrei che la smettesse. Mi sta mettendo in imbarazzo davanti a Eva.

«Eva ci ha spiegato tutto. È intervenuta al posto tuo».

«Cosa?»

«E dovresti ringraziarla, perché, come sai, io non amo sprecare il mio tempo. E nemmeno quello del mio personale. Sono stato costretto a organizzarmi. Se non potevi occupartene, innanzitutto non avresti dovuto anticipare la riunione. O, quantomeno, avresti dovuto chiamarmi e dirmelo».

Il viso di Eva è inespressivo; mi sta guardando, e provo a interpretare il suo sguardo, ma non rivela nulla. Dio, è così tranquilla! Non so come faccia, ma è molto calma, del tutto controllata. E ora mi rendo conto che ha anche riposato, o forse sa usare molto bene il trucco. A ogni modo, sta benissimo. I suoi occhi sono limpidi, a differenza dei miei. Prima, quando mi sono specchiata in bagno, mi sono apparsi così iniettati di sangue che ho messo i miei enormi occhiali da sole, un paio di Ray-Ban a specchio che avevo trovato su un seggiolino dell'autobus.

Mi rendo conto che li ho ancora indosso.

Li tolgo e incontro lo sguardo di Eva. Mi rivolge una decisa scossa di capo. *No.*

Li rimetto.

«Ti ho detto che stavo arrivando», dico a Mark. «Ero in ritardo, tutto qui, non è la fine del mondo, no? Avresti potuto servire del caffè o qualcos'altro alle persone. Introdurre il progetto. Sarei arrivata, alla fine».

«La riunione era alle nove, Katherine. Ora sono le...», fa di nuovo quel movimento del polso», «...è quasi mezzogiorno. Eva era qui. Ha messo la squadra al corrente della situazione. Come mai quegli occhiali, a proposito?»

«Congiuntivite», ribatto. «Eva, posso dirti due parole nel mio ufficio?»

«Certo», risponde lei.

«Okay, come va?», sussurro mentre chiudo la porta. «Tu stai bene? A quanto pare stai reggendo, vero?»

Vorrei che avessimo le tapparelle. Dovrei prendere delle tende economiche o qualcosa del genere. Un lenzuolo. Solo per le giornate come questa.

Mi tolgo gli occhiali da sole.

«Ehi, non hai un bell'aspetto, Kat».

«Grazie, Eva, ne avevo davvero bisogno. Grazie mille».

Poso il bicchiere di plastica sulla scrivania, ma prendo male le misure e lo metto troppo vicino al bordo; sporge solo di un pezzetto, intendiamoci, ma abbastanza da farlo ribaltare e rovesciare sul pavimento.

C'è caffè dappertutto.

«Merda». Prendo la scatola dei fazzoletti e inizio a pulire. Alzo lo sguardo. «Mi puoi aiutare, per favore?».

Lei mi guarda e scuote per un attimo la testa, ma si china accanto a me e mi aiuta a pulire.

«Perché sei arrivata così tardi?», sussurra.

«Perché? Tu cosa pensi? Ho passato una notte d'inferno! Ho preso troppi Valium. Abigail è andata a scuola da sola. Mi ha lasciato dormire».

Giro la testa, mi guardo alle spalle. In piedi, dietro la vetrata del suo ufficio, Mark ci sta osservando, con le braccia incrociate sul petto.

«Non puoi attirare l'attenzione su di te in questo modo», dice Eva, «dovresti essere naturale».

«Lo sono», scatto. «Questo è essere naturale. È esattamente il modo in cui mi comporto ogni volta che investo qualcuno e lo uccido. Oh, Dio». Metto il dorso delle mani contro gli occhi e premo forte. Non posso lasciarmi andare. Non ora. Neanche per sogno.

«Kat, ti supplico! Cerca di calmarti!». Guarda dietro le sue spalle e, come c'era da aspettarsi, molti occhi sono puntati su di noi, sul nostro acquario personale. Eva si avvicina. «L'hanno trovato. L'ultima cosa di cui abbiamo bisogno è che la gente faccia domande, che faccia due più due...».

Mi blocco. «Scusa, cosa hai detto?»

«Non vogliamo che nessuno sospetti...».

«E prima che hai detto?».

Eva getta i fazzoletti fradici nel cestino della carta straccia e si alza.

«L'hanno trovato. Perché sei così sorpresa?».

Io sono ancora in ginocchio, e alzo lo sguardo verso di lei.

«Penso che adesso dovresti alzarti, Katherine».

Guardo verso la reception. Mark non ci sta più osservando. È tornato alla sua scrivania. È al telefono. Ma Caroline si sta godendo la scena.

«Lo spettacolo è finito!», grido.

Eva si avvicina alla sua scrivania. «Dai un'occhiata», dice, ma a bassa voce. Gira il monitor verso di me. Io mi alzo e mi avvicino. Vedo le notizie del giorno in una finestra del browser. Mi aggrappo allo schienale della sua sedia. Devo sedermi, a questa notizia.

"Corpo trovato nella Riserva di Hammond Pond

La polizia di Brookayline è intervenuta sulla Hammond Pond Parkway alle 3:30 del mattino di venerdì dopo una chiamata anonima al 911. Sulla scena è stato trovato il corpo di un uomo. La polizia di Brookayline afferma che è stato travolto da un'auto e chiede collaborazione per rintracciare il conducente. Il veicolo dovrebbe presentare danni nella parte anteriore. La vittima deve ancora essere formalmente identificata. Chiunque abbia informazioni è pregata di contattare la polizia di Brookayline".

Vorrei che non fossimo uscite. Io non volevo andare, volevo restare a casa, passare il tempo con Abi a guardare Netflix. Magari bere un bicchiere di vino rosso. Vorrei poter tornare indietro nel tempo. Ora tutto ciò a cui riesco a pensare è che quest'uomo è davvero morto. Oh, Dio.

«Ne ho parlato con mio zio Bill», dice lei, tamburellando sullo schermo per dare ancora più enfasi al discorso.

«Cosa?», mi lascio sfuggire, «L'hai detto a tuo zio? Sei fuori di testa?»

«Non gli ho raccontato proprio tutto! Per chi mi hai preso? Gli ho detto: penso che forse io potrei...», fa il segno delle virgolette intorno alla parola "potrei", «...sapere qualcosa, ma preferirei che restasse fuori dai giornali. Va bene? Almeno per ora. Ha detto che vedrà cosa può fare. Non posso fare promesse, Kat, capiscimi, ma io sono la sua nipote preferita, e, se inizierà a pensare che questo ha qualcosa a che fare con me, vorrà accertarsi che io sia al sicuro. Cristo, stai davvero da schifo». E intanto scuote la testa.

«Può far questo? Tuo zio?»

«Certo che può. È un pezzo grosso. Forse dovresti andare a casa. Sono sicura che tutti capiranno. Dirò loro che hai l'influenza, o qualcosa del genere».

Voglio andare a casa. Voglio andare a casa e abbracciare mia figlia, ma è a scuola e l'ultima cosa, proprio l'ultima cosa che voglio, in questo momento, è stare da sola. Ignoro le parole di Eva.

«Grazie, riguardo a tuo zio, tu davvero pensi...?»

«Lascia fare a me».

«Va bene. Grazie. Va tutto bene, credo». Mi alzo, faccio un bel respiro. Voglio calmarmi. Non c'è niente che io possa fare, ora. Okay. Va bene così, sto bene. Respiro.

«Dimmi com'è andata la riunione».

Scrolla le spalle. «Non c'è molto da dire». Ha un taccuino in grembo e ci sta picchiettando sopra con una penna. *Tap, tap, tap.*

La fisso, non sono sicura di aver sentito bene, ma poi ricordo. Sta vivendo la stessa cosa che sto vivendo io. Solo che la stiamo affrontando in modo diverso.

«Perché non mi racconti?», ci riprovo.

«Certo, capo». Mi parla di com'è andata, mi mostra gli appunti. Non c'è niente di sbagliato in ciò che sta dicendo. Non riesco a pensare a niente che abbia tralasciato.

«Come sapevi tutte queste cose? Sulla strategia?».

Piega la testa verso di me. «Ho fatto un sacco di ricerche per te, ne abbiamo discusso. So cosa c'è nel documento di strategia. Sono io quella che l'ha trascritto».

«Va bene, ottimo, buono a sapersi. Beh, ti ringrazio. A quanto pare, ci hai salvato da una situazione difficile». Ma c'è una parte di me che vorrebbe dire: *Magari la prossima volta, Eva, aspetta me, okay?*

«Nessun problema, Katherine. Mi sono divertita», dichiara. Sembra così professionale, persino allegra. Come se la scorsa notte non avessimo lasciato un povero ragazzo morto sul ciglio della strada.

«Dio, non prenderò mai più troppi Valium, questo è sicuro».

Eva mi sorride. «Bene», esclama. Poi si china in avanti, e ancora sorridendo, sussurra: «Per l'amor del cielo, Kat, ricomponiti».

CAPITOLO 12

Fingo di lavorare un po', ma è fuori questione. Il mal di testa mi sta uccidendo. Mi sento come se qualcuno mi stesse trapanando l'occhio sinistro. Se potessi, mi sdraierei proprio qui sul pavimento e mi metterei a dormire. Non voglio prendere altro, perché ho già una gran confusione in testa.

Ma continuo a pensare a quell'uomo. Lo cercherà qualcuno? Quando? Sembrava... solo, trascurato. Mi chiedo se in questo momento qualcuno stia sentendo la sua mancanza. Ha una moglie? Un fratello? Ci sarà qualcuno, là fuori, che sta facendo telefonate sempre più frenetiche? *Per favore, l'avete visto? È mio fratello. È mio figlio. È il mio ragazzo.* Oh, Dio.

Se io scomparissi, quanto tempo ci vorrebbe perché qualcuno sentisse la mia mancanza? Questa è facile. A giudicare dal numero di chiamate perse di questa mattina, direi venti minuti, più o meno.

Alle quattro, dico a Eva che può tornare a casa. Sono le prime parole che le ho rivolto in tutto il pomeriggio.

«Vai a casa, Eva. Te lo sei meritato».

Lei alza le spalle. «Certo, come vuoi tu, capo». Vorrei che

non mi chiamasse *capo*. Mi sembra fuori luogo scherzarci sopra. Mi giro di nuovo verso lo schermo del computer mentre lei raccoglie le sue cose, recupera il cappotto dal guardaroba, lo indossa, stringe la cintura. Sta prendendo tempo. Fingo di essere concentrata in ciò che sto facendo, anche se non lo sono per niente, e mi chiedo se riuscirò a farcela credere.

«Stai bene, adesso?», mi chiede, con la testa piegata verso di me. «Abbiamo avuto una paura incredibile, vero? Dai, datti una calmata. Rilassati. È tutto sotto controllo».

«Grazie Eva. E grazie per avermi sostituita oggi».

«Va tutto bene, volevo solo assicurarmi che non avessi problemi».

«Va bene. Te ne sono grata».

«Ci vediamo lunedì. Buon fine settimana, Katherine».

«Anche a te, Eva».

Nessuna di noi suggerisce di vederci durante il fine settimana. Per ora, ne abbiamo avuto abbastanza l'una dall'altra, sospetto. Io ho sicuramente bisogno di prendermi un periodo di pausa da lei. E immagino che lei abbia bisogno di prendersene uno da me. Mi chiedo per la prima volta se provi rancore nei miei confronti. Avrebbe senso. Penso che a me succederebbe così, se fossi al suo posto. Ero io che guidavo, dopotutto. Lei può avermi spinto a farlo, ma la responsabilità era mia. Sono un disastro, in fatto di responsabilità.

Mi aspetto di vederla sbucare dal portone ed entrare in strada, invece attraversa il piano della reception ed entra nell'ufficio di Mark. È un po' insolito, ma va bene. Sta in piedi davanti alla sua scrivania, gli dice qualcosa. Lui annuisce, fa un cenno di disapprovazione, poi entrambi si girano a guardarmi.

Il rossore mi sale sulle guance, abbasso gli occhi e

muovo il mouse, cliccando a caso. Poi, qualcuno bussa con un unico, forte colpo alla porta, nonostante sia aperta.

È Liam.

«Cosa ti è successo?», chiede. Entra, si siede sulla poltrona girevole di Eva e si mette a ruotare a destra e a sinistra.

Scuoto la testa. Quando torno a guardare verso l'ufficio di Mark, Eva non c'è più.

«Brutta nottata», gli dico, «davvero brutta». Mi alzo e chiudo la porta, poi incrocio le braccia.

«Com'è andata Eva, questa mattina? Alla riunione?»

«In che senso?», chiede lui.

«Era nervosa? Non sembrava per niente turbata? Per il fatto che non fossi lì?»

«Non mi è sembrato. Era concentratissima. A dire il vero, ha gestito la riunione come se avesse dovuto presenziarla lei fin dal principio».

«Okay, bene. Mi fa piacere sentirlo». Ma non è così. Niente affatto. A queste persone dovrei mancare, quando non ci sono.

«Hai fatto un'ottima scelta, Kat».

«Che vuoi dire?»

«Assumere Eva; è fantastica».

«Oh, giusto. Bene. Sono contenta».

«Tu stai bene? Hai un aspetto orribile».

Ancora un'ora e poi tutti se ne andranno a casa, per oggi. Nessuno, alla Rue Capital, si trattiene fino a tardi, il venerdì; lavorano abbastanza durante la settimana, me compresa.

Li guardo con invidia. Torneranno alla loro vita di tutti i giorni, tranquilla e noiosa. Non hanno una sola preoccupazione al mondo. Non una preoccupazione vera. Nessuno può sapere cosa sia lo stress fino a quando non gli capita di uccidere qualcuno e lasciarlo a marcire sul ciglio della strada. Io lo sto scoprendo. Proprio ora, ho un peso sulla bocca dello stomaco di cui non riesco a liberarmi. Sono quasi sicura che non andrà più via.

Caroline entra all'improvviso e mi fa saltare. Ride. «Ehi, non intendevo spaventarti. Stamattina stavi male, ora è tutto okay?»

«Se solo un'altra persona me lo chiede, mi metto a urlare». Avrei voluto che il tono suonasse leggero, ma, a giudicare dalla faccia che ha fatto, devo aver valutato male.

«Mi spiace. Giornata dura. Posso fare qualcosa per te?»

«Volevamo andare al bar al piano di sotto per un cocktail, pensavo che Eva avrebbe voluto unirsi a noi».

«È già andata via».

«Oh». Sembra delusa. «Tu vuoi venire?».

Preferirei farmi cavare un dente, piuttosto che bere un altro drink, in questo momento, ma controllo l'orologio, solo per far scena, e poi mi accorgo che non lo indosso. «Ho ospiti. Devo andare a casa, ma grazie comunque, Caroline».

L'ho detto solo allo scopo di trovare una scusa a buon mercato, ma poi me ne ricordo. Stasera *ho* ospiti. Merda. Vengono a cena Hilary e Paige. Merda. Ho così tanto da fare. Mi alzo così in fretta che mi prende un capogiro. Mi viene il dubbio di stare per morire.

Prendo le mie cose e vado da Mark per salutarlo, per scusarmi di nuovo.

«Vado a casa», gli dico.

Ha un'espressione preoccupata negli occhi.

«Per favore, non chiedermi se sto bene».

Sorride. Grazie a Dio. Imbastisco un sorriso a mia volta, usando un solo lato della bocca. Un mezzo sorriso.

«Passerai un fine settimana tranquillo?», chiede lui.

Immagino di dirgli: *è successo qualcosa di terribile, Mark. Ho ucciso una persona. Io non volevo farlo, ma siamo uscite e...*

«Sì. Ho intenzione di liberarmi di questa influenza entro lunedì». Penso che funzioni. Se tutti credono che io sia davvero malata, potrei anche usare questa cosa come paravento. «Abbiamo molte cose in ballo, la prossima settimana, con la presentazione e tutto il resto», aggiungo.

Sto per dire che sarebbe bello incontrarci, magari domenica, quando lui mi interrompe: «È stato gentile, da parte di Eva, offrirsi di preparare il pitch deck per la presentazione. Cosa ne pensi?»

«Il pitch deck per la presentazione?», sorrido, poi sorrido ancora.

«Ti ricordi della presentazione, vero?», chiede lui. «Non ti sarai dimenticata anche di quella?».

C'è una certa frivolezza nel suo tono. Ovviamente lo dice per scherzo, ma c'è anche un filo di esitazione, nascosta sotto, come se volesse esserne del tutto sicuro.

«Non puoi dire sul serio», protesto. «Perché mai dovrebbe allestirlo Eva, il pitch deck?»

«Si è offerta di prepararlo, tutto qui». Ma i suoi occhi indugiano sul mio viso e assumono un'espressione corrucciata. Poi riprende: «Io penso che sia troppo presto, e tu? Non ha ancora abbastanza esperienza».

«No! Voglio dire sì, è troppo presto. È qui solo da una settimana!». Poi, con tono più dolce, aggiungo: «È troppo importante, per noi, Mark. Non possiamo permetterci errori».

Perché lui dovrebbe anche solo suggerirlo? Sto impazzendo silenziosamente, qui. La SunCell è il mio trampolino di lancio per diventare co-titolare di questa azienda. Abbiamo anche parlato di nomi, per l'amor del Cielo. *Rue & Nichols*. Io sarei l'elemento Nichols. Sarebbe una gravissima incuria permettere a qualcuno che non sia io di preparare il pitch deck.

Lui annuisce, più volte. «Lo so», ammette. «Sono d'accordo con te. Al cento per cento. Ho solo pensato che le farebbe bene imparare. Si è offerta, ed è stata fantastica, questa mattina. Si presenta molto bene. Straordinaria. Stai facendo un ottimo lavoro con lei, Kat. Magari la prossima volta falla provare, okay? Ti chiedo solo di pensarci».

«Lo farò», mento. Poi sorrido, saluto come se fossi la persona più tranquilla del mondo, e me ne vado.

Un pitch deck è essenzialmente una serie di slide da utilizzare per la nostra presentazione. È piuttosto breve, lo usiamo come comunicazione visiva per continuare a ribadire i punti chiave ai nostri potenziali investitori. Ecco il prodotto, ecco perché è fantastico, non potete lasciarvelo scappare.

È uno strumento di vendita.

Sono sempre io che allestisco il pitch deck.

Sempre.

Io sono brava, in questo. Ogni presentazione che ho fatto ha raggiunto con successo il proprio obiettivo di finanziamento. Le mie presentazioni sono brevi rispetto ad altre, il che è buono, credo. Dodici slide. Non ho bisogno di potenziarle, io so come mettere insieme le cifre, so come fare proiezioni che siano allo stesso tempo accattivanti e accurate.

E ora, mentre sono fuori dall'ufficio ad aspettare il mio taxi, non riesco a smettere di rimuginare su tutto ciò che Mark ha appena detto.

Eva! Falla provare qualche volta. Cosa ne pensi? È stata fantastica, questa mattina!

E poi, perché Eva non mi ha detto nulla? Come hanno potuto discutere di una cosa del genere durante l'incontro che avrei dovuto presiedere io? E perché nessuno mi ha rivolto la parola per tutto il giorno?

Un'occhiata al mio telefono mi dice che il mio taxi sarà qui tra otto minuti. C'è traffico. È venerdì. Fa freddo. La gente vuole tornare a casa. Sento che mi stanno fissando. È davvero strano. E poi distolgono lo sguardo. Come se sapessero.

Sanno cosa ho fatto.

No, certo che no. Sono solo paranoica.

È così?

CAPITOLO 13

Ho pensato di chiamare Hilary e disdire l'invito, ma so che Abi ci resterebbe male. E comunque, distrarmi mi farà bene. Farò la pizza, ecco. Fingerò che sia tutto normale, e chissà, forse finirò per crederci.

Quando l'autista svolta nella mia strada, vedo con sgomento che la mia piccola Honda Civic è ancora lì, proprio dove l'ho lasciata. Noto anche che c'è Eva appoggiata, con le braccia incrociate sul petto. Appena il taxi si ferma davanti a casa mia, Eva si abbassa e mi fa un cenno con la mano dal finestrino. Esco fuori e mi saluta con un allegro "Ciao!". È tutta vivace e felice, come se non mi vedesse da molto tempo e sentisse davvero la mia mancanza. Poi mi mostra le chiavi della macchina tintinnandole e dice: «Oh, oh, guarda chi ha lasciato l'auto aperta e le chiavi nel quadro!»

Mi ricorda mia zia Maud, per il modo in cui lo dice, con un'occhiata di traverso. Mi aspetto quasi che aggiunga un "cattiva, cattiva" puntandomi il dito contro. «Grazie», dico, e gliele prendo di mano.

«Sei fortunata che non te l'abbiano rubata. So che questo è un quartiere tranquillo e tutto il resto, ma ciò non significa che non ci siano tipi loschi in agguato».

«Capito. Starò più attenta, in futuro».

Sono combattuta tra la voglia di chiederle cosa ci faccia qui, e il timore di averla invitata ed essermene del tutto dimenticata.

«Ma la macchina sembra abbastanza a posto», osserva. Controlla il cofano e ci passa persino la mano sopra. «Voglio dire, non è poi così male, vero? Potrebbe essere assai peggio».

«La vuoi?», mi lascio sfuggire. «Te la venderò a un buon prezzo».

«A me?», ride. «No! Non posso permettermi un'auto, ma grazie».

Sto quasi per dirle che gliela regalerò, ma poi lei aggiunge: «Comunque, sto solo controllando se ci siano danni, tutto qui. Non l'ho potuto fare ieri sera, col buio e tutto il resto».

Parla a voce troppo alta. La afferro per il gomito e allo stesso tempo guardo verso la porta di casa mia.

«Gesù, Eva! Per favore, puoi abbassare la voce? Abigail è in casa!». Penso di sentirmi male.

«Oh scusa!», sussurra, come fanno le persone quando provano a bisbigliare, ma pensano che sia stupido. Si mette persino una mano sulla bocca.

«Vuoi entrare?», dico infine, di malavoglia.

«Pensavo che non me l'avresti mai chiesto». Si mette la borsa sulla spalla.

«Mi dispiace», replico, «sono stressatissima. I miei nervi sono stati messi a dura prova. In effetti, sono quasi sicura che andrò subito a letto».

Infilo la chiave nella serratura.

«Ciao, sono a casa!», esclamo, come faccio sempre, anche se non così forte o allegramente come al solito. Sento il calpestio familiare dei passi di Abigail che corre giù per le scale.

«Mamma, indovina un po'! Sono entrata nel...».

Poi vede Eva dietro di me e si ferma di colpo.

«Oh, ciao», dice.

«Abigail, questa è Eva».

«Oh, mio Dio! Tu sei Eva?». Abigail si volta verso di me, in attesa di una risposta alle sue domande silenziose. *Eva, quella che ha salvato la vita alla nonna? Eva che lavora con te? Eva, quella con cui sei uscita ieri sera?*

«Questa è Eva, quella che ha aiutato tua nonna quando è stata male».

«Ciao, Abigail! È davvero un piacere conoscerti», interviene Eva.

«Salve, signora Nichols», la saluta Paige, da sopra le scale. Io non sono la *signora* Nichols, è ovvio. Quella è mia madre. Ma non sono mai riuscita a correggere queste ragazze. E dire loro *"Per favore, chiamatemi signorina"* non mi sembra il caso.

Presento Paige a Eva mentre mi tolgo il cappotto e lo appendo. Prendo e appendo anche quello di Eva.

«Abigail, Eva e io dobbiamo parlare. Vi dispiace intrattenervi qualche minuto di sopra, ragazze?».

Abi alza le spalle: «Va bene, tanto abbiamo da fare i compiti. Piacere di averti conosciuto, Eva!».

«Piacere mio, Abigail», risponde Eva. Poi mi sussurra: «Compiti? Di venerdì sera?».

«È coscienziosa», rispondo.

Eva mi segue attraverso il soggiorno, fermandosi ad ammirare le foto incorniciate appese al muro. Sono soprattutto foto di Abi; Abi a una festa di Natale, Abi che gioca a hockey, e molte altre di questo tipo. Io che tengo Abi in braccio da bambina, tra mia zia Maud e mio zio Trevor. Dimostro circa dodici anni. Indicando quest'ultima foto, Eva dice. «E chi sono queste persone? Parenti?».

Annuisco. «Mia zia e mio zio».

«Bello. Siete in buoni rapporti?».

Scuoto la testa: «Sono morti».

«Oh», fa il broncio. Poi indica un'altra foto: «E questo chi è?».

È una foto di Abi con suo padre. Abi è raggiante e gli tiene le braccia intorno al collo. Sono su una spiaggia da qualche parte. È stata scattata due estati fa.

«Questo è Harry, il padre di Abigail».

«Bel ragazzo, ora capisco da chi ha preso tua figlia». Poi mi dà un colpetto sulla spalla: «Scherzo!».

«Vuoi un campari?», chiedo, facendole strada verso la cucina.

«Certo!».

Riempio un bicchiere per entrambe. «Allora, Mark ha detto che ti sei offerta di preparare il pitch deck. Per la SunCell». A essere onesta, mi sfugge il motivo per cui ho aspettato così tanto a dirlo. Mi frullava in testa fin da quando l'ho scoperto. Avrei dovuto chiederle se stia bene, continuo a pensare che la scorsa notte potrebbe aver riportato dei danni fisici, ma ancora non lo sa, e se per caso sopravvenisse un'emorragia cerebrale o di colpo un disco della sua spina dorsale cedesse, non ci sarebbe più niente da fare. E io, invece, mi metto a chiederle del mio pitch deck.

Lei annuisce, sorseggiando il suo drink.

«Mark ti è sembrato aperto a quella proposta?», chiedo, con quanta più disinvoltura possibile.

Non penso di essere una donna gelosa. Penso di essere

una donna innamorata. C'è una bella differenza. Anche se, a quanto pare, ci può essere più di un'interpretazione. Come quella volta all'università, quando ho dato fuoco alla tesi del mio ragazzo, perché l'ho visto flirtare con una del primo anno. Se ben ricordo, lui non ha pensato che l'avessi fatto per amore. Ma, ad ogni modo, si dà il caso che Eva sia proprio bella. Nessun dubbio al riguardo. Se poi ci aggiungo quella sua personalità spumeggiante e una buona dose di cervello, all'improvviso mi sento un po' inquieta. A essere onesti, è stata una giornata tremenda. Il mio cervello non funziona in modo corretto, oggi, e neppure le mie emozioni.

«Non direi che lui fosse disposto. Ha detto di chiederlo a te. Me ne stavo dimenticando». Prende un altro sorso, poi si pulisce delicatamente la bocca con un dito. «Stavo solo cercando di dare una mano. Tu non c'eri. Ti stavo sostituendo».

«Giusto. Ovvio. Grazie per averlo fatto», rispondo.

Agita la mano. «Non c'è problema. Abbiamo passato una seratona. Sono stata felice di dare una mano. Come ti senti ora...?».

Alzo subito una mano, con il palmo rivolto verso di lei. Alzo gli occhi al cielo.

«Oh, scusa. *Oops*».

«Comunque, onestamente Eva, sono proprio distrutta. C'è qualcosa di cui volevi discutere, stasera?».

Nessuna di noi due dice niente, per un momento. Lei gira e rigira il bicchiere sul piano della cucina, lasciando un'impronta rotonda sulla superficie. Io devo resistere all'impulso di prendere un tovagliolo di carta. Poi riprende: «Ho bisogno di un favore».

«Un favore?». Stavo per dire, *un altro? Perché*, sto pensando, *ti ho già dato un lavoro*.

«Che genere di favore?»

«È un po' imbarazzante. In condizioni normali, non lo chiederei. Ma dal momento che ora io e te siamo amiche, ho pensato che avresti accettato».

«Giusto». Io, di solito, non dichiaro di essere "amiche" in questo modo, quindi aspetto di sentire il resto.

«Voglio dire, io e te, sento che c'è qualcosa che ci lega, lo sai? Dio, sto sbagliando tutto. Sono proprio imbarazzata, a dire il vero».

«Cosa intendi? Imbarazzata per cosa?»

«Beh...», distoglie lo sguardo, come se si stesse sforzando per mettere insieme le parole. Fa un bel respiro. «Okay. Ricordi che ti ho detto che stavo dalla mia amica, Allegra?»

«Sì, lo ricordo».

«Beh, ora c'è un tipo nuovo nella sua vita. È proprio assurdo. Stanno sempre a scopare», alza gli occhi al cielo. «Allegra rivuole il suo spazio, prima possibile».

«Oh!». Per un momento, resto sbalordita. E io che mi preoccupavo di doverle chiedere di restare a cena quando non me la sentivo. Ora viene fuori che vuole trasferirsi da me.

«Eva, mi dispiace, ma non puoi stare qui. Il fatto è che non ho una stanza per te».

«No! Kat, no! Non ti stavo chiedendo questo!».

Sbatto le palpebre. Mi porto una mano al petto. «Meno male! Scusa. Pensavo proprio che me lo stessi per chiedere!».

Si arrotola una ciocca di capelli intorno all'indice. «Mi chiedevo se potessi stare a casa di tua mamma».

«A casa di mia madre?»

«In condizioni normali, non te lo chiederei. Ma sono in difficoltà. Ho davvero bisogno di un posto dove stare. Non ho nessun altro a cui chiederlo. Hai detto che la casa è vuota, no?»

«Sì, ma...».

Proprio in quel momento, sento il campanello della porta d'ingresso e i passi di Abi che corrono giù per le scale. Poi la voce di Hilary che si mette a chiamare ad alta voce: «Ciao! Dove sei, Kat? Scusa, sono in ritardo! Ciao, ragazze! Sto morendo di fame!».

Eva piega la testa di lato e si mette una mano sul fianco. A bassa voce, sussurra: «Proprio distrutta, eh? Andrò subito a letto, eh?».

Io alzo gli occhi al cielo. «Siamo qui», grido.

«Ah, ci sei!», esclama Hilary, togliendosi la sciarpa. «Bene, grazie a Dio è venerdì». Lo dice sempre ogni venerdì, e io lo trovo sempre divertente, dato che non lavora.

Faccio le presentazioni: «Hilary, lei è Eva».

Eva allunga la mano, il viso luminoso, di nuovo quel sorriso. Le si rivolge con tono dolce. «È proprio un piacere conoscerti».

«Oh, ciao!», risponde Hilary, un po' sorpresa.

«Eva se ne stava giusto andando», intervengo.

Ma Hilary ha con sé una bottiglia di Pinot Nero Wayfarer, e, con un gesto plateale, la posa sul tavolo della cucina.

«Devi proprio andare? Perché non resti, almeno per un bicchiere di vino? Ho sentito che voi due siete andate in città, ieri sera. Abigail ha detto a Paige che non riuscivi ad alzarti dal letto, questa mattina!». Mentre pronuncia quest'ultima frase, si rivolge a me, con una risatina.

Mi sento male.

«A me piacerebbe restare a bere un bicchiere», replica Eva, poi mi fa l'occhiolino e aggiunge: «Ma solo se va bene a Kat».

E così, sta accadendo proprio la cosa che non volevo accadesse.

«Naturalmente, per me va bene. Ti prego, resta a bere

qualcosa». Prendo tre bicchieri da vino dalla credenza. «Ma solo un goccio per me, ti prego Hil, penso di aver esagerato, ieri sera».

CAPITOLO 14

Quando dico a Hilary che ho solo alcune basi per pizza congelate e diversi barattoli pieni di olive e cuori di carciofo, che non sono ancora scaduti, o almeno credo, lei mi guarda di traverso, alza un sopracciglio e dice: «Katherine, ti prego, non stare a preoccuparti per me», ovviamente senza pensarlo davvero.

«Sono stata sommersa dal lavoro. L'avevo dimenticato. Mi dispiace», mi giustifico. Cerco di non soffermarmi sul ricordo delle cene a cui mi invita lei. Banchetti sontuosi con tre portate e vasi di fiori freschi lungo tutto il centro del tavolo, tovaglioli di vera stoffa e posate diverse per ogni portata.

Eva dà una leggera gomitata a Hilary. «Non si è nemmeno presentata alla riunione, questa mattina», bisbiglia, in tono cospiratorio. In realtà, è una mossa intelligente da parte sua. Hilary potrebbe sentirsi minacciata dalla bella Eva, ma non sarà così, perché ora Eva è sua alleata. Eva e Hilary faranno comunella contro di me e sarà divertentissimo. Hilary accetta con entusiasmo questo inaspettato cameratismo.

Le ragazze sono tornate di sotto e stanno apparecchiando la tavola. Hilary vuole sapere dove siamo andate io e Eva, cosa abbiamo fatto.

«Ora ti faccio vedere», risponde Eva.

«Cosa?», sbotto, girando la testa di scatto.

Ha tirato fuori il cellulare e sta scorrendo un dito sullo schermo. Allungo il collo per guardare meglio.

«Siamo andate a ballare. Guarda qui». Tiene il telefono proprio davanti alla faccia di Hilary. Smetto di tagliare l'aglio e faccio di corsa il giro del tavolo per andare a vedere. Siamo corse tutte, io, Hilary, e le ragazze, Eva no, perché tiene in mano il telefono con un ridicolo sorriso che mi fa sobbalzare lo stomaco.

Hilary aggrotta le sopracciglia. «Che cos'è? Oh, è un video». Poi emette un gridolino e indica lo schermo. «Kat! Sei tu!».

Fanculo. Sono proprio io. Sono io che ballo in quello stupido club, di cui non ricordo nemmeno il nome. Sto ondeggiando, con le braccia alzate e gli occhi socchiusi. Poi mi infilo le mani nei capelli in modo da farmeli cadere sul viso, e lo faccio più volte, con la testa che oscilla a destra e sinistra. Ricordo quella parte, più o meno. Pensavo di essere languida, sexy. Pensavo di assomigliare a una mitica creatura del mare, un po' sirena, un po' modella francese anni Sessanta. Invece, sembro un polipo che è rimasto impigliato in un tubo di scarico.

«Ridammi il cellulare», scatto, e mi allungo per prenderlo.

«Oh, mamma», geme Abi. Dal suo tono, si direbbe che è mortificata. Altroché. Anch'io lo sono. Ma Eva tiene il telefono fuori dalla mia portata, e Hilary ride così tanto che sembra urlare. Poi ingrandisce il video, e mi vedo mentre mi scosto i capelli dal viso, solo un poco, e con gli occhi chiusi, sempre fluttuando come un mucchietto di alghe mezze marce, mi infilo la punta dell'indice in bocca.

Strappo il telefono di mano a Eva.

«Non posso credere che tu mi abbia filmato!». Scorro la app per chiuderla e sbatto il telefono sul tavolo.

Abi tiene entrambe le mani sulla bocca spalancata, e, con mio grande sollievo, vedo che sta cercando di trattenere una risata e non una smorfia di disgusto. Paige, invece, fissa il pavimento con gli occhi spalancati. Come se fosse sul punto di vomitare dappertutto.

«Cavolo, Kat, tu sì che sai ballare!», esclama Hilary.

«È la regina della pista da ballo, lasciate che ve lo dica!», commenta Eva, con un'altra delle sue gomitate.

Hilary sta ancora ridendo come una matta. «*Devi* darmene una copia! Pagherò qualsiasi cifra! Qualsiasi cifra, ti dico!».

Punto un coltello molto lungo e affilato in direzione di Eva. «Non osare, o ti giuro che...».

«Non ce n'è bisogno, è già su YouTube», risponde Eva.

Dà un'occhiata alla mia faccia, alla mia bocca spalancata, e di nuovo mi dà una pacca sulla spalla, in quello che a quanto pare è un suo gesto abituale, e subito dopo aggiunge: «Scherzo!».

«Farai meglio a toglierlo, io non scherzo», ringhio, tornando a tagliare l'aglio.

«Oh, andiamo, basta», interviene Hilary, asciugandosi le ultime lacrime dagli occhi. «Mettiamo queste pizze in forno. Resti a cena, Eva?».

Da bambina ero vittima di bullismo. Solo un poco, senza grossi drammi. E non perché fossi grassa (non lo ero), o perché indossassi occhiali spessi (non li portavo), e neppure perché fossi brava in matematica (okay, forse un po' lo ero).

No. Ero vittima di bullismo perché ero una brava persona. Proprio così. Siete i primi a cui lo dico? Le brave persone cadono vittime di bullismo perché sono buone. Siamo un bersaglio facile. Un gioco da ragazzi. Così, quando Mary Cooney, in seconda elementare, sbirciava nel mio cestino della merenda e diceva: «La tua merenda sembra più buona della mia, posso averla?», le davo il mio cheeseburger, lo yogurt ai mirtilli, o quello che avevo in quel momento. Proprio così. Dopo la terza o quarta volta, ha smesso di chiedermela, e io gliela davo lo stesso. Poi portavo gli zaini agli altri bambini. *Kat, mi prendi lo zaino? È davvero pesante!* Facevo i compiti degli altri. *Tieni, Kat, è per domani.* Era evidente, il mio problema era non riuscire a dire di *no*. Ero troppo buona, e lo sono ancora.

La cosa strana di questo momento, quando Eva ride e mi prende in giro per il video, oltre al fatto che mi ricorda di quando da bambina ero vittima di bullismo, è che lei trovi qualcosa di divertente nella scorsa notte. Io invece sto malissimo. Mi sento sbattuta e confusa allo stesso tempo. Ho un peso che mi schiaccia e sono spaventata. Non voglio che mi si ricordi mai più di quella notte, mai più, ed Eva invece pensa che sia divertente.

Ma, in qualche modo, la serata continua ed Eva è dolce, piacevole, e particolarmente piena di attenzioni per me. Quando Hilary, per l'ennesima volta, mi prende in giro per il video, Eva interviene: «Dai, Hilary, smetti di essere così cattiva». A un certo punto, annuncia che io sono *una straordinaria donna in carriera. Un'ispirazione.* «È la persona più intelligente che abbia mai incontrato! E tu cosa fai per vivere, Hilary?», e inizio a chiedermi se sono io che reagisco in modo esagerato.

Mi rilasso. Mi dico che se quell'uomo è morto sul colpo, allora davvero non avremmo potuto fare nulla per lui. Funziona? Non lo so. Vedremo.

Quando la serata volge al termine, chiamo un taxi per Eva e riprendo il suo cappotto dall'appendiabiti.

Sono fuori con lei, sulla veranda.

«E la casa?», sussurra.

Stringo la bocca. Come per magia, nelle ultime due ore, mi ero dimenticata di quella faccenda.

«Sono disperata. Ho davvero bisogno di un posto dove vivere. Non so a chi altro chiedere». E io penso, perché no? È vuota, dopotutto. Perché non dovrei darle una mano per qualche giorno?

«Va bene. Nel fine settimana ti ci porto», le rispondo.

«Oh, Kat, grazie! Sei grande!», corre ad abbracciarmi. Quando mi lascia andare, guardo dietro di me e vedo Hilary che ci osserva.

Socchiudo la porta, lasciando solo una piccola apertura, e chiedo in tono cospiratorio:

«Come fai, Eva? Sei così... compassata, controllata. Sei stata così tutto il giorno. È come se ieri sera non fosse successo niente».

Lei piega la testa di lato, i suoi occhi cercano il mio volto. «È perché non è successo niente, ieri sera», confessa.

E, per un momento, il mondo si illumina, le ombre svaniscono, le stelle brillano, e davvero credo di svegliarmi da un orribile incubo e che forse, solo forse, *non è successo nulla* ieri sera. Poi Eva mi dà una leggera pacca sulla spalla e so cosa dirà dopo.

«Scherzo».

Prende nota dell'espressione sul mio viso. «Mi spiace. Brutto scherzo. Sì, è ovvio, qualcosa è successo, ieri sera».

Lancia rapide occhiate nei paraggi, poi viene in avanti,

tiene la bocca così vicina a me che riesco a sentire il suo alito vicino al mio orecchio, lieve come una piuma, e proprio quando penso che sia sul punto di darmi un bacio sulla guancia, mette la mano a coppa vicino alla bocca, e sussurra: «Hai ucciso una persona».

CAPITOLO 15

Quel sabato mi sveglio tardi, con gli occhi annebbiati ed esausta per gli incubi notturni. Abigail pensa che io sia malata. È ovvio che lo pensi. Sotto gli occhi ho occhiaie scure e bluastre.

«Dovresti andare dal dottore, mamma», mi consiglia.

«Hai ragione, questo pomeriggio ci andrò», mento.

«È per le droghe?», chiede, il suo dolce viso teso per la preoccupazione.

Mi devo appoggiare per non cadere. «Quali droghe?»

«Quelle che hai preso. Eva ha detto che sono le droghe che ti hanno reso strana, in quel video. Non dovresti fare uso di droghe, mamma, non alla tua età».

«Non si deve mai fare uso di droghe, a qualsiasi età, è chiaro? Comunque, no, io non ho preso droghe». Non in quel momento, comunque. «Avevo solo bevuto un drink di troppo. Niente di che». Mi fa ancora male la testa. Mi fa male tutto. Soprattutto il cuore.

Mi viene in mente che mi sentivo stranamente euforica, al club. È possibile che Eva abbia messo della droga nel mio drink? Ha un senso? Perché avrebbe dovuto farlo?

· · ·

«Eccoci qua», dico, mentre mi appiattisco contro la porta in modo che Eva possa vedere all'interno dello stretto corridoio. «Benvenuta a casa di mia madre».

«È molto più piccola di quanto mi aspettassi», commenta Eva, con le mani sui fianchi.

«Davvero?»

«Considerando l'indirizzo, e tutto il resto».

«Oh, capisco. Sì, beh, noi abbiamo la casa più piccola di Kirkland Place. Ma sono sicura che avrai un sacco di spazio».

Trascina nell'atrio una grande valigia rosa con entrambe le mani. Sembra incredibilmente pesante, e, a quanto posso vedere, non ha le ruote. Mi sto già innervosendo per il parquet. Vorrei tanto averle detto di no.

Ma è troppo tardi, quindi le faccio fare il giro della casa, il che non richiede molto tempo; è una casa piccola, con due camere da letto. Iniziamo al piano di sopra dove si trovano le due camere, anche se quella che era la mia ora è piena di scatoloni, vecchie decorazioni natalizie e un'aspirapolvere che non funziona più.

Spingo una porta per aprirla. «Questa è la camera matrimoniale».

«Oh, c'è stato qualcuno?».

Mi rendo conto che il letto è sfatto e le lenzuola attorcigliate. Le tolgo in fretta, mentre sento il rossore salirmi lungo il collo, ne faccio un involto e lo getto in un angolo. «No, solo un amico. C'è della biancheria pulita nell'armadio del corridoio».

«Capito», dice. Poi sorride, si tocca il naso. «L'amante sposato. Il nido d'amore. Lontano dagli occhi indiscreti della moglie. Eh, già».

Ho il viso in fiamme. Mi dà una pacca sul braccio. «Non preoccuparti, Kat. Il tuo segreto è al sicuro, con me».

C'è una pausa, tra noi, e mi sembra un buon momento per chiederle: «Quanto tempo pensi di restare?».

Lei fa spallucce. «Non lo so, il tempo che mi serve, credo».

«Cioè?».

Apre l'armadio della biancheria e si porta un asciugamano al naso. «Questi puzzano un po' di muffa, non credi?», commenta, spingendomi un asciugamano in faccia.

Glielo prendo di mano. «Probabilmente, hanno solo bisogno di una rinfrescata».

«Puoi portarne di nuovi?», chiede, come se non avessi detto nulla.

Cedo: «Va bene».

Eva gironzola lenta per la camera, facendo scorrere la mano sulle superfici, e controlla l'elasticità del letto.

«Ti faccio vedere di sotto», mi affretto a dire, più che altro per il desiderio di tirarla fuori da questa stanza.

Il piano di sotto ha una struttura molto semplice. Soggiorno e sala da pranzo combinati, una cucina e lo studio di mio padre, che ora le mostro.

È una piccola stanza e, come il resto della casa, l'ho mantenuta proprio così com'era. Apro la porta per mostrargliela e non per farla entrare, ma lei entra comunque, infilandosi davanti a me appena arriviamo sulla soglia. «Preferirei che non usassi questa stanza, se non ti dispiace».

Prende un fermacarte dalla scrivania. È uno scarabeo intrappolato nella resina. Lo tiene sotto la luce. «Perché no?», chiede, «non è lo stanzino proibito di Barbablù, vero?».

«È solo che... Preferirei di no. Tutto qui».

«Che cos'è questo?». Ha preso un abaco ornamentale dalla mensola e se lo sta rigirando tra le mani.

«Per favore, non toccarlo. È molto fragile».

«Cavolo! Scusa se sono viva!».

«Mi dispiace. Ma è un antico abaco cinese. Molto raro». Glielo tolgo di mano e lo faccio scivolare prontamente in un cassetto. «In realtà, è mio. Era un regalo di mio padre».

«Allora perché è qui, e non a casa tua?».

Scuoto la testa. «Non lo voglio. Era un regalo stupido, per una dodicenne».

Tocco con delicatezza le palline prima di metterlo via, mentre ricordo quella parte della mia vita. Tanto tempo fa. Mio padre diceva sempre che sapevo contare prima ancora di imparare a parlare. Che alzavo il numero esatto di ditini paffuti quando mi veniva chiesto: *quante mele ci sono nella ciotola, Katherine? Quante finestre nella stanza, Katherine?*

Dubito che vi sia qualcosa di vero.

«Cosa faceva tuo padre?». Controlla la libreria, tira fuori libri a caso.

«Era un professore di matematica». Rimetto i libri a posto man mano che lei li toglie. Soffio via un po' di polvere.

«Quindi, Eva, tornando al discorso della tua permanenza qui...».

«*Mmm?*»

«Stavo pensando, un paio di giorni, poco più».

Gira la testa di scatto. «Scusa?».

«È solo che, adesso, non sono emotivamente pronta ad avere qualcuno in questa casa. È uno spazio davvero personale per me, e sono felice di aiutarti, ma ritengo di dover mettere in chiaro il discorso della tua permanenza. Per pochi giorni, non ho problemi. Fino a questo venerdì, che ne dici? Va bene? Non ti chiederò un affitto, o altro, è ovvio. Puoi starci gratis. È sottinteso».

Mi fissa con grandi occhi sgranati, e, col tono più incredulo che riesce a tirare fuori, ripete: «Non sei emotivamente pronta?». Il che è divertente, perché mi fa sentire come se l'avessi detto secoli fa.

«Giusto, forse non mi sono spiegata...».

«Pensi che saresti emotivamente pronta, in questo momento, se non fosse per me?».

Sussulto: «Cosa?».

«Lascia che te lo spieghi meglio. Tu saresti in prigione, in questo preciso istante, se non fosse per me. Come ti suona, emotivamente? Saresti stata arrestata per omicidio. Giusto? Controlla, se non mi credi».

Non riesco a credere a quello che sento. Poi, le sue parole della scorsa notte riecheggiano nella mia mente.

È ovvio, qualcosa è successo. Hai ucciso una persona.

Punto un dito verso di lei, gli occhi socchiusi per la rabbia: «Ascoltami!». Tengo le labbra così strette che riesco a malapena a parlare. «Io non volevo nemmeno guidare fino a casa, ma *tu* hai continuato a insistere. E quando ho investito quell'uomo, tu eri proprio lì con me. Sei stata *tu* a insistere che dovevamo andarcene. *Tu,* che hai detto che non volevi essere arrestata. Quindi non darmi la colpa di questo, adesso, Eva, è colpa tua tanto quanto mia. Forse anche più tua, a dire il vero».

Mi studia, con calma, con una mano sul fianco.

«Kat, mi dispiace, ma non stavo guidando io la macchina, guidavi tu. Io non sono responsabile per la tua scarsa capacità di giudizio. E di certo non ricordo di aver *insistito* sul fatto di lasciare lì quel pover'uomo. E perché io dovrei essere arrestata? Ero una passeggera sulla tua auto! Mi sono fatta male, Kat! *Tu* mi hai fatto male, con la tua negligenza! E tutto ciò che ho fatto, da allora, è stato cercare di aiutarti!».

Non ce la faccio. Non posso tollerarlo.

«Sai cosa? Ho cambiato idea. Non mi sta più bene. Devi andartene. Subito». Indico la porta. Sto tremando di rabbia.

«Davvero?», spalanca la bocca. Come se fosse stupita. Come se fossi io quella del tutto irragionevole.

Scuote la testa. «Kat, la ragione per cui tu puoi fare tante sviolinate sul tuo stato d'animo emotivo è perché io ti sto tenendo fuori di prigione. Una mia telefonata allo zio Bill e gli sbirri verranno a casa tua per dare un'occhiata alla tua auto, e questo dopo che avranno esaminato i filmati delle telecamere di videosorveglianza che riprendono chiaramente *te* mentre ti dirigi con la macchina verso la scena dell'incidente, proprio in quell'arco di tempo. Quei filmati, inoltre, dimostreranno che non hai guidato ininterrottamente, ma ti sei fermata per un po', e che quando hai proseguito, avevi una brutta ammaccatura sulla parte anteriore della macchina. Poi verranno fuori anche un sacco di prove su quanto tu fossi ubriaca, inclusi, tra l'altro, alcuni utili video, per tua gentile concessione. Io sono una testimone. Non dimentichiamolo. Non guardarmi in quel modo, Kat. Quindi faremo così. Me ne starò qui tutto il tempo che voglio. Giusto, no? E se non sei emotivamente pronta ad affrontare questa cosa, allora non so, prenditi un fottuto giorno di riposo mentale. E per favore, puoi andartene fuori dalle palle, ora?».

Riesco a malapena a respirare. Mi sento male. Sto per svenire. Poi dico ad alta voce, con l'incredibile consapevolezza che sta sorgendo in me: «Mi... mi stai ricattando?».

Schiocca la lingua. «Ricatto è una parola molto ostile, non credi? Io direi piuttosto che ho intenzione di dividere con te un po' della tua fortuna. Navigare col vento in poppa. Sollazzarmi in tutto questo splendore. Sei una persona molto egoista, Katherine. Non dovrei usare queste tattiche, per farti essere gentile con me. Avresti dovuto farlo comunque, permettermi di stare qui. Sarebbe stata la cosa giusta da fare. Ciò che fa un'*amica*».

Tutta la mia faccia è tesa, mi fa dolere la mascella. Sto facendo tutto il possibile per non piangere.

«E sai cos'altro ho notato?», continua. «Non mi hai nemmeno ringraziato per averti salvato il culo».

Sono troppo sbalordita. Il mio mento trema e gli occhi mi si riempiono di lacrime, fino a quando non ne cade una. L'asciugo in fretta con una mano.

«Okay», rispondo, infine.

«Quindi? Vuoi farlo adesso? Che dici?»

«Fare cosa?».

Sospira, distoglie lo sguardo, come se ne avesse abbastanza, come se non ce la facesse più. Alla fine, allarga le braccia e sbotta: «Ringraziarmi, Kat! Gesù!».

«Oh». Annuisco, come se ci stessi pensando, ma il fatto è che voglio solo andarmene da qui e allontanarmi da lei. «Grazie», borbotto.

«Okay, non è la dimostrazione di gratitudine più convincente che abbia mai sentito, ma me la farò bastare».

Mi passa davanti e tiene spalancata la porta d'ingresso. Per me.

«Ci vediamo lunedì, allora. Oh, e non dimenticare gli asciugamani puliti».

CAPITOLO 16

Sono all'inferno. E davanti a mia figlia devo far finta che sia tutto rose e fiori, mentre porto con me un orribile segreto, un peso che mi distrugge l'anima, e ho paura. È paura, pura e genuina. Si impadronisce delle mie viscere e le stravolge. Mi impedisce di respirare, di prendere sonno. Non riesco più nemmeno a parlare in modo corretto. Tutto ciò che dico esce fuori come se la mia bocca fosse piena di zuppa calda. Questa paura grava su di me ogni minuto, ogni secondo. E la paura ha anche due amici, che si chiamano Colpa e Vergogna. Sono una specie di squadra, questi tre. Vanno a braccetto, portando confusione nella mia testa.

Ora è domenica mattina e non ho dormito affatto. Neanche un minuto. Oggi Abigail ha l'allenamento di hockey; io chiamo Hilary, e con una stupida voce da malata-non-troppo-malata, le chiedo di andare a prendere Abi. «Visto che va anche Paige, ti dispiace?».

«Okay, ma Abigail non è malata, giusto? Non è che me l'attacca, vero?».

«No! È sanissima. E non te l'attacca. Sono solo io».

«Perché io non voglio prendere nulla, eh? Henry mi porterà a una serata di gala, sabato prossimo».

«Non prenderai nulla. Te lo garantisco».

«Va bene. Verrò alle dieci».

Un altro motivo per cui non voglio andare io a prendere Abi è perché non voglio entrare in quella macchina. E non voglio che salga su quella macchina neanche lei. In ogni caso, la metterò in garage. L'ho lasciata in strada dalla sera dell'incidente, e ieri il vecchio signor Jones della porta accanto mi ha detto che bloccava l'accesso al suo vialetto, anche se è parcheggiata a ben tre metri di distanza. Poi mi ha rimproverato per aver lasciato le chiavi nel quadro. «Qualcuno la ruberà, se non sta attenta», ha ringhiato.

Appena Abi se ne va, chiamo Sasha. Risponde al primo squillo e il suono della sua voce è come una scialuppa nel mare in tempesta.

«Come te la passi?», chiede. «Hai sempre intenzione di venire a casa per Pasqua?».

Casa. Pasqua? Mancano diverse settimane, come può pensare a Pasqua? «Sì», rispondo. «Assolutamente. Verremo certamente a casa per Pasqua. Non vedo l'ora».

«Va bene, mi fa piacere. Sembri ironica. Va tutto bene?».

Noto un filo allentato sul cuscino che sto abbracciando. Lo stacco con sorprendente facilità. «Ho bisogno di chiederti una cosa».

«Dimmi! Spara. Cos'hai fatto?», dice, allegramente. A essere sinceri, questa è sempre stata una battuta ricorrente tra di noi. E, finora, era stata divertente. Ma non le rivelo cosa ho fatto. Non sono pazza.

«E se...».

Da bambine, giocavamo a quel gioco.

E se trovassi un milione di dollari sul ciglio della strada, lo terresti?

E se scoprissi di essere stata adottata, ameresti lo stesso il tuo fratellino?

E se io morissi, piangeresti?

E se io avessi fatto qualcosa di veramente brutto, mi vorresti ancora bene?

«Vorrei chiederti un parere da avvocato... più o meno». Fanculo. Sto già sbagliando tutto. «Ti capita mai di occuparti di pirati della strada?», mi faccio sfuggire.

«Qualche volta, perché?»

«Una persona con cui lavoro si è messa nei guai».

«Allora ha bisogno di parlare con un avvocato».

«Esatto».

«Non è che sei *tu* nei guai, vero?»

«Io? Mio Dio, no!», rido. Merda. È questo il problema, con Sasha. È molto astuta, molto intelligente, ed è mia amica. Lei mi capisce al volo.

«Perché me lo chiedi?», dico lo stesso.

«Perché mi sembri strana».

«Beh, no, come ti ho detto, sto chiedendo per un'amica».

«Hai detto che era una collega di lavoro».

«Che è diventata un'amica. Una nuova amica. Si è messa nei guai, a quanto pare. Ha investito un uomo ed è scappata, credo. Non ne sono sicura. Il fatto è...».

«Sì?»

«Che forse aveva bevuto un po' troppo. Ecco perché è scappata».

C'è silenzio, sulla linea, per un momento. Sto per chiederle se è ancora lì, quando lei riprende: «Non dire niente, tesoro, okay? Ascoltami e basta. Quando si fa qualcosa di sbagliato, si deve parlare con un avvocato. Quindi di' alla tua amica, alla tua collega, chiunque sia, di prenderne uno. Investire qualcuno e scappare è un reato molto grave».

«Può andare in prigione, per questo?».

«Molto probabilmente, sì. È omicidio veicolare. E, se stava guidando in modo incauto, è un crimine ancora più grave. Quindi, sì, direi alla tua amica di mettere in valigia uno spazzolino da denti».

Trattengo un singhiozzo.

«Tu stanne fuori, Kat. Ti conosco. Non infilarti nella merda di un'altra persona, okay? La tua amica potrebbe essere nei guai. Non farne un problema tuo. Dille di procurarsi un avvocato. È la cosa migliore che può fare, a questo punto».

Ha ragione, è ovvio. Avrei dovuto farlo giorni fa. Non so cosa c'è che non va in me, ma non è un problema. Ora so cosa fare. Prenderò un avvocato, lo dirò a Eva, lei non avrà niente da usare contro di me, e tutto andrà bene. Riattacco, dopo aver promesso di chiamarla presto. Quando il mio telefono fa *bip*, suppongo sia di nuovo Sasha, che forse ha dimenticato di dirmi qualcosa. Ma è un messaggio. Di Eva.

Gli asciugamani???

Uso la mia chiave per entrare in casa di mia madre. Ho con me un pacco di asciugamani appena lavati, e lo lascio sul pavimento vicino alla consolle. Cerco di entrare senza far rumore. Come se fossi una domestica. Sono anche tesa e intimorita e quando la testa di Eva spunta dalla ringhiera in cima alle scale, il mio cuore sobbalza.

«Ciao, Kat!», esclama, in tono amichevole e vivace. Corre di sotto. «Stavo per preparare il caffè. Ne vuoi un po'?».

«No», balbetto, «grazie, è meglio che vada a casa. Ancora non mi sento al cento per cento... sai...».

«Già, non hai un bell'aspetto. Forse dovresti riposare».

«Giusto».

Prende il pacco e ci sbircia dentro. «Grazie per avermeli portati. Lo apprezzo molto».

Annuisco, pensando che dovrei allontanarmi poco a poco o comunque trovare una soluzione, perché è chiaro che questa donna è completamente pazza.

«Beh, allora mi levo di torno», mugugno.

«Certo, ci vediamo domani, Kat».

Mi tiene aperta la porta e, quando sono fuori, soggiunge: «E la prossima volta, Kat, suona il campanello, okay? Non mi va bene che la gente si permetta di entrare come hai appena fatto tu. Questione di spazio personale, e tutto il resto».

Il tragitto verso casa non è molto lungo, ma quando si è sotto shock si riduce pressoché a zero, e, quando giungo a casa, non ricordo neanche com'è che ci sono arrivata. Poi mi chiama Mark e mi viene da piangere.

«Ehi», rispondo, tra le lacrime. Penso che vorrei davvero fargli sapere che c'è qualcosa che non va. Poi vorrei che mi spingesse a parlare lui. Invece sussurra: «Mi manchi. Solito posto? Tra un'ora?».

«Non posso, io... C'è una persona che sta lì».

«Chi?»

«È un inquilino».

«Stai scherzando?»

«No. Scusa, è una lunga storia».

«Ti dico la verità, sono deluso», sospira e aggiunge: «Oh, beh, ci vediamo domani, allora».

CAPITOLO 17

Riesco a dissipare la nebbia che mi si è depositata nella mente abbastanza da pensare. Ho bisogno di una strategia. Non posso continuare così, mi sembra ovvio. Sono passati solo due giorni e già penso che morirò. Decido di prendere il toro per le corna. Chiederò subito a Eva: cosa vuoi? Un posto dove stare? E come, per starci per sempre?

C'è anche la possibilità che io stia reagendo in modo esagerato. Una possibilità molto, *molto* remota. Probabilmente mi sto arrampicando sugli specchi, ma quello che ora sto pensando è che forse tutta questa storia è uno scherzo elaborato, perché una cosa che ho notato di Eva è che ha uno strano senso dell'umorismo. Può essere irritante. E spesso non è affatto divertente. L'altra possibilità è che Eva abbia sbattuto la testa. Questa potrebbe anche essere la spiegazione più plausibile. Ho cercato su internet *commozione cerebrale* ed è sorprendente. Le persone, dopo un trauma cranico, si comportano nei modi più incredibili. Non ricordo che Eva abbia sbattuto la testa contro qualcosa, ma so che si era fatta male.

Ho iniziato a mangiarmi le unghie. Lo faccio ora, alla

mia scrivania, pensando a Eva, a tutte queste cose, e anche alla SunCell, perché non devo assolutamente sbagliare, con la SunCell, e sono preoccupata che lo stress possa influenzare la mia gestione di questo affare. Quindi sì, mi frullano parecchie cose in testa, questa mattina. Inoltre, sono le nove e mezza, e quando Eva alla fine arriva, è in ritardo di mezz'ora.

«Katherine, ciao! Hai passato una bella giornata, ieri? Stai meglio, sono contenta», esclama.

Non mi ha neppure rivolto un'occhiata. Avrei potuto avere un sacchetto di carta in testa e non se ne sarebbe accorta.

«Grazie, Eva», rispondo, con il mio tono più professionale. Lascia cadere la borsa sulla scrivania e si piazza sulla sedia.

«Ascolta», riprendo. «Possiamo fare una chiacchierata?»

«Certamente! È una chiacchierata seria? C'è qualcosa che non va? Qualcosa che posso fare? Vuoi andare a prendere un caffè?».

A questo punto, onestamente, non saprei dire se finge di essere normale, persino amichevole, o se è sincera. Mi alzo e chiudo la porta per avere un minimo di privacy, poi mi metto di nuovo seduta e sposto la sedia in modo da mettermi di fronte a lei. Accavallo le gambe, appoggiando un gomito sul ginocchio con un dito leggermente premuto contro il mento. Spero di darle l'impressione di essere rilassata, ma che comunque faccio sul serio.

«Okay», inizio. «Allora, io e te abbiamo vissuto qualcosa di veramente traumatico. E stavo pensando...», ma non riesco a ricordare cosa stavo pensando, perché, proprio mentre parlavo, lei ha tirato fuori il cellulare dalla borsa, si è messa a digitare qualcosa sullo schermo, si è portata il telefono all'orecchio e ora alza un dito, come per dire, "continuiamo dopo", quindi fa una chiamata.

«Ciao!», esclama, ad alta voce. Non a me, ovviamente. Aspetto.

«Lo so!», strilla. «È stato proprio fantastico!».

La sua parte di conversazione è piena zeppa di *"Lo so! Lo adoro! Eccezionale!"*, e va avanti così per un bel po'. Forse dieci minuti. Poi riattacca, rimette il telefono nella borsa e si mette a fare qualcosa al computer. Da quel che posso vedere, sembra che abbia a che fare con le e-mail.

Io, intanto, sono ancora seduta nella stessa posizione, le gambe incrociate, il gomito sul ginocchio, il mento poggiato sulle dita piegate, pronta a fare una chiacchierata seria.

«Eva?»

«*Mmm?*»

«Penso davvero che dovremmo parlarne».

Ora si gira di nuovo e mi guarda. «Di cosa?»

«Lo sai, di cosa».

«Kat, scusa, ma devi spiegarti meglio. Non so di cosa stai parlando. Forse è perché non sono intelligente come te. Dopotutto, non riesco nemmeno a far quadrare i conti, come sai. Cosa stai cercando di dire?»

«Che io...», stavo per dire *"ho paura, ho paura di te. Non è ridicolo?".*

Ma Caroline fa capolino dalla porta e non finisco la frase.

«Ragazze, siete pronte per la riunione del personale?», ci chiede.

«Veniamo subito», rispondiamo in coro io ed Eva.

«Eva?»

«Sì, Kat?»

«Cosa vuoi?»

«Ehi, dai un'occhiata a questo», ribatte lei.

Forse ha problemi di udito, non lo so. È come se mi sentisse, ma non ascoltasse. Sono qui, ma non ci sono.

Batte con l'unghia sullo schermo del computer. Riconosco la testata dell'Herald e, con sgomento, mi rendo conto che è uscito un altro articolo.

Mi alzo di scatto per dare un'occhiata più da vicino.

La polizia di Brookayline ha rinnovato l'appello per avere informazioni sul pirata della strada di Hammond Pond Parkway. La vittima è stata identificata. Poco dopo le 3:30 di venerdì, i servizi di emergenza sono stati chiamati presso Hammond Pond Parkway dopo che un uomo di trentacinque anni è stato trovato cadavere sul ciglio della strada. La vittima è stata identificata, ed era nota alle autorità per precedenti reati di droga. La polizia sta ancora cercando di rintracciare i familiari. Le forze dell'ordine invitano chiunque abbia informazioni in merito all'incidente a contattare la stazione di polizia di Brookayline o la vigilanza rionale.

Lo schermo di Eva è rivolto verso l'esterno, l'ha messo in quella posizione perché io lo veda. Chiunque potrebbe vederlo. Lo giro in tutta fretta e do un'occhiata dietro la mia spalla proprio mentre Liam ci passa davanti. Mi saluta a voce bassa. Ricambio con un cenno del capo. *Vattene.*

Secondo l'orologio sulla parete principale della reception, la riunione è in corso da diciannove minuti.

Odio quell'orologio. È uno di quei dispositivi digitali appariscenti, finto vintage, con cifre quadrate e punti lampeggianti tra le ore e i minuti, e fin qui sarebbe pure abbastanza ordinario, tranne per il fatto che è stato ricavato da un tubo al neon blu ed è enorme. Deve essere alto almeno un metro e largo il doppio. Ovviamente, è stato pensato per essere vistoso e originale, giovane e ottimistico, proprio come l'azienda.

A Mark non piace che la gente arrivi in ritardo. Dice che, salvo circostanze eccezionali, il ritardo può essere attribuito unicamente a due tratti della personalità: pigrizia o narcisismo, e nella sua azienda non c'è spazio per nessuno dei due. Da qui, il tic alla palpebra sinistra. Quello che manifesta quando è irritato. Quando mi unisco agli altri non batte ciglio, non alza nemmeno lo sguardo. Non si sarebbe mai detto che avesse notato il mio ritardo, se non fosse stato per quel tic.

È a metà di una frase, quando mi siedo. «Non dimentichiamo che la percezione, negli investimenti, è tutto». Questa è la frase. Non ha molto senso. In realtà, è piuttosto insensata, inutile, ma vedo che Eva se la sta annotando scrupolosamente. Lei è già qui, perché mi ha lasciato di là a leggere l'articolo e, senza dire una sola parola, è uscita dall'ufficio ed è andata a prendere posto alla riunione. Ora alza lo sguardo, con la giusta dose di preoccupazione che le offusca il viso e, col solo movimento delle labbra, mi chiede: *tutto bene?* come se il mio ritardo non avesse nulla a che fare con lei.

«Nuove imprese», dice Mark, ora. «Cosa abbiamo?».

Questo avviene quando proponiamo aziende che potrebbero essere alla ricerca di investire un po' di capitale. Forse ci hanno contattato, il che succede sempre più spesso. Forse le abbiamo trovate per caso in alcune pubblicazioni specializzate, o semplicemente, raccogliendo voci di corridoio.

«Io ne ho una», intervengo, ancora agitata per il ritardo. Ne ho sempre almeno una. Dopotutto, è il mio campo, è ciò in cui sono brava, e so che a Mark questo piacerà. Sto scorrendo il mio iPad, cercando di trovare il documento giusto, pronta a fare il mio discorsetto, quando Mark annuncia: «Mi piacerebbe sentire cosa ha da dire Eva». Sollevo lo sguardo e mi accorgo che lei ha la mano alzata e un'espressione ansiosa sul viso. Metto le mani in grembo.

«Grazie, Mark», inizia. «Allora, mi sono presa la libertà di passare in rassegna le ultime domande alla FDA, per vedere se si è mosso qualcosa. Qualcosa che potrebbe essere adatto a noi, e sono stata felice di trovare ciò che spero possa essere promettente: un'azienda che si chiama PellisTech ha presentato una richiesta per... un attimo solo... ecco, pelle artificiale ottenuta dalle fibre. Come ho scritto nei miei appunti, è molto all'avanguardia, ha un enorme potenziale in medicina, innesti di pelle, e cose del genere. Una cosa mai fatta prima. Potrebbe anche trovare applicazione nei trattamenti anti-invecchiamento. Non sono un'esperta, e lascerò ad altri il compito di decidere se questa tecnologia sia all'avanguardia». Indica nella mia direzione mentre lo dice. «Ma, sulla carta, sembra estremamente promettente. Direi che dovremmo prenderla in considerazione».

La fisso a bocca aperta, con il cuore in gola, mentre legge *la mia* idea dai *miei* appunti, gli stessi appunti che lei aveva trascritto per me, come se fossero suoi.

«Non so», dice Aaron, l'avvocato. «è molto difficile che prodotti come questi ottengano investimenti. Devono passare attraverso un percorso a ostacoli di test e approvazioni. Dovremmo aspettare almeno fino a quando non avremo notizie dalla FDA».

Il che ha senso. Il governo deve approvare il prodotto e considerarlo sicuro, prima che possa essere utilizzato nel modo previsto. Questo, in poche parole, è il processo di FDA. Senza l'approvazione della FDA, il prodotto non vale niente.

«Certamente», replica Eva. «Mi fa proprio piacere che tu

abbia sollevato la questione, Aaron. Grazie». Aaron prende colore e si illumina come se fosse un albero di Natale. «Ma mi permetto di dire», e qui controlla di nuovo i suoi appunti, vale a dire i miei appunti, «che hanno già fatto molto lavoro di base. Sono molto avanti nel processo, e l'approvazione della FDA arriverà da un momento all'altro. Non è vero, Katherine? A proposito, Katherine ha fatto un po' di ricerche per me su questa impresa».

Mark ora mi guarda. Mi guardano tutti, aspettando di sentire che frutti hanno dato quelle poche ricerche che ho fatto per Eva.

La ricerca, per me, non per Eva, potrebbe sovrastimare un po' le cose, ma quello che avevo scritto nei miei appunti era *FDA: sembra buono.*

«Sembra buono», ripeto ora, consapevole che gli angoli della mia bocca si stanno curvando in giù. «Penso che andrà bene».

«Però, ufficialmente non lo sappiamo», afferma Aaron.

«Lo sapremo a giorni, e se aspettiamo che sia ufficiale, non otterremo l'investimento a quel prezzo», riprende Eva. «Tutte le altre aziende là fuori vorranno salire a bordo. Sono tutte più grosse e più cattive di noi. Non reggeremo alla concorrenza. Verremo fatti fuori. Io dico: buttiamoci ora».

Mark approva con un cenno del capo. «È fantastico, Eva! Questa è musica per le mie orecchie. E grazie per aver preso l'iniziativa. Ottima l'idea di cercare tra le domande alla FDA». Si rivolge a tutti noi e aggiunge: «Prendete nota, gente. È il genere d'iniziativa che voglio vedere più spesso, qua dentro».

Io lo sto facendo da mesi, di controllare le domande alla FDA. E le richieste di brevetto e ogni tipo di iniziativa. Mark lo sa. Allora perché all'improvviso è Eva il fottuto genio?

Lei abbassa lo sguardo e arrossisce deliziosamente,

timida e riconoscente. Ritiro tutto. Lei è un fottuto genio. Se dovesse mettere tutta quell'*intraprendenza* e *iniziativa* nel fare il bene, anziché il male, non si sa dove potrebbe arrivare.

«Katherine? Che cos'hai per noi?», chiede ora Mark.

Scuoto la testa. «Non importa, mi ero sbagliata».

CAPITOLO 18

Ho lasciato che una psicopatica entrasse nella mia vita. No, ancora peggio. Ho *invitato* una psicopatica nella mia vita. Poi ho dato un lavoro alla psicopatica, proprio nel mio ufficio. Dopodiché, ho sistemato la psicopatica in casa di mia madre, mi sono assicurata che stesse comoda, e ho dato alla psicopatica un mazzo di chiavi.

Posso revocare alla psicopatica l'invito nella mia vita? Come ha sottolineato Eva, ci sono di sicuro molte telecamere di videosorveglianza che mi hanno ripreso mentre guidavo nel parco. Anche se, in realtà, non ci sono filmati di me sulla scena dell'incidente. Questo perché, in quella precisa zona, non ci sono telecamere di videosorveglianza. Lo so, perché sono andata a vedere su quell'utile sito web che mostra esattamente dove si trovano tutte le telecamere di videosorveglianza dei dintorni di Boston. E questa è una cosa a mio favore.

L'altra cosa a mio favore è che l'uomo, la vittima, è morto, e mi dispiace davvero tanto per lui, ma, proprio per questo, non può testimoniare. Allora, che prove ci sono contro di me? La parola di Eva. Tutto qua. È sufficiente?

Quando siamo sole in ufficio, dichiaro a Eva, con una voce così bassa da costringerla a sporgersi per sentirmi: «Ho intenzione di cercare un avvocato e di andare alla polizia».

Non ho intenzione di andare alla polizia, ovviamente. Non sono pazza. Ma un avvocato, perché no? Sasha ha ragione. Almeno, in questo modo, saprò se ho qualche possibilità di evitare la prigione. A ogni modo, sono a corto di idee. «E non ci sarà affatto bisogno di coinvolgerti», aggiungo. «Dirò che ero da sola, quando è successo l'incidente. Il tuo nome non verrà fatto. Di sicuro, non da me».

«Benissimo, Katherine», sibila. «Andrai in prigione per molto tempo, ma, ehi, fa' pure come vuoi».

Aspetto che dica dell'altro, non so cosa di preciso, ma non lo fa.

«Perché proprio a me?», chiedo, mentre il mio labbro inferiore trema.

«Oh, Kat! Non piangere! Non è niente di personale! Sto scoprendo la mia vena imprenditoriale, tutto qui. Mi si è presentata un'opportunità e ne sto approfittando. Tu hai molto da offrire, Katherine. Hai soldi, un ottimo lavoro, lo stipendio è buono, non è così? Tu sei intelligente, o, perlomeno, è questo che ci fai sempre notare. Hai ereditato una bella casa, piccola ma carina, niente mutuo da pagare. Sei fortunata. Io voglio solo un po' di questa fortuna. Tutto qua. Cosa c'è di male?».

Annuisco, come se tutto ciò avesse un certo senso, ma ho paura. Lei mi terrorizza.

Quella sera chiamo Mark. Voglio dirgli che ho fatto un errore grave, molto grave, ad assumere Eva. Deve licenziarla, ma non può dire che sono io a chiederlo. No, no, no. Assolutamente no. Poi mi viene in mente questo folle pensiero.

Scappiamo. Io, te, e Abi. Andiamocene e facciamoci una vita insieme da un'altra parte. In un nuovo paese. Ho sentito che la

Nuova Zelanda è interessante. Venderò la casa, mi occuperò dell'assistenza di mia madre e poi iniziamo una nuova avventura.

Che ne dici?

Immagino di dirgli queste cose al telefono.

Ma è Sonya a rispondere al cellulare; proprio non sono preparata a sentire la sua voce, e riattacco.

Controllo di nuovo la macchina. Considero di far riparare il paraurti anteriore, ma ho paura che il meccanico si sentirà obbligato a segnalarlo.

Ricorda quell'incidente con omissione di soccorso, agente? Beh, mi hanno portato un'auto che ha proprio il danno tipico di chi investe un pedone. Pensavo che volesse darci un'occhiata, agente.

Non ho il coraggio di prendere la macchina. Forse più avanti. Tra un mese. O dieci anni.

Più tardi, scrivo una lettera a Sasha. Sasha è la persona di cui mi fido di più al mondo e le chiedo di prendere con sé Abigail, nel caso in cui venissi arrestata. Le dico quanto sono profondamente dispiaciuta. Ho rovinato tutto, totalmente, completamente, definitivamente. Ma so che amerà e si prenderà cura di Abigail come fosse sua figlia. Abi sarà al sicuro, con lei, e probabilmente sarebbe un'ottima cosa, se tornasse a Los Angeles, dove una volta entrambe eravamo felici, e dove lei ha molti amici.

Sigillo la lettera, ci scrivo il nome di Sasha e la metto nel cassetto del comodino. Se verranno a prendermi, dirò ad Abi dove si trova la lettera, ma non prima.

«Ehi, Kat, in casa non c'è la lavatrice, puoi procurarmene una?», chiede Eva, il giorno dopo. Se mi ha detto *ciao*, questa mattina, non l'ho sentita.

«C'è una lavanderia a gettoni dietro l'angolo di Kirkland», rispondo, senza alzare lo sguardo.

Ride. «Una lavanderia a gettoni? Non essere sciocca. Cosa ci faccio con una lavanderia a gettoni?».

Sto ancora scrivendo, ma mi tremano le dita e la mia e-mail diventa un'incomprensibile accozzaglia di parole. Sospiro. «Prima dovrò prendere le misure. Nella zona lavanderia».

«Grande! Puoi venirci stasera. Io andrò a trovare Allegra dopo il lavoro. Il suo nuovo ragazzo l'ha scaricata. Ci crederesti? Che stronzo. È a pezzi, poveretta. Così triste». Scuote la testa. «Comunque, io stanotte resterò lì. Allegra ha bisogno di un'amica, quindi la casa è tutta tua, piccola. Misura pure a volontà!».

Lei non ci sarà, stasera. Il mio cuore accelera. Aspetto il più possibile, forse un quarto d'ora, poi vado in bagno col telefono in tasca e chiudo la porta a chiave.

Mando un messaggio a Mark.

Possiamo vederci stasera? Al solito posto? 6 del pomeriggio?

Aspetto, tamburellando col piede sul pavimento, poi vedo comparire i puntolini che rivelano il messaggio in arrivo.

E l'inquilino?

Niente inquilino, rispondo, sentendomi un po' delusa dalla crudezza del suo messaggio. Qualcuno, fuori, apre la porta. Trattengo il respiro. *Andiamo, Mark!* Ma i puntolini non compaiono. Niente. I minuti passano. Sto per arrendermi, quando finalmente il messaggio arriva.

Okay. 6 del pomeriggio.

Chiudo gli occhi. Il pensiero di stare con Mark mi fa sentire leggera, piena di speranza. Dovrei parlare con lui. Spiegargli cosa è successo. Forse, lui può aiutarmi. Sono sicura che può farlo. Le mie spalle finalmente si rilassano e quando esco dal bagno e torno in ufficio, è come se mi fossi tolta un peso. Rimprovero me stessa per non averci pensato prima. Certo, Mark è la risposta. Mark mi ama. Noi siamo una squadra. Lui capirà. So che andrà così. Lui saprà cosa fare.

Mark è arrivato, su una Tesla rossa nuova di zecca. All'inizio non avevo riconosciuto la macchina e per un momento ho pensato che fosse un amico di Eva.

«Bella», dico, mentre passo le dita su un lato della macchina.

«È più che bella», risponde lui, toccando la fiancata. «È vero amore. All'avanguardia, piccola». Sorride. «Vuoi salirci sopra?»

«...Sì, ma non sulla macchina...», rispondo, prima di trascinarlo dentro casa.

«Mi sei mancato così tanto», gli sussurro nell'orecchio. Sono seduta sulle sue ginocchia, e gli tengo le braccia intorno al collo. Sa di pioggia. Ha bisogno di radersi.

«Anche tu». Mi mette la mano sotto la camicetta, mi apre il reggiseno. Vorrei strappargli i vestiti di dosso, ma trovo difficile rilassarmi. Vorrei che non fossimo venuti qui. Non sto pensando in modo lucido. Perché non ho proposto di andare in una stanza d'albergo? Non che questo sia l'unico posto in cui possiamo stare insieme, ma è l'unico in cui siamo *stati* insieme, in intimità. Tuttavia, in casa c'è un macello. Quando sono entrata, sono rimasta senza fiato. Le cose di Eva sono sparse dappertutto. È qui da solo quattro giorni, ma non ha fatto le pulizie, e non ha nemmeno portato fuori la spazzatura. E io e Mark siamo ancora seduti in cucina, perché il soggiorno, dove avevo immaginato noi due nudi, sul divano a fare l'amore, è pieno delle sue cose. Per la maggior parte vestiti. Ma non voglio spostare nulla.

All'improvviso, Mark si allontana.

«Ho dimenticato di chiedertelo, ma hai avuto modo di dare un'occhiata al suggerimento di Eva? PellisTech?».

Sbatto le palpebre. «Cosa?»

«La startup della pelle artificiale. La domanda della FDA. Voglio organizzare una riunione. C'è qualcosa a cui dovrei dare un'occhiata? Qualche regolamento?»

«Ci sono sempre regolamenti...».

Mi bacia di nuovo, questa volta sul collo. Il suo respiro è caldo e mi fa salire un brivido lungo la spina dorsale.

«Che dice il tuo istinto, ci proviamo?», mi chiede, con una voce languida e sexy, mentre con la punta della lingua mi stuzzica il lobo dell'orecchio. «È una buona idea, Pellis-Tech. È una tipa davvero sveglia, Eva», sussurra.

Io sbuffo e mi allontano.

«Pensi davvero che sia venuto in mente a *lei*? Sicuramente stai scherzando».

«In che senso?»

«PellisTech era una mia idea! Ed è da ieri che muoio dalla voglia di dirtelo. Eva ha rubato i miei appunti. Dio! Solo ricordarlo mi fa ribollire il sangue». Gli sistemo una ciocca di capelli, ma lui mi allontana la mano.

«Di cosa stai parlando? Quali appunti?»

«Ho dato a Eva i miei appunti sulla PellisTech perché li trascrivesse, ma poi lei li ha usati durante la riunione. Ha fatto credere che fosse stata una sua idea. E, per favore, promettimi che non le dirai nulla di questo, okay? Dico sul serio».

Lui mi guarda con espressione accigliata e confusa.

«Promettimelo, Mark».

«Certo, va bene».

«Ci sono dei problemi, con quella ragazza», sussurro.

«Ma perché avrebbe dovuto farlo?»

«Per mettersi in mostra, per cosa, sennò?»

«Perché non hai detto niente? Alla riunione?»

Ecco l'appiglio. È il momento perfetto per dirglielo. Gioco con i bottoni sulla sua camicia, li sgancio e li riaggancio mentre mi preparo psicologicamente alla confessione. *Lui capirà. Ti aiuterà. Saprà cosa fare.*

«C'è qualcosa che devo dirti. È successo qualcosa, Mark. Io...».

«GESÙ!». Si alza così in fretta che cado sul pavimento. Quando vedo Eva in piedi vicino a noi, il mio cuore esplode. Con una mano si copre la bocca, ha gli occhi spalancati.

Mi affretto a rialzarmi. «Per l'amor di Dio! Cosa ci fai, tu, qui?»

«Katherine, mi dispiace *così tanto*. C'è stato un cambio di programma. Non avevo idea che tu... che voi due... mi scuso. Avrei dovuto suonare il campanello ma non mi aspettavo...».

Il mio viso è in fiamme.

«È tua quella macchina là fuori, Mark? È magnifica!».

«Devo andare», borbotta lui. Si passa entrambe le mani tra i capelli e si riabbottona la camicia. I bottoni non corrispondono più alle asole. Vorrei raggiungerlo e chiarire le cose.

Eva alza una mano per fermarlo... «No, ti prego. Me ne andrò io. Sono così dispiaciuta. È colpa mia». Sta già girando i tacchi, ma Mark si limita a scuotere la testa e sfila la giacca dallo schienale della sedia. In due falcate arriva alla porta. Si volta verso Eva e dice: «Non sapevo che tu fossi...», gesticola vagamente per la stanza, «che stessi qui». Pochi secondi dopo, sento la porta principale chiudersi. Non mi ha nemmeno guardato, mentre usciva.

Eva getta la testa all'indietro e ride. «Oh, mio Dio! Questa è impagabile! Tu e Mark? È Mark il tuo amante sposato? Oh, Kat! Da urlo! E pensi che abbia intenzione di lasciare sua moglie per te perché ti sei tolta le mutandine? Mi fai morire!».

«Sta' zitta».

Fa il gesto di asciugarsi le lacrime dalle risate. «Non c'è da stupirsi che tu sia così brava nel tuo lavoro! E io che pensavo fosse tutta questione di merito».

«Questa è casa mia. Pensavo che tu fossi fuori, stasera!».

«E io pensavo che stessi prendendo le misure nella lavanderia, quindi siamo pari. Ehi, come te la cavi con i pompini? Chiedo per un amico».

«Eva, ti giuro...». Tengo le braccia lungo i fianchi, ma le mie mani sono strette a pugno.

«Cosa? Mi giuri... cosa?».

Tutto il mio corpo sta fremendo. La ignoro e mi giro per recuperare la borsa dal pavimento.

«Che cosa giuri, Katherine? Giuri di essere una troia? Lo so già! Ecco perché tuo padre ti ha lasciato in mezzo a una strada! Immagino che tu ce l'abbia nel sangue, vero?». Strizza gli occhi e un'ombra le compare sul viso. «Non me ne frega niente che sia la tua casa. Io sto qui, ora. Su tuo invito, potrei aggiungere. Vai a farti le tue scopate da qualche altra parte, okay? Non voglio che porti gente qui. E se prendessero le mie cose? Chi me le ripagherebbe? Tu? Davvero, che non succeda più, okay?».

La spingo per arrivare alla porta e, prima che io raggiunga l'uscita, grida: «Non credo di essere irragionevole!».

Sono per strada con la bile che mi sale fino in gola e le lacrime sul viso che asciugo con entrambe le mani. Ovviamente l'ha fatto apposta. Quella storiella di andare a casa della sua amica per la notte? Mi stava preparando una trappola. Sapeva che avrei usato la casa per incontrarmi con Mark, anche se allora non sapeva chi fosse. Voleva scoprirlo. Ha buttato l'esca e mi ha preso all'amo. Sono un'idiota. Come ho già detto, un gioco da ragazzi.

CAPITOLO 19

Più tardi, quella sera, chiamo Mark, ma ogni volta risponde la segreteria telefonica e io evito di lasciare un messaggio. Quella notte non riesco a dormire. Non riesco a smettere di pensare al modo in cui Eva si è comportata dopo che Mark se n'è andato, alla sua espressione quando mi ha insultato.

Cattiveria pura.

Ora sono in ritardo perché non ho sentito la sveglia. Mi sento scombussolata e non nella mia forma migliore. Corro su per le scale e quando arrivo sul pianerottolo, vedo Eva. È nell'ufficio di Mark, parla animatamente dandomi le spalle, ma lui mi vede e si alza all'istante.

«Puoi venire qui, Katherine, per favore?».

Eva è seduta nell'unica sedia per gli ospiti, dall'altra parte della scrivania di Mark. Mi guarda coi suoi occhioni sgranati e un timido sorriso.

«Buongiorno», saluta, a mezza voce.

Mi guardo intorno, cercando qualcosa per sedermi, poi trascino lì la sedia di Caroline. Mark, dopo aver chiuso la porta si è seduto di nuovo, e ora poggia entrambe le mani sulla scrivania. «Okay, chiariamo le cose una volta per tutte», esordisce. Gli rivolgo un'occhiata supplichevole. *Non dirlo, l'hai promesso, ricordi?*

«Mark mi stava giusto dicendo», inizia Eva, e ho un tuffo al cuore, perché so di essere arrivata troppo tardi, «che non sei contenta per la PellisTech. Per come l'ho gestita. È vero?».

Lo scruto con gli occhi socchiusi. *Vaffanculo, Mark. L'avevi promesso.*

Lui solleva una mano. «Vediamo di chiarirci, signore».

Signore? Brutto stronzo sprezzante.

«Chi di voi due ha scoperto per prima la PellisTech e ha pensato che fosse un buon affare?». Mark mi guarda per avere una risposta.

«Suppongo...».

«Non so cosa dire», interrompe Eva, scuotendo la testa. «Io ho esaminato le ultime domande di brevetto, come ho già detto durante la riunione. Era un'idea che avevo, e quando ho visto la PellisTech, mi sono entusiasmata. Ho pensato che fosse un buon affare. Ti ho chiesto cosa ne pensassi, Katherine, ricordi? Stavamo chiacchierando di mio zio Bill, poi io ti ho mostrato il brevetto PellisTech, e tu hai concordato che fosse molto promettente e che ci avresti dato un'occhiata. Ti ricordi?».

Bella mossa, tirare fuori lo zio Bill. Non rispondo. E neppure annuisco.

«Non avevo capito che volessi presentarla tu», continua lei. «Sono terribilmente dispiaciuta. Non ho ancora capito bene come funzionano le cose qui e, Mark, io intendevo solo dare il mio contributo alla nuova riunione di lavoro. Pensavo che fosse il modo migliore per imparare. Se ho pestato i piedi a qualcuno, allora mi scuso tanto».

Mark sorride, il suo volto è un'immagine di benigna comprensione. Poi si rivolge a me. «Katherine?».

Il mio viso è in fiamme. «Credo... di aver fatto un errore».

«Ma tu mi hai detto qualcosa sugli appunti, che Eva ha usato i tuoi appunti, giusto? Di che si trattava?»

«Quali appunti?», chiede Eva. «Katherine è stata gentile, ad aver esaminato le domande FDA per me, e le sono molto grata. Intendi quegli appunti, Katherine? Anche mi pare di aver riconosciuto il tuo aiuto».

Mark annuisce. «Sì, l'avevi riconosciuto. Lo ricordo».

«Grazie, Mark», dice lei, per poi rivolgersi di nuovo a me. «Avrei dovuto lasciarti presentare questa nuova impresa? Immagino di dover ancora imparare qual è il mio ruolo, ma ho dato per scontato che, avendo intravisto questa nuova opportunità, fosse giusto da parte mia parlarne. Ora mi accorgo di aver sbagliato. Chiaramente, alla Rue Capital c'è una gerarchia, e anche un protocollo che devo seguire. Non avrei dovuto prendere la parola in quel modo. Non succederà più».

«No, Eva», interviene Mark, sbuffando. «Non c'è nessun protocollo o gerarchia, alla Rue Capital! Accogliamo volentieri il contributo di tutti. Siamo una squadra, qui».

«Beh, è quello che pensavo anch'io, ma...».

Ora gli occhi di entrambi sono puntati su di me. Il cuore mi martella nelle orecchie. «Come ho detto, è stato un mio errore. Non c'è problema».

«Sei sicura?», chiede Eva, mettendomi una mano sul braccio. «Perché mi dispiacerebbe se...».

«No», mi affretto a rispondere. «Non c'è proprio alcun problema. Non so nemmeno perché ne stiamo parlando».

«Oh, bene!», esclama lei, con una mano sul petto. «Sono così sollevata!». E ride.

«Okay, beh, sono contento che abbiamo chiarito le cose. Grazie per la tua disponibilità, Eva».

«Non è affatto un problema, Mark. *Grazie a te*».

Esce e io faccio per andarle dietro. «Tu aspetta, ad andartene», mi ferma lui, e mi siedo di nuovo.

Aspetta che Eva esca e poi chiude la porta. «Vuoi dirmi che cazzo di storia è questa?», chiede.

Sussulto.

«Si sta impegnando davvero molto per inserirsi», continua, indicando nella sua direzione. «Se ne esce con una buona idea e tu all'improvviso non lo sopporti? Ti senti davvero così minacciata da una giovane donna intelligente come Eva? Mi aspettavo di più da te, Kat».

«Ho fatto un errore», mormoro, alla fine, perché so di essere spacciata. Eva ha in mano le redini del gioco. Riesce a rendermi la vita un inferno a suo piacimento, e io dovrò solo ingoiare il rospo e stare lontana da lei.

«Non ho tempo per queste cazzate, Katherine. Non ho intenzione di fare da arbitro ogni volta che ti senti messa in ombra da una giovane donna di talento. La prossima volta, cavatela da sola, okay? E ora, torna al lavoro».

Non ne parliamo più, io ed Eva. È una sorta di tacito accordo tra noi. *Hai vinto lei.* Ma, nei prossimi giorni, farò tutto il possibile per starle alla larga. Non sopporto il suono della sua voce. Mi fa venire i bruciori di stomaco. Odio tutto di lei. Odio lei. Odio persino il modo in cui pronuncia il mio nome. *"Kat". "Ehi, Kat".* Mi fa chiudere lo stomaco, perché non so cosa verrà dopo, ma so che sarà davvero terribile. Tuttavia, non posso sfuggirle, perché lei è come la colla. No, è ancora peggio. È come il velcro.

Ehi, Kat, possiamo pranzare adesso?

Ehi, Kat, Liam vuole dettagli aggiornati per il sito Web, cosa devo dirgli?

Ehi, Kat, ricordi quel file che mi hai dato l'altro giorno, sai dove si trova?

A proposito, Kat, l'acqua calda finisce in fretta, nella tua casa, pensi di potermi chiamare un idraulico? Questo pomeriggio? Va bene?

A casa, Abigail non sa se essere preoccupata o frustrata. Si lamenta che sono sempre distratta. Le dico che è per il lavoro, è solo una cosa temporanea, glielo assicuro.

Trascorro notti insonni a cercare di decidere se chiamare o no un avvocato. Temo che mi convincerà a costituirmi, quindi continuo a rimandare. È più importante riuscire in qualche modo a buttare Eva fuori dall'ufficio. E intendo fuori in tutti i sensi. Fuori dall'edificio. Potrei lamentarmi con Mark che è sempre in ritardo e che il suo lavoro non è all'altezza. Potrei chiedergli di licenziarla.

Ma non funzionerà. Non con una come lei. Farebbe causa alla Rue Capital, se lui la licenziasse. Direbbe che è stata licenziata perché ha beccato il suo capo sposato che si scopava una dipendente in calore. *Li ho colti sul fatto, quindi lui mi ha licenziato.* E se scoprisse che la cosa è partita da me, non so cosa farebbe, ma immagino che non sarebbe piacevole.

CAPITOLO 20

Oggi sono due settimane. Sono davvero nervosa, ma anche eccitata. Mark e io possiamo lasciarci alle spalle tutta questa ridicola faccenda della PellisTech. Ho preso in considerazione l'idea di provare a chiedergli perché si sia permesso di riferire a Eva quel che gli avevo detto, ma lui non c'è più tornato sopra, quindi ho pensato, ehi, non svegliare il cane che dorme o qualcosa del genere. In ogni caso, sarà un sollievo voltare pagina. E, non so perché, ma sento che quando finalmente staremo insieme in via ufficiale, mi sarò liberata di Eva. Non sarà troppo facile, quello no, ma almeno non sarò così sola.

Indosso il vestito di lana grigio che piace a Mark, con stivali alti fino al ginocchio neri e un'ampia cintura. Ho un bell'aspetto. Stanca, certo, ma non c'è nulla che un po' di trucco non possa coprire. Immagino che, dopo il lavoro, usciremo a festeggiare da qualche parte, in pace, solo noi due, magari con un bicchiere di champagne.

È tutta la mattina che lo guardo, con le farfalle nello stomaco e un raggio di luce nel cuore. Sto aspettando un segnale. Va da sé che non sto affatto lavorando. Osservo Eva passare davanti all'ufficio di Mark, fare capolino dalla porta e dire qualcosa. Mark ride. Lo stesso fa Caroline, che si alza, raggiunge Eva e la abbraccia. Ma che cazzo...? Di colpo, muoio dalla voglia di sapere cosa abbia detto per farli ridere. Forse qualcosa su di me?

Ieri sera mi è venuto da pensare che Eva potrebbe andare da un'altra parte, se trovasse un lavoro migliore. Paga migliore, maggiori benefici, più ferie, migliore qualifica. Ho pensato che, forse, avrei potuto fornirle un'importante referenza, falsa, ovviamente, e persino inventarle un curriculum di sana pianta. Troverò il lavoro perfetto e poi glielo offrirò. Come un regalo. Come se stessi facendo qualcosa per lei. Quindi, ora è questo che sto facendo. Sto scorrendo gli annunci di lavoro online, quando Eva esce dall'ufficio di Mark con lui dietro. Indossa la giacca e ha con sé il portatile, nella borsa di pelle nera di Burberry che gli ho regalato per Natale. Il mio cuore batte troppo forte. Non capisco cosa stia succedendo, ma scendono le scale senza guardarmi e un attimo dopo escono dall'edificio.

Mi precipito nell'ufficio di lui.

«Dov'è andato Mark?», chiedo in fretta.

«Alla Riunione della PellisTech», risponde Caroline, senza alzare lo sguardo.

«PellisTech?»

«Esatto».

«Con Eva?».

Adesso mi guarda. «Perché? Che problema c'è?»

«N... niente», balbetto. «Non lo sapevo, tutto qui».

«Davvero?», chiede lei con un sorrisetto.

Dopo, non riesco più a concentrarmi. Torno alla mia scrivania, mi siedo, con le gambe che tremano, e mi mangio le unghie. Passano almeno due ore, prima che tornino; mi limito a fissare le scale attraverso il vetro fino a quando finalmente non li vedo salire i gradini. Sembrano di buon umore. Lei sta ridendo, gli tiene una mano sul braccio. Vorrei strappargliela via, quella mano. Anzi, strapparle proprio di netto il braccio dalla spalla.

Lui va dritto nel suo ufficio e lei entra nel nostro.

«Beh!», comincia. «È stato *molto* interessante. Posso capire perché ami così tanto il tuo lavoro. E Mark è un tipo affascinante».

Non rispondo. Sono già fuori dalla porta e punto dritta verso Mark. Si sta ancora togliendo la giacca, quando entro nel suo ufficio. Caroline non c'è; chiudo la porta dietro di me.

«Hai portato Eva a una riunione con un cliente?», chiedo, tutto d'un fiato.

«Certo».

«Perché non mi hai chiesto di venire con te?».

Aggrotta la fronte. «Non avevo bisogno di chiedertelo. Tu hai un sacco di lavoro, ho pensato di portarci Eva, è un buon tirocinio, per lei. Dopotutto, è lei che ha tirato fuori il progetto PellisTech».

Mi guarda di sottecchi, sfidandomi a contraddirlo. Vorrei afferrarlo per il bavero della camicia e urlargli in faccia: *Non l'ha tirato fuori lei, sono stata io! Mi ha rubato l'idea! È una persona orribile, non lo vedi?*

«È solo che sono sorpresa che tu abbia portato lei, tutto qui. Vengo sempre io con te, a tutte le nostre riunioni introduttive. E le proiezioni? Le ha fatte Eva?», mugugno.

«Ovviamente no. Le ho fatte io. Non mi aspettavo che Eva fosse già in grado di farle».

«Allora perché non l'hai chiesto a me, maledizione?».

Lui sussulta. «Ma che problemi hai? Non è una cosa importante, non capisco perché sei così arrabbiata. E poi, non ti porto a tutte le riunioni».

«Sarebbe stato meglio se fossi venuta io con te. Tutto qui».

«Pensavo che avessimo risolto questa questione con Eva. O ci toccherà fare lo stesso discorso ogni volta che la coinvolgo in un progetto? Ho da lavorare, io». Sto per controbattere, ma lui appoggia le braccia sulla scrivania e dice: «Katherine, che ti succede? Sei distratta. Il tuo lavoro sta diventando scadente. C'è qualcosa che non va a casa? Abigail sta bene?»

«Sì! Cioè, no! Non mi succede niente, che cazzo vuoi insinuare?». Mi mordo l'interno della bocca. Una parte di me sa che do l'impressione di reagire in modo esagerato. Mark non sa come sia Eva veramente. Non sa che lei è il diavolo.

«Non mi hai chiesto come se l'è cavata».

Per l'amor del cielo. E ora perché dice questo?

«Non ce n'è bisogno. So già che è stata perfetta».

Si strofina un lato del naso. «Non direi *perfetta*, ma è stata fantastica. Un vero talento. Sicuramente ci sarà un futuro per lei, alla Rue Capital. In ogni caso, avrà bisogno della tua guida. Con te come maestra, potrà davvero imparare».

Sospetto che lo consideri una specie di ramo d'ulivo. Credo di sentirmi male.

«Buono a sapersi. Senti, Mark, non voglio litigare con te, e poi proprio oggi». Prendo una sedia e mi accomodo. «Cambiando argomento...», continuo, ora più dolce.

«Sì?».

Aspetto che ci arrivi.

«Ricordi la nostra conversazione?», lo aiuto.

Lui piega la testa di lato e aggrotta le sopracciglia. «Quale conversazione?».

Ho un bisogno impellente di dirgli che, qualunque sia la

ragione, non deve mai, mai, fare l'attore. Perché è proprio negato.

Ma sto al gioco.

«Due settimane, Mark. Ricordi?».

Qualcosa gli attraversa la faccia. Un'espressione di debolezza mista a impotenza. Mi sento il cuore in gola per il peso della delusione.

«L'avevi promesso».

«Lo so. Non è così facile», ammette.

«Avevi detto due settimane».

«È la sua malattia...».

«Lo so. Lo ricordo. Stanchezza cronica. Avevi detto che stava migliorando».

«Non è così facile. Ho bisogno di più tempo».

«Io non ho più tempo».

«Cosa?». Scuote la testa, confuso. «Non è... che sei...».

«Incinta? Dio, no! non è questo...». Ma, mentre lo guardo tirare un sospiro di sollievo, sento le lacrime pungermi l'interno degli occhi.

«Sei un bastardo», scatto, e mi alzo per andarmene.

«Katherine, no», supplica. «Mi dispiace. La prossima volta porterò te alla riunione, va bene?».

In realtà, mi ero completamente dimenticata di quello.

«No. Portaci Eva, da ora in poi. Non mi interessa».

Col passare dei giorni, che diventano settimane, Eva si cala bene nel suo ruolo di mia torturatrice personale. Mi fa fare cose per lei. Molte cose, perlopiù piccolezze. Passarle in lavanderia, portarle il caffè, prenotarle la manicure. Dice che, quando entra in ufficio, devo prenderle il cappotto e appenderlo. È un cappotto molto costoso. Chanel. Molto bello. Quindi, ho preso a masticare una gomma che poi le attacco da qualche parte sul cappotto. Finora sono riuscita ad appiccicarne una sotto il colletto e un'altra sotto il risvolto della tasca. Anche se non proprio in tasca. Non sono pazza. Non l'ha ancora notato, forse non lo noterà mai, ma io lo so, ed è una di quelle sciocchezze che mi fa sentire bene. Ci si accontenta di quel che viene.

Poi ci sono le cose più impegnative. Ora faccio il suo lavoro, oltre al mio, quindi lavoro più ore. Arrivo alle sette del mattino e stacco alle sette di sera. Abi si sta davvero preoccupando, inutile dirlo. Sasha mi chiama da Los Angeles. Lascia messaggi in segreteria: *Mi mancate, ragazze! Richiamami, Kat!* Io non la richiamo. O, quando lo faccio, sono chiacchieratine veloci. *Sono così occupata, ho già bisogno di una pausa. Non vedo l'ora che finisca la grande presentazione! Due chiacchiere e basta, okay?*

Chiamo Hilary. *Ce la fai a prendere Abi dall'allenamento di hockey? Mi dispiace, lo so che è la terza volta questa settimana. Mi sdebiterò, lo giuro.*

Sono esausta. Non ricordo l'ultima volta che ho dormito. Sono arrivata al punto che dimentico ciò che sto facendo e non so quanto tempo sia passato. Succede molte volte, specialmente quando mi sorprendo a guardare Eva, cosa che faccio spesso ora, ma di nascosto, da sopra il monitor. Mi capita di fissare la sua nuca senza pensare, a volte anche per ore, finché mi fanno male gli occhi. Poi, a un certo punto, lei se ne esce dicendo qualcosa come: «Stai facendo quel lavoro per me, Katherine? Non sento battere sui tasti!». E io torno a fingere di lavorare.

Ho un blocco notes sulla mia scrivania su cui prendo appunti rapidi quando sono al telefono. Ieri l'ho preso e sono rimasta scioccata nel trovare pagine piene di scarabocchi neri e densi.

Eva. Il Diavolo. Il Diavolo Eva. Eva Manipolativa. ManipolatEva.

Pagine. Molte pagine. All'inizio non credevo di averle scritte io, ma è la mia grafia. In alcune parti ho premuto così forte che la penna ha bucato la carta fino ad arrivare alla pagina successiva.

Sto impazzendo.

Prima non vedevo l'ora di venire al lavoro. Ora tremo solo a pensarci. Non sopporto il suono della sua voce, soprattutto quando ride. Mi fa venire voglia di rompere qualcosa. E, ogni volta che provo a oppormi a una delle sue stupide richieste (*Ehi, Kat, dato che sei un genio della matematica e io non sono capace di sommare due numeri insieme, puoi prepararmi la dichiarazione dei redditi?*), lei dice che quando è venuta per cena a casa nostra quel giorno, il giorno dopo l'incidente, ha fatto foto del danno alla macchina mentre mi aspettava fuori. Parla di suo zio. *Mio zio il poliziotto, l'hai presente?* Dice che lui insiste a chiederle se sa qualcosa sull'incidente con omissione di soccorso sulla Parkway, ma è tutto a posto, continua, perché lei gli ha chiesto di non occuparsene. Tienilo fuori dai registri, gli ha detto. O qualcosa del genere.

«Ciao, Katherine, posso parlarti un minuto?».

Sobbalzo. Mark è in piedi, proprio fuori dalla porta.

«Certo».

Lo seguo nel suo ufficio con una certa ansia. È un'idea che ho avuto ieri. Gli ho mandato un'e-mail e gli ho detto che dovevamo procurare a Eva un ufficio suo. Non c'è molto spazio libero, al piano di sotto, anzi non abbiamo proprio spazio. Tutti gli uffici sono occupati. Ma al piano di sopra è una storia diversa. Sarà un po' strano, certo, avere il mio cosiddetto Assistente Esecutivo lassù con i tecnici informatici, ma quaggiù stiamo troppo stretti. Che diavolo, andrò io di sopra. Con Liam e l'altro tecnico informatico, che non fa mai una parola. Il mio Assistente Esecutivo può prendersi il mio ufficio. Non mi interessa.

Mark chiude la porta e mi indica la sedia. Davanti a lui c'è una penna stilografica nera Montblanc. Costosa. Non ricordo di averla vista prima. Mi chiedo da quando ce l'abbia.

La prende e inizia a giocarci, facendo più volte clic sul cappuccio.

«Come stai, Katherine?».

Mi premo un dito sulla fronte. Tra gli occhi. Forte. «Sto bene, tu?».

Lui sorride. «Voglio parlare di te». La mia gamba sinistra sta tremando. Mi afferro il ginocchio per farla smettere.

«Sto bene. Stanca, ho molte cose in ballo. Mio Dio! Giusto? Ma è tutto sotto controllo. Non sono preoccupata». Mi mangio l'unghia dell'indice sinistro. Non mi sono mai mangiata le unghie, mai e poi mai, ma ora non riesco a smettere. Al punto che non ho quasi più unghie da mangiare. A volte faccio persino uscire il sangue.

«Mi dispiace di non essermi fatta viva», sussurro.

Lui piega appena la testa da un lato. «Fatta viva?»

«Sai... non ci parliamo o scriviamo da secoli, per non parlare poi di... beh, lo sai. È che sono così occupata. Dio, quanto mi manchi».

Mark si guarda rapidamente intorno e fa un piccolo gesto con la mano, lasciandola sospesa appena sopra la scrivania. Mi ci vuole un momento per capire cosa voglia dire. Ah, okay, credo sia una specie di avvertimento.

«Non credo che qualcuno possa sentirci», sussurro.

«Non importa. Guarda, io...».

«Intanto possiamo parlare della posizione di Eva?», mi lascio sfuggire.

«Sì, bene. Parliamone». Ruota lo schermo in modo che io possa vederlo.

«Hai visto questo?», chiede.

Questo è il pitch deck. Per la SunCell. Certo che l'ho visto, perché l'ho preparato io, stronzo. Eva si era offerta di farlo, *Non mi dispiace Mark, davvero, nessun disturbo. Mi piacerebbe imparare,* e più tardi a me aveva detto: «Sarò onesta con te, Kat. Non ho idea di come fare. Non so nemmeno com'è fatto un pitch deck. E neanche me ne importa».

Saprete già come è andata a finire. Io ho creato le slide e lei le ha date a Mark fingendo che fosse il suo lavoro. Come al solito.

«È fantastico, Kat. È davvero geniale», esulta Mark. Alzo gli occhi al cielo, non posso farci niente.

«Dai un'occhiata, quando trovi un momento, se non l'hai già fatto. So che sei stata occupata, ma, Katherine, io sono così entusiasta di Eva. Non posso ringraziarti abbastanza per averla portata tra noi e per averla aiutata a imparare i trucchi del mestiere. È una risorsa così preziosa, per la nostra piccola azienda. Deve essere un grande aiuto, per te. Sono contento che non sia tutto sulle tue spalle».

«A cosa ti riferisci?»

«Alle responsabilità che ti eri assunta. Erano molte, ora me ne rendo conto. Ho investito molto su di te, Kat, intelligentona pazzoide Kat, eh?». Ammicca. Poi, simulando un ripensamento che non imbroglia nessuno, certamente non me, aggiunge: «Penso che, la prossima settimana, dovrebbe essere lei a fare la presentazione del cliente agli investitori».

Mi metto un dito nell'orecchio e lo scuoto, perché non credo di aver sentito bene.

«Cosa ne pensi?».

Mi sporgo verso di lui. «La presentazione del cliente SunCell?»

«Sì».

«Faccio sempre io la presentazione del cliente, Mark. E la SunCell, è... è mia!».

«Gesù, Katherine, ti prego! Non ricominciare!».

«Cosa intendi per *ricominciare*? Eva non può farla, punto! Non ha le competenze. Non sa come si fa».

Lui indica lo schermo. «Ha fatto un lavoro fantastico con il pitch deck».

«No, io...».

«Cosa?».

È come sbattere contro un muro. Ogni volta che voglio sputare il rospo, *No! Sono io che l'ho fatto! Non capisci? L'ho fatto io! E anche la PellisTech! E tutte le altre cose di cui lei rivendica il merito! Faccio tutto io!* Ma a quel punto, *bang*, vado a sbattere contro un muro. *Non farlo. Tieni la bocca chiusa. Ti incasinerà ancora di più la vita, se possibile.*

«Non possiamo rovinare tutto, è quello che stavamo aspettando, Mark. È il colpo grosso».

Lui incrocia le braccia. «Sono d'accordo con te. Ecco perché, in questo momento, penso che tu non sia la persona giusta».

«Io *non sono* la persona giusta?»

«Non stai molto bene».

«Di cosa stai parlando? Io sto bene!».

«No, Kat, non stai bene. Hai un aspetto orribile. I tuoi capelli sono...».

I miei capelli? Che cazzo c'entrano i miei capelli, adesso? Certo, normalmente investo un po' di tempo in prodotti di bellezza. Ho i capelli scuri, quasi neri. Li porto lunghi fino alle spalle, scalati. Un taglio semplice, ma che mi dona. Okay, forse ora non hanno un aspetto troppo luminoso. Alzo una mano per toccarli. Sembrano un po' unti.

«Parli sempre da sola», continua Mark. «Lo hanno notato tutti, sai. Guardati. Ti mangi le unghie...».

Tiro fuori le dita dalla bocca in un lampo e mi copro le mani con le maniche.

«Sai cosa mi ha detto Caroline, stamattina?», prosegue.

Non rispondo. Riconosco una domanda retorica, quando ne sento una.

«Che puzzi, Katherine».

«Gesù, Mark, che stai dicendo?»

«Mi dispiace, ma è vero. È così».

«Ti dispiace di cosa? Ma che diavolo dici?».

Non ha il coraggio di guardarmi negli occhi. «Puzzi di sudore».

Scoppio a ridere per il modo in cui lo dice. Non posso farci niente.

«Beh, mi rincuora», commento, ironica.

«Sei venuta a lavorare tutta la settimana con gli stessi vestiti. Guardati. Sei un disastro. Guardati allo specchio, Katherine, per l'amor di Dio. Forse dovresti andare a casa».

Stringo i denti. Sento una vena pulsarmi nella tempia. Sono io, adesso, che incrocio le braccia sulla scrivania. Ma sono seduta troppo in basso e non produce lo stesso effetto.

«La SunCell è mia. Farò io la presentazione». Alzo una mano per respingere le sue proteste. «Mi sistemerò, mi farò una doccia. Non mi ero resa conto che fossi così pignolo su queste cose», borbotto.

Mark sposta qualcosa sulla scrivania, oggetti insignificanti. Post-it gialli. Un piccolo cactus che Caroline gli aveva regalato per il suo compleanno e che nessuno ha mai, proprio mai, annaffiato. È avvizzito e ha assunto il colore del terriccio.

Una volta a corto di cose con cui armeggiare solo per non dovermi guardare, annuncia: «Eva farà la presentazione della SunCell».

«Perché? Perché ha un buon profumo?».

Lui gira la testa e guarda nell'ufficio, dove è seduta Eva. Io seguo il suo sguardo. Lei è al telefono, sorride, annuisce, prende appunti, poi ride con grazia, getta indietro la testa e con una mano si carezza con noncuranza il collo bianco. Mi chiedo se sia consapevole che la stiamo osservando. Mi volto di nuovo verso Mark ed è allora che capisco, senza alcun dubbio e chiaro come il sole, che se la porta a letto.

CAPITOLO 22

Ognuno di noi ha un limite e sembra che il mio sia finalmente arrivato. Dovrei essere sconvolta, in questo momento. Dovrei, non so, piangere. Supplicare? Essere distrutta. Invece sono solo molto, molto arrabbiata e molto, molto delusa.

«Allora, siamo d'accordo?», mi chiede Mark. Fisso il cactus morto sulla sua scrivania e immagino di prenderlo e fracassarglielo in testa. Poi rimpiazzo questa immagine con quella di me che gli strappo la penna Montblanc e la uso per pugnalargli la mano. Ripetutamente.

Sì. Siamo d'accordo.

Vedendo che sono già le quattro passate, ed Eva non lavora mai dopo le quattro (*Non ne ho bisogno, sono una lavoratrice molto efficiente*, ha detto a Mark), direi che per quel giorno se n'è andata. C'è un Post-it rosa attaccato allo schermo del mio computer con su scritto di finire qualche lavoro per lei. Lo accartoccio e lo lancio dietro di me. Non so dove vada a finire.

«Ehi».

Alzo lo sguardo e vedo Liam appoggiato allo stipite della porta. Lo ignoro e prendo la mia giacca.

«Come vanno le cose?», chiede.

«Perché?».

Mi aspetto che faccia spallucce, invece entra e posa una tazza di caffè sulla mia scrivania. Quindi prende la sedia di Eva.

«Caroline dice che hai un esaurimento nervoso».

«Fanculo Caroline». Allontano il caffè. «E perché l'avrebbe detto?».

Non mi aspetto che risponda, ma lui risponde lo stesso. «Sembra che sia quello che le ha detto Eva».

«Davvero?»

«Devi ammetterlo, ultimamente ti si dà quasi per dispersa. Stai rintanata qui tutto il tempo, come se ti stessi nascondendo».

Non mi aspettavo che Liam fosse così perspicace. O così preoccupato, in realtà. Mi ha quasi commosso.

«Cos'altro ha detto Caroline?», chiedo, cercando di tirare su la cerniera della giacca, ma le dita mi tremano e non ci riesco.

«Che stai insegnando a Eva a fare il tuo lavoro, perché presto te ne andrai». A quest'ultima frase, alzo la testa di scatto.

«Ha detto questo?»

«Ho sentito per caso Mark che parlava di te. Quindi ho chiesto a Caroline».

«Che cosa ha detto Mark?»

«Non è più sicuro che tu sia all'altezza del lavoro. Mi dispiace. Non ero proprio lì. Ho solo origliato».

«Con chi stava parlando?»

«Con Eva», risponde lui, con le guance arrossate.

Spingo con forza la sedia contro la scrivania.

«Non ascoltare i pettegolezzi dell'ufficio, Liam».

«Okay, va bene, buono a sapersi. Io spero che tu resti, per quello che vale».

«Grazie. Lo apprezzo». Armeggio con la mia borsa e, senza guardarlo, chiedo: «Non pensi che lei sia strana? Eva, intendo».

«Non lo so, non proprio. Voglio dire, è cordiale».

Esatto. Come se significasse qualcosa. Perché nessuno ha mai detto questo di una persona psicopatica, mai e poi mai.

«A essere onesti, Kat, sei tu quella strana».

«Si, lo so».

«Ti riprenderai?».

Quella domanda mi fa venire le lacrime agli occhi. Non riesco a trattenerle. Prendo un Kleenex dalla scrivania e faccio finta di soffiarmi il naso.

«Non lo so, Liam. Lo spero proprio». Mi metto la borsa in spalla ed esco, con la giacca ancora aperta.

«Non vuoi il caffè?», insiste, dietro di me. Alzo una mano senza voltarmi.

Ho notato, perché non potevo non notarlo, che Eva e Caroline sono diventate, per così dire, amiche d'ufficio. Vanno a pranzo insieme. Le vedo al bancone della cucina che si dicono cose all'orecchio. A volte mi lanciano occhiate furtive. Ho smesso di preoccuparmene. A Caroline non sono mai piaciuta e non ne capisco ancora il motivo. Immagino che Eva l'abbia intuito e ora la stia usando per diffamarmi. Mi sono accorta che in ufficio le persone mi evitano. Dovrei dire loro che un esaurimento nervoso non è contagioso.

Sta nevicando, e le mie Converse alte sono del tutto inadatte a questa stagione. Questo è ciò che accade quando smetti di prestare attenzione a ciò che indossi. Prendo solo ciò che ho sottomano in quel momento, e spesso capita che siano i vestiti che indossavo il giorno prima. Questa mattina, è toccato alle Converse rosse scure. Cammino e allo stesso tempo contraggo le dita dei piedi, cercando di scaldarle.

Quando vedo in lontananza la casa di Kirkland Place, la porta d'ingresso si apre ed esce Eva. Ma non è sola. C'è un uomo, con lei. Suo zio il poliziotto, forse? Non sembra uno zio. Non ha proprio un aspetto...da zio, ecco. Mi fermo e mi ritiro appena dietro l'angolo per non essere vista. Lei gli circonda il collo con le braccia, e lui le circonda la vita. Si baciano teneramente sulle labbra. Quindi non è lo zio poliziotto. Indossa un casco da motociclista, e io tengo d'occhio la moto blu parcheggiata proprio là fuori. Eva si strofina le braccia come se avesse freddo, cosa molto probabile, considerando quanta poca roba ha indosso, e torna dentro. Aspetto che lui avvii la moto e parta, con un rombo del motore.

Quindi Eva aveva un ospite. Interessante. Un fidanzato, a quanto pare. Dovrei dirlo a Mark. No, meglio lasciarglielo scoprire da solo.

Batto i piedi sullo zerbino. Eva ha detto qualcosa, l'altro giorno, a proposito del fatto che non devo entrare. Che devo suonare il campanello. Uso la mia chiave, è sottinteso.

«Katherine!». L'ho sorpresa. Guarda rapidamente per tutta la stanza. Mi chiedo cosa stia cercando. Qualcosa che non dovrei vedere?

«Sarò breve», le dico. «Devi andartene. Trova un altro posto dove stare».

Si è cambiata, ora indossa un paio di vecchi jeans, strappati in tutti i punti strategici, e una maglietta che lascia scoperta una spalla. È scalza. I biondi capelli le ricadono lungo la schiena. Ha le guance colorite. Sembra così radiosa.

Penso che abbia appena fatto sesso.

Piega la testa di lato e si alza, con una mano sul fianco, ma c'è qualcosa di finto in questa posa. «Ho capito bene?», dice, assumendo di nuovo la posa di finta sfida.

Mi segue in cucina. Recupero un sacco di plastica per l'immondizia, uno di quelli che si srotolano e si strappano, comincio a raccogliere le sue cose e a buttarcele dentro alla rinfusa. Un calzino spaiato. Una copia della rivista Vanity Fair di questo mese. Una confezione di tisana dimagrante.

«Quel tipo che ho visto fuori poco fa è il tuo ragazzo?»

«Non sono affari tuoi. Ehi! Cosa stai facendo?»

«Te l'ho detto. Te ne vai».

Non so cosa mi sia preso, ma non sto pensando alle conseguenze. Mi sto solo facendo trasportare dalla corrente, e la corrente è molto arrabbiata. La corrente ne ha avuto abbastanza. La corrente non vuole più sopportare questa merda. Sono così furiosa che vorrei morderla.

«Dacci un taglio!». Afferra il sacco della spazzatura, ma si lacera e il contenuto si riversa fuori.

Raccolgo il rotolo e procedo a strappare un altro sacco.

«Katherine! Fermati! Perché sei così furiosa?».

La domanda è così stupida, così bizzarra, che mi interrompo.

«Sei pazza», le dico. «E te ne vai».

«Non puoi farmi questo», protesta. «Chiamerò lo zio Bill».

Le sono così vicina che riesco a sentire l'odore del suo alito. «Allora chiama lo zio Bill. Non me ne frega un cazzo». Estraggo il cellulare e glielo spingo contro il petto. «Fallo».

Dura solo un secondo, ma in quel momento sono ipersensibile e le mie antenne captano tutto. Qualcosa sul suo viso. Un'esitazione. Si riprende così in fretta che mi viene il dubbio di averlo solo immaginato.

Mi spinge via con entrambe le mani e recupera il suo cellulare dalla tasca posteriore dei jeans.

«Bene. Facciamo a modo tuo». La guardo digitare sullo schermo. Mi fa accelerare il battito cardiaco. In realtà non mi aspettavo che chiamasse lo zio Bill. Quella era la corrente. Si allontana di qualche passo da me e io allungo lentamente la mano verso di lei, pronta a strapparle il telefono dall'orecchio.

«Zio Bill, sono io. Puoi richiamarmi, per favore?».

Tiro indietro la mano, mentre lei alza il telefono per mostrarmelo. Come se significasse qualcosa, per me. «Segreteria telefonica», dice, e se lo rimette in tasca. Chiudo gli occhi. Cosa ho fatto?

Mi prende il sacco di mano. «A dire la verità, l'ho trovato un posto dove vivere. Avevo intenzione di dirtelo domani. Sto per trasferirmi».

Aspetto la battuta finale. Non arriva. «Davvero?».

Incredibile. Sapeva che se ne sarebbe andata, e non ha detto niente, e ora sono fregata perché il fottuto zio Bill la richiamerà, e non so cosa gli dirà.

«Dove?»

«Fort Point».

«Oh, carino! Fort Point è carino». Ora sto provando a calarmi nella parte delle due amiche che si fanno una bella chiacchierata, e a fingere che, in fondo, mi trovo a mio agio con lei.

«Sono contenta che approvi. In realtà, stavo per chiederti... Ho un piccolo problema».

«Cioè?»

«In condizioni normali, non lo chiederei...».

Oh Dio. Okay. Ci siamo.

«...ma mi sono detta, Eva, se non puoi fare affidamento sui tuoi amici, allora su chi altro?»

«Cosa c'è?», chiedo, mentre il peso familiare del terrore mi si insedia nella bocca dello stomaco.

«Vogliono il primo e l'ultimo mese, e un deposito cauzionale. È un po' tanto, francamente, ma questo è quanto. E io sono un po' a corto».

«Quanto a corto?»

«Diecimila dollari».

Rido. Sembra quasi che stia abbaiando. «Non puoi essere seria!».

Piega la testa verso di me. «Perché non posso essere seria, Kat?»

«Okay, sei davvero seria. Sono un sacco di soldi. Quanto è l'affitto?»

«Anche se fossero affari tuoi, che differenza farebbe *questo*? Non ti sto chiedendo di farmi un'analisi finanziaria del mercato degli affitti, ti sto chiedendo una mano».

«E vuoi che ti presti quei diecimila dollari?»

«No. Voglio che mi fai un massaggio al collo. Sì, Kat. Ti sto chiedendo di darmi diecimila dollari».

«Io non ho tutto quel denaro sul conto».

«Kat, come ti ho detto, normalmente non l'avrei chiesto. Ma ho fissato l'appartamento perché pensavo davvero che mi volessi fuori da casa di tua madre. Odio dirlo, ma sento che aria tira con te, Katherine. Non sto scherzando. La sento forte e chiara. E ho pensato che, prima sarò fuori, più contenta sarai. Ma gli affitti al momento sono quello che sono... beh, io non sono una che chiede favori, lo sai, ma visto che ho aiutato Nancy, e poi ho aiutato anche te quando hai investito e ucciso...».

«Sta' zitta!», sibilo.

Si avvolge una ciocca di capelli intorno al dito. «Dipende da te, Kat. Lo zio Bill mi richiamerà da un momento all'altro. Posso dirgli di te e di quello che hai fatto, oppure posso dire che lo stavo chiamando solo per un saluto. La decisione è tua».

Mi mordo il pollice di lato, stacco un pezzo di pelle. Inizia a far male.

«Ti va bene un assegno?»

«Sì. un assegno può andare».

CAPITOLO 23

Poi c'è Abigail. A volte mi sento come se fosse l'ultima cosa che ho, l'ultimo anello della catena che mi tiene legata al mondo. Tutte le altre cose che pensavo di essere, una donna innamorata, una donna in carriera, una donna in procinto di lanciarsi nella fase successiva della sua vita, si sono dissolte nel nulla. Non mi è rimasto nulla, tranne Abi. La mia bambina.

A volte, temo di perdere anche lei. All'inizio, osservava la mia discesa nell'ansia catatonica con il panico negli occhi. Mi chiedeva di continuo se fossi stata dal dottore. «Sì, piccola, sto bene. Davvero». Pensa che io abbia una malattia terminale e le stia mentendo. Le ho giurato che non è così. Sulla mia vita, ho detto. Sono solo un po' stressata, tutto qui. Niente di cui preoccuparsi.

Abi dice che mi sto mordicchiando le labbra. «Ti verranno le rughe, mamma. La gente penserà che fumi. Non fumi, vero?»

«No, tesoro, non fumo».

È frustrata oltremisura per me. Dice che non mi sto

impegnando. Che se mi importasse davvero di lei, mi alzerei dal letto almeno nei fine settimana. E non starei lì seduta tutte le sere, immobile come una statua, con uno sguardo assente. Dice che a volte sbavo senza accorgermene, ed è disgustoso.

«È ridicolo. Non ho mai sbavato in vita mia».

«Sì, come no», ribatte, in tono di scherno.

Adesso Abi mi parla a malapena. Trascorre più tempo possibile fuori casa, oppure sono io che ho quella sensazione. Ogni pomeriggio dopo la scuola va al club di recitazione. Passa ore a casa di Paige, a fare prove per lo spettacolo. Mi sembra di ricordare vagamente che in questi giorni sarà al Festival Nazionale del Teatro e sarà una cosa importante, ma potrei sbagliarmi. Almeno lei ha un hobby. Non so da dove prenda l'energia.

Questa mattina mi ha chiesto se ho la menopausa. Non se la stia *attraversando*, se ce l'*ho*. È così giovane. Le ho messo una mano sulla guancia tenera, ma me l'ha tolta. «Sono seria, mamma!». Sembra che glielo abbia detto Paige. Ha detto che per sua madre è stato lo stesso quando l'ha "avuta". Ne parlano come se la menopausa fosse una malattia infettiva, come il morbillo. Mi sono ripromessa di non parlare mai a Hilary di quella conversazione.

«Non sto attraversando la menopausa».

«Beh, è un peccato, mamma!», è scattata. «Almeno, avremmo potuto fare qualcosa al riguardo! Procurarti degli ormoni, ad esempio!». Ha sbattuto la porta mentre usciva.

Volevo dirglielo, so che è difficile, so che non possiamo andare avanti così, ma non so come uscirne.

La scorsa notte ho fatto un sogno e spero proprio che sia una premonizione, perché ho sognato che ero io a ricattare Eva. Mi sono svegliata di soprassalto. Potrei farlo? C'è qualche falla nella sua armatura, che aspetta di essere scoperta? E il ragazzo della moto? Il fidanzato? Potrei forse usare lui? Minacciare di dirlo a Mark? Non riesco a immaginare che Eva si spaventerebbe per questo. Probabilmente riderebbe di me, se glielo dicessi. Ma deve esserci qualcosa. Tutti hanno *qualcosa*. Devo solo iniziare a cercare.

CAPITOLO 24

Eva oggi se ne va da casa mia. Anche se non direi esattamente che il mio cuore *esulti*, non mentirò, è di sicuro un po' più leggero. Ha preso la giornata libera, ovviamente. «Prenditi tutto il tempo necessario», le ha detto Mark. «Te lo meriti», ha aggiunto, e io avrei voluto vomitare sulle sue belle scarpe di cuoio marrone.

Mi aspettavo che se ne fosse già andata, quando sono arrivata a Kirkland Place, ovviamente dopo il lavoro, dal momento che io non merito un giorno di riposo, ma non ho avuto questa fortuna.

«Ciao, Kat. Ho quasi finito! Sono così emozionata! Come ti senti? Meglio?». Mi mette una mano sul braccio. Guardo le sue belle unghie rosa, lucide, un po' troppo lunghe per i miei gusti, e poi penso che se avessi un paio di tenaglie nella tasca posteriore... non importa.

Sta piegando alcuni asciugamani per metterli in valigia. Sto per farle notare che sono miei, ma cambio idea. Non voglio che si frapponga nulla, tra lei e l'uscita.

D'impulso, vado nello studio di mio padre. Tutto sembra uguale, niente fuori posto. Tranne l'abaco ovviamente, dato che quel giorno l'ho riposto nel cassetto per metterlo al sicuro. Solo che non è più lì. Ho aperto il cassetto e non c'è. Controllo gli altri cassetti, anche se so di averlo messo nel primo. Nessuna traccia dell'abaco.

Corro di nuovo fuori. «Eva?».

Si è messa il cappotto. Sta chiudendo i ganci della valigia.

«Sì, Katherine?»

«Sai dov'è l'abaco?»

«L'a... cosa?»

«L'abaco cinese. Era nello studio, l'avevo messo nel cassetto. C'eri anche tu».

«Allora dev'essere lì. Hai controllato?»

«Sì! Ecco perché te lo sto chiedendo!».

Si mette le mani sui fianchi e mi guarda in faccia. «Ah. Ecco perché sei qui. Sei venuta a contare l'argenteria».

«Sai dov'è? Sì o no?»

«Non ho idea di dove sia il tuo fottuto abaco, Katherine. Non me ne può fregare di meno, okay? Ora, se vuoi scusarmi...». Prende la valigia e mi passa accanto. Fa finta di ansimare per lo sforzo di tirarla su. Sono sorpresa che non abbia chiesto a me di portargliela. La trascina sul pavimento di legno, lasciando lunghe strisce chiare che, lo so già, non andranno più via, quindi si dirige fuori dalla porta principale ed entra nel taxi, che era fermo ad aspettarla. Non mi guarda nemmeno. Non mi ha nemmeno ringraziato per averle permesso di stare qui. Non serve dirlo.

Controllo il resto della casa, centimetro per centimetro. L'altra cosa che manca è il piccolo bronzo di Gaudí. Era sul caminetto in soggiorno da tempo immemorabile. Ma ora non più.

Non so neppure cosa fare, per questi furti e la cosa mi sta facendo impazzire. Se affronto Eva, negherà tutto, ma se non dico niente, la passerà liscia. È come se avessi un sasso legato intorno al collo, che mi trascina sempre più in basso.

Questo è tutto ciò a cui riesco a pensare, quando torno a casa. Sto iniziando a fissarmi su come trovare una soluzione per Eva. È così che la vedo ora, come un problema che necessita di una soluzione. E queste cose che mi ha preso, le rivoglio. E voglio liberarmi di lei. La odio.

Tutto questo mi consuma.

CAPITOLO 25

Le dieci del mattino. Sono qui dalle sette. È il giorno della presentazione della SunCell, la grande presentazione del cliente che Eva condurrà, in apparenza, perché secondo Mark è pronta a farlo, anche se dice che io devo darle una mano a prepararla. Non fa differenza, per me. Io svolgo sempre tutto il suo lavoro.

Forse non verrà. Forse si farà prendere dall'ansia e riuscirò a farla io al suo posto, salverò la situazione e tutto il resto. Sarebbe bello. Mark dovrà riconoscere che io sono affidabile. Che sono la migliore. Che mi ama più di lei.

E poi, lei arriva.

Mi alzo immediatamente, aspetto che mi passi il cappotto, come fa sempre, ma scuote la testa e lo appende da sola. Mi siedo di nuovo, un po' delusa, devo dirlo. Oggi sarei stata più audace. Volevo appicciccare la gomma sulle frange del bordo, e schiacciarla proprio bene per farla restare attaccata. Tolgo la gomma dalla bocca e la faccio cadere nel cestino della carta straccia.

«Sono così nervosa», comincia. «Ho le farfalle nello

stomaco. E se rovinassi tutto? Mi sembra una responsabilità così grande. Non vorrei deludere Mark. Che mi consigli, Kat?»

«Di non rovinare tutto».

«Sarai così tutto il tempo?», scatta. «Perché Mark dice che tu devi aiutarmi».

«Puoi cavartela da sola». Poi mi entusiasmo. «Vedila come un'opportunità, Eva. Questa esperienza ti farà fare carriera nell'azienda, fidati di me. C'è gente che fa la fila, per poter avere una simile visibilità. A te è toccata la corsia preferenziale. Presto sarai in grado di trovare un lavoro coi pezzi grossi. Grandi società di investimento. Pensaci. Super stipendio, più i bonus. Molti bonus».

Ride e mi stringe la mano. «Grazie. Hai proprio ragione. Chi non sta fermo non pianta radici, giusto?».

Questo non ha nulla a che vedere con ciò che ho appena detto. È come se tirasse fuori frasi a caso da una banca dati in qualche parte nel suo cervello. Come se avesse fatto una lista di "Cose che la gente normale dice", ma che non sempre si adattano al contesto.

«Va bene», rispondo. «Dai, andiamo».

«Come vuoi tu, capo», risponde. Spegne il portatile e lo scollega, poi lo prende. Raccolgo le cartelline e saliamo le scale che conducono alla sala di presentazione.

La sala di presentazione è un piccolo auditorium. È molto moderna, come tutto il resto, qui. I posti a sedere sono file di gradini alti con cuscini colorati, su cui le persone possono sedersi. Non penso che sia il design migliore per i nostri scopi, ma, come ho già detto, è alla moda, all'avanguardia, e così via. E, visto che ha una parete di vetro, è anche luminosa.

Non tutti vengono invitati alle nostre presentazioni, e

penso che sia in questo che ci siamo distinti dalla concorrenza. Chi vuole essere invitato deve darsi da fare per meritarlo. Noi ammettiamo solo investitori che hanno una ragionevole possibilità di concludere, e devono avere come minimo centomila dollari, per entrare. Dato che al momento la SunCell sembra l'affare perfetto, c'è molto interesse. Ci aspettiamo quaranta o cinquanta persone.

Caroline è già qui. Le passo le cartelle. Le mette insieme a taccuini, penne e caraffe d'acqua presso ogni postazione.

«Ciao, bellezza!», trilla, rivolta a Eva. *Bellezza?* A me non dice niente. Sto pensando di avvicinarmi a lei e metterle l'ascella in faccia.

Va bene? È deodorante. Dove Spray. Me ne sono data ettolitri. Solo per te. Il che sarebbe doppiamente divertente, perché, in realtà, ho dimenticato di mettere il deodorante. E non ricordo nemmeno se ho fatto la doccia.

«Vieni, sabato, Caroline?», chiede Eva.

«Puoi scommetterci, non vedo l'ora».

Poi, Eva si rivolge a me. «Sabato farò una festicciola nel mio appartamento. Niente di speciale, un'inaugurazione della casa, si potrebbe dire. Sei libera? Sabato sera?».

La fisso per un minuto intero, aspettando una battuta finale che non arriva. «Mi stai invitando alla tua festa?».

«No, sciocca! Ho bisogno di qualcuno che serva le tartine». Poi, ridendo, aggiunge, «Scherzo!» e mi dà un colpetto sulla spalla. Con la coda dell'occhio, vedo Caroline che fa una faccia compiaciuta. «Come sei spiritosa Eva!», esclamo, dandole una pacca sulla spalla, anche se non sono sicura che non volesse intendere proprio quello.

Poi, Liam sale sul palco e si mette a fare non so cosa coi cavi. Eva si alza per raggiungerlo e si offre di aiutarlo. Lui sorride timidamente, e un rossore gli sale sul collo. Ma cos'avete, tutti? Prende il portatile di Eva senza dire una parola, lo collega e lo accende. Lo schermo appeso alla parete prende vita, riproducendo quello del portatile.

Lei batte le mani. «Oh, wow, Liam! Come hai fatto? È incredibile!». Lui abbassa lo sguardo e sorride. Lascia che la sua lunga frangia gli scenda sul viso, coprendolo quasi del tutto, e traccia dei cerchi sul pavimento con la punta della scarpa.

Dio santo.

Pochi minuti dopo, siamo pronti per fare una prova veloce, e, anche se all'inizio Eva è un po' nervosa, prende il ritmo abbastanza in fretta. Se la caverà alla grande. Ovvio. Quando arrivano i primi clienti e prendono posto a sedere, lei si è già sciolta.

Mark saluta tutti personalmente. Poi si dirige sul palco, presenta prima il progetto e poi Eva. Lei sfodera un sorriso, e posso dire, dalle teste che fanno cenni di approvazione intorno a me, che tutti stanno ricambiando.

Quando Mark finisce con le presentazioni, mi raggiunge dietro le quinte e si siede accanto a me. Non so dire se sia una specie di gentilezza, un'offerta di pace, o se voglia stare vicino a me nell'eventualità che io tenti di sabotare l'evento.

Assistiamo alla presentazione di slide di grafici a torta e numerici, e immagini di banchi da laboratorio, tutto materiale che ho messo insieme io, ovviamente. Eva cammina lungo tutto il palco, avanti e indietro, mentre racconta la storia della SunCell e perché vorrete davvero, *davvero* entrare nell'affare. Ha un che di Marissa Mayer. Sta facendo un ottimo lavoro.

«E adesso scommetto che state morendo dalla voglia di vedere di che si tratta, giusto? Ebbene, l'attesa è finita». Si avvicina al leggio e prende una scatolina, delle dimensioni di un iPhone standard, con un cavo collegato. La solleva e la mostra a tutti, come un mago che sfoggia il materiale di scena prima di tirare fuori un coniglio dal cilindro. Ora sul palco si diffonde una musica epica, con tanto di gioco di luci. Lo schermo alla parete è luminoso e multicolore, come un'esplosione di fuochi d'artificio.

Tira via il cavo e l'intero edificio, che pochi secondi prima pulsava di energia elettrica, di colpo finisce in blackout; si sente solo il ronzio di un motore che muore. Niente proiezione, niente schermo, niente luce, niente musica epica. Siamo in pieno giorno, quindi c'è ancora tanta luce. Se ci fossi stata io, a presentare, avrei chiuso le tende.

«Esatto. Questa piccola scatoletta che vedete fornisce tutta l'energia necessaria per farci lavorare qui. Il che vuol dire luci, computer, il frigo al piano di sopra, per non parlare della macchina del caffè», molte risatine, «e dell'aria condizionata. Una di queste, completamente carica, ci consente di lavorare senza energia elettrica per più di una settimana. Esatto. Almeno otto giorni, forse anche dieci. E ci vogliono circa quattro ore di sole, per caricarla».

Ricollega il cavo, e tutto torna in vita con molto colore e movimento. E vai con fragorosi applausi.

«Penso che stia andando bene, e tu?», sussurra Mark. Quindi, fissando dritto davanti a sé, con un'espressione assorta sulla sua stupida faccia, esclama: «Dio, è fantastica».

Se non odiassi questa donna con tutta me stessa, dovrei ammettere che è brillante. Fa battute e vengono accolte bene. Il pubblico ride al momento giusto. Si può dire che stia anche ascoltando. Tutto sommato, è andata meglio di quanto mi aspettassi, e, quando la presentazione termina, tutti applaudono. È davvero insolito, in questo contesto. Non so dire se siano entusiasti della SunCell o di come è stata presentata.

Poi, tutti vengono invitati a tornare al piano di sotto nella zona reception, dove serviamo da bere e chiudiamo le trattative. Eva si avvicina a me mentre scendo l'ultimo gradino e sorride raggiante.

«Cosa ne pensi?». Il suo tono è insistente. Mi sta tirando la camicia, quasi saltellando, il viso arrossato per tutto quell'entusiasmo. Conosco quell'entusiasmo. È il mio entusiasmo. Ma noto che l'ha chiesto a voce abbastanza alta perché le persone vicine sentissero, per dimostrare quanto è modesta, anche se è chiaro che il discepolo ha superato il maestro.

Vuoi sapere cosa penso? Penso che tu sia pazza, cara mia.

«Senti, non so come dirlo, ma, francamente, sono un po' delusa», commento. Non so perché quelle parole mi siano uscite dalla bocca, perché non è quello che avevo intenzione di dire, fino al momento in cui l'ho detto.

Le esce una risata argentina; io le volto le spalle e mi incammino verso l'uscita. Vedo il suo viso riflesso nel vetro di fronte a me, e la parola che mi viene in mente è: mortificata.

Bene.

Al piano di sotto, sembra che ci sia già una festa. Stanno servendo champagne; è sempre un buon lubrificante per la chiusura di un affare, ma questa volta non ce n'è bisogno. Non facciamo in tempo a raccogliere le iscrizioni.

Tengo d'occhio Mark, che è in piedi accanto al tavolo della conferenza, ed Eva si è materializzata magicamente al suo fianco. Era dietro di me, pochi istanti prima, ora è proprio lì davanti. Com'è possibile?

È parecchio più bassa di Mark, quindi lui deve chinarsi per parlarle. Li raggiungo in fretta, facendomi largo tra un gruppetto di potenziali investitori. Voglio ricordare loro che non siamo qui per scambiare convenevoli in privato. Lui mi vede arrivare e mi guarda in faccia con un'espressione accigliata.

Mi rivolgo a Eva: «Ehi! Ben fatto, congratulazioni». Le do persino un bacio sulla guancia. Ecco. È un gioco che possiamo fare in due. Lei indugia un momento, come per studiarmi, poi chiede: «Dici davvero?»

«Certo, dico davvero».

Chiude gli occhi, si mette una mano sul petto e dice: «Oh, Dio, grazie. Grazie. Ero così preoccupata, poco fa».

«Non essere sciocca, sei stata...qual è la parola che hai usato, Mark? Fantastica! Proprio così. Ben fatto, Eva. Davvero. Non potrei essere più orgogliosa».

«Ma prima hai detto...».

«Scherzavo!». Mi batto la mano sulla bocca. «Oh, Eva, tesoro. Scusa, ti ho fatto stare male? Oh, mi dispiace tanto. Che sciocca. Davvero, io e il mio strano senso dell'umorismo, ah, ah». Le poggio la mano sulla spalla e in tono più serio, aggiungo: «Sei stata brillante. Sul serio. Volevo dire quello. Grazie Eva. Davvero».

Mark non ci ascolta più. Sta parlando con Vlad, il nostro cliente più importante. Il suo vero nome è Alex Matei, ma si fa chiamare Vlad. Vorrei ricordare a Mark che sono stata io a portare Vlad qui dentro. Avevo sentito, tramite passaparola, che ha molti soldi, intendo *davvero molti* soldi, ed era in cerca di alcuni progetti entusiasmanti in cui investire. L'ho invitato a una riunione, ci ha mostrato alcuni documenti, forse falsi, chissà, che dimostravano che i suoi fondi non provenivano da denaro riciclato. Ho fatto delle ricerche e alcune telefonate. Altre persone del settore pensavano che fosse un rischio troppo grande. Aaron, l'avvocato, ha detto che dovevamo stargli alla larga. A volte, mi chiedo perché abbiamo Aaron come impiegato, se non lo ascoltiamo mai.

Ho fatto notare a Mark che Vlad e i suoi amici erano

pieni di soldi che stavano cercando una collocazione, e cosa aspettavamo a dar loro il benvenuto? È una grande parrocchia, la nostra. Alla fine, hanno investito milioni di dollari, e ora a Mark piace Vlad.

Vlad saluta, mi stringe la mano, poi si gira verso Eva e dichiara, con il suo accento un po' inquietante: «Ho comprato il massimo consentito. Dieci milioni di dollari. È un buon investimento, per me. Però non mi deludere, ragazza. Mi fido di te». Le mette un braccio intorno alla spalla con fare un po' paterno, ma noto anche una sfumatura di minaccia, o forse è solo una mia impressione. Vlad ha una cicatrice che gli corre lungo il dorso della mano e del polso, e in questo momento è chiaramente visibile. Un'orrenda cicatrice. Poi ride, una risata grande e viscerale che rivela un dente d'oro nella parte posteriore della bocca. Chi mette l'oro nei denti posteriori? Persone come Vlad, solo quelle.

Ed è qui che le cose si fanno, se possibile, ancora più irritanti. L'attenzione di Mark è tornata sul nostro gruppetto, ed Eva inizia a spendere tante belle parole sul perché la SunCell sia un'opportunità straordinaria, e che onore sia per noi aver avuto l'incarico di aumentarne il capitale. C'è anche Melanie, co-fondatrice di SunCell. Eva sta pontificando, piuttosto animatamente, sul fatto che questo è il futuro, l'anello mancante nella rivoluzione dell'energia verde, il prodotto che il mondo stava aspettando per abbandonare i combustibili fossili, e cosa si prevede che farà per i paesi del Terzo mondo, per quei progetti sanitari e infrastrutturali che altrimenti sarebbe impossibile finanziare. In pratica, tutto il materiale che io avevo attentamente ricercato, estrapolato e scritto per l'ufficio marketing e per la nostra presentazione, e tutto il materiale che avevo incluso nei comunicati stampa, negli articoli, nei pitch e tutto il resto; ed Eva, che, come si è visto, è un'efficiente lavoratrice, sta ripetendo il mio lavoro a pappagallo a destra e a sinistra, e ora sta parlando della guerra in Africa (quale?) scuotendo la testa con disgusto per la condizione del mondo moderno (perché non possiamo amarci tutti a vicenda? Non esiste un'app per questo? Ci dovrebbe essere!), di porre fine alla povertà (immaginate di poter pompare acqua pulita per migliaia di chilometri! Che meraviglia, per quelle persone!), e tutti pensano che lei cammini sulle acque, mentre io sto lì in piedi, e apro la bocca, scoprendo i miei denti in quello che spero assomigli a un sorriso. Nessuno, e intendo nessuno, fa cenno a me o al mio contributo, che è tutto il lavoro, o al fatto che, se non fosse per me, non avremmo un finanziamento per la SunCell, in questo momento.

«Ottimo lavoro, Eva», si complimenta Mark.

«Sì, ottimo lavoro, Eva», ripeto io a pappagallo. Mark mi lancia uno sguardo di disapprovazione. Mi chiedo quando di preciso abbiano iniziato a scopare. Ora lo osservo, con quegli occhi da cucciolo che indugiano sul seno di Eva. Come un adolescente innamorato. Poi si sorridono, e lei addirittura arrossisce. Due graziosi cerchi rossi si espandono sulle sue guance di alabastro. È proprio insopportabile. Tutto è insopportabile. Scommetto che ora Mark lascerà Sonya per lei. Nessuna cazzata come quella delle due settimane, perché ho già capito che questa volta è diverso. È pura passione.

Incrocio lo sguardo di Eva e mi indico le labbra.

Cosa? formula, in labiale.

Indico di nuovo. Mi tamburello sul labbro superiore. Lei continua a pulirsi la bocca con un dito. Scuoto la testa. Si avvicina, le sopracciglia unite insieme. «Cosa c'è?»

«Hai qualcosa sulla bocca, che cos'è?». Poi un po' più forte, «Oh, un herpes!».

Ecco. Ora, ogni volta che a Mark verrà in mente di baciare quelle labbra dolci e carnose, ci sarà una vocina che gli sussurrerà all'orecchio.

Herpes...

Come ho già detto, ci si accontenta di quel che viene.

CAPITOLO 26

Mi chiedo se Eva abbia mai ricevuto una diagnosi di psicopatia. Esiste uno strumento diagnostico per valutare se una persona sia psicopatica o no. Si chiama Test di Hare sulla Psicopatia. In sostanza, c'è un punteggio basato sulle caratteristiche del soggetto, ad esempio se mostra manie di grandezza (certo), se non ha alcun rimorso o senso di colpa (certo), se è un bugiardo patologico (probabile).

Quindi, forse in passato lei è andata da uno psichiatra, lo psichiatra l'ha analizzata usando il test di Hare, e i risultati sono a casa sua da qualche parte.

Va bene, è un'ipotesi azzardata. Inoltre, non credo che gli psicopatici si sottopongano volontariamente al Test di Hare. Penso che succeda dopo che vengono arrestati per qualche crimine orribile. Ma forse c'è il nome di uno psichiatra, da qualche parte. Una ricevuta, un biglietto da visita, qualcosa che potrei usare per scoprire di più su di lei. Forse, in passato, è stata in prigione, è abbastanza pazza da far venire un dubbio del genere. Questa è una cosa che potrebbe farmi comodo. Così, anche se si rivolgesse alle autorità, potrei puntare sulla sua inaffidabilità come testimone.

È pazza, ma non deve credermi sulla parola, agente; è ben documentato. A proposito, era lei a guidare la macchina, quella notte.

Non avevo intenzione di andare alla sua stupida festa. Avrei preferito farmi cavare tutti i denti. Ma poi mi sono ricordata del sogno e ho pensato: quando avrò di nuovo l'opportunità di curiosare? Così, quando Hilary ha chiamato per dire che avrebbe portato Paige al Cinema Apple, e se io e Abi volevamo unirci a loro, le ho chiesto di venire a prendere solo Abi.

«Mi farò perdonare, te lo giuro». Direi proprio che non è rimasta contenta. Non le ho ricordato di tutte le volte in cui le ho fatto le commissioni, o di quando ho portato io le ragazze da qualche parte perché lei usciva con Henry. Ci sono altre cose che ho fatto per lei, ma non me le ricordo.

«Suppongo che sia di nuovo per il tuo lavoro così importante, vero? Ricordi, Katherine, quel discorso che facevi sempre sul fatto che tu potevi avere tutto, una carriera, una figlia, una casa... la pensi ancora così?».

È una rispostaccia, persino per Hilary, e mi fa sussultare. Non so cosa le sia preso. Borbotta qualcosa che non comprendo.

«Cosa hai detto?», chiedo, fredda.

«Ho detto che va bene».

Vorrei risponderle di andare a farsi friggere. Ma non posso. Ho bisogno di lei, ed è la verità.

Quando dico ad Abi che uscirà con Paige e Hilary, ma che io non ci sarò, alza gli occhi da sotto le palpebre. Noto un riflesso di luce sul suo collo.

«Carina». Mi siedo sul letto e allungo la mano verso la collana, una semplice catena d'oro con un pendente di vetro rotondo multicolore. Se la avvolge sulla mano, ma le sue guance diventano rosse e non mi guarda. Oh, capisco, è davvero dolce. A quanto pare, Abigail ha un ragazzo.

«Hilary dice che puoi restare lì, stanotte», le dico, sperando di mandar via la tensione. Annuisce una volta, ma non replica.

Raggiunge il comò e tira fuori una maglietta e un pigiama. Ne fa una palla e li mette nello zaino. Allungo la mano per tirarli fuori e piegarli correttamente, ma lei mi strappa la borsa di mano.

«Che film vedrete?», chiedo.

«Si chiama *Un semplice favore*. Parla di una donna che scompare a poco a poco. Proprio come te, mamma». Poi esce, sbattendo la porta dietro di sé.

A questo punto, sì. Ho intenzione di andare alla stupida festa di Eva e di setacciare casa sua, e non me ne andrò finché non troverò qualcosa su quella stronza.

E ora sono qui.

Naturalmente, l'appartamento è stupendo. Sembra uscito da una rivista di decorazione d'interni. Il pezzo forte di un architetto. I miei occhi scrutano dall'alto in basso ogni superficie, affascinati. È molto industriale, non è necessariamente di mio gusto, ma apprezzo lo stile. In realtà, è un po' come il nostro ufficio: le stesse finiture di legno esposte, travi in acciaio e mattoni a vista. A me, personalmente, non piacerebbe. Mi sentirei come se fossi sempre al lavoro, ma senza i colleghi.

La cucina però è diversa. È enorme, tutta in acciaio e marmo. Noto che non c'è proprio nulla, su nessuna superficie. Mi chiedo se abbia una donna delle pulizie. Nel complesso, l'appartamento è un po' spoglio, il che mi fa capire che non ha ancora investito molto nell'arredamento.

Mi chiedo quanto questo giocherà a mio favore.

«Sei qui! Grande!», esclama lei. «Potresti fare una corsa al negozio?». Ha bisogno di un po' di acqua tonica. Fruga in un cassetto della cucina. «Ecco, prendi queste». Mi consegna un mazzo di chiavi. «Rimettile a posto, prima di andartene».

Uscendo, mi imbatto in Caroline. Ha un aspetto grazioso, con il suo vestito blu scuro e una pesante collana di rubini.

«Katherine! Non mi aspettavo di vederti qui!».

«Davvero? Perché no?».

Si mette una mano sulla bocca e dice, a bassa voce. «Per via dei tuoi problemi di salute mentale. Eva me l'ha detto». I suoi occhi mi scrutano dall'alto in basso, poi scivolano via, alla ricerca di altre persone più interessanti con cui parlare.

Mi chiedo se Caroline sia il nuovo giocattolo di Eva. Dovrei avvertirla. *Stai lontana da lei, è Malevola. Mal-EVolA. Eva Malevola.*

Quando torno con l'acqua tonica, ci sono solo una dozzina di persone o giù di lì, di cui dieci sono i nostri colleghi, più due o tre persone che non ho mai visto.

Mi siedo sul divano e mi servo un bicchiere di spumante economico, che riempio fino all'orlo e bevo tutto d'un fiato. Poi me ne servo un altro. Eva si materializza al mio fianco. «Faresti bene a prestare attenzione, Katherine».

«Perché?»

«Sei seduta sui cappotti».

«Oh!». Mi alzo e, in effetti, ha ragione. Ero seduta su una pila di soprabiti. «E se li portassi in camera da letto?», suggerisco.

«Benissimo!», risponde lei. È molto allegra. Raccolgo tutti gli indumenti tra le braccia e, mentre esco, vado a sbattere in una palma in vaso. «*Oops*, scusa», dico alla palma. Il che è sciocco, ovviamente. Non è nemmeno una palma vera.

La camera da letto è molto disordinata, con un mucchio di vestiti gettati sul letto, come se stamattina si fosse provata un centinaio di abiti. Butto i cappotti in cima a quel mucchio e mi giro per ispezionare la stanza. Gli armadi a incasso, con le ante scorrevoli a specchio, occupano l'intera parete posteriore. All'inizio non mi riconosco nella mia immagine a figura intera. I vestiti mi stanno larghi. Mi avvicino alla mia immagine riflessa per osservarla meglio. Sapevo di avere un aspetto orribile, ma non sapevo esattamente *quanto* orribile, perché, per quanto umanamente possibile, ho sempre evitato di guardarmi e ci sono riuscita. Non sono sicura che sarei entrata in questa stanza, se avessi saputo che c'era uno specchio.

Ho gli occhi iniettati di sangue, contornati da cerchi scuri e violacei, dove la pelle è sottile, così stanca, della consistenza di un sacchetto di carta sgualcito. Il resto della mia faccia ha più o meno un colore tra il verde pallido e il grigio smorto, fatta eccezione per un arrossamento su entrambi i lati del naso. Non mi trucco perché, francamente, non ce la faccio.

Mi assicuro che la porta della camera da letto sia chiusa e apro gli armadi. Altri vestiti escono fuori dal ripiano in alto. Camicie di seta, canottiere, sciarpe. Sempre sul ripiano c'è una grande scatola piatta e rossa, una di quelle scatole da ufficio. La raccolgo e apro il coperchio.

Venti imprese emergenti di venture capital da tenere d'occhio quest'anno. L'articolo della rivista *Forbes*. Ricordo di aver parlato a Eva di quel pezzo il giorno in cui l'ho incontrata. Deve averlo cercato e stampato. Ha anche cerchiato il mio nome. *Katherine Nichols, l'arma segreta di Rue Capital!* Credo sia comprensibile, le avevo appena offerto un lavoro, no?

Mio Dio. Cosa non darei per tornare a quel giorno, per dirle no, non ho tempo di andare a mangiare un boccone nel ristorante italiano dietro l'angolo, grazie lo stesso. Lo guardo più da vicino e vedo che ha scarabocchiato qualcosa in un angolo: *Il Salone 10 gennaio ore 14,00 taglio + colore Maureen.*

Conosco quel posto. È dove mi faccio i capelli anch'io. Anche se, in questo periodo, non ci vado più.

La porta si apre, facendomi sobbalzare. Entra una donna, incespicando. «*Oops*, scusa», dice. «Ho sbagliato stanza». Fingo di controllarmi il viso allo specchio, tenendo ancora in mano la scatola rossa. La donna se ne va in un lampo e io spingo tutto sul ripiano, trattengo il mucchio di vestiti con una mano e chiudo l'anta, proprio come probabilmente avrebbe fatto Eva. Sto durando una fatica tremenda, anche solo a mettere e togliere qualcosa da un armadio. Chissà se ha preso in considerazione l'idea di appendere i vestiti? Riordinare i cassetti? Meglio non chiedere, o lo farà fare a me.

Qualcuno alza la musica. Grace Jones, penso. Qualcuno, Eva, mi sembra, ride. Forse questa festa che si sta trascinando penosamente alla fine sta prendendo il via. Sto per aprire l'altra anta dell'armadio, quando la porta si apre di nuovo.

«Cosa stai facendo?», chiede Eva, con le mani sui fianchi.

Il cuore mi batte all'impazzata. Mi pizzico le guance, davanti allo specchio. «Niente, sto cercando di apparire carina».

«Sì, beh, buona fortuna».

Torniamo insieme in soggiorno. Eva alza il volume, e ora sta muovendo le braccia e sta emettendo dei gridolini, come se si stesse divertendo così tanto da non potersi controllare: *ora deve proprio ballare*. Getta la testa all'indietro, la sua risata argentina rimbalza nella stanza, è così irritante che mi fa allegare i denti.

«Ciao, Kat!».

Mi giro. È Amy della reception.

«Ehi, Amy, come stai?»

«Bene grazie!». Poi assume un'espressione preoccupata. «Mi dispiace per il tuo esaurimento», dice. «Spero che vada tutto bene». La ringrazio per le sue parole gentili, perché... "perché non farlo?", e chiedo: «Quale esaurimento?».

Lei fa un cenno col capo. «Eva si è raccomandata di non dirti nulla. E neppure della tua demenza».

«Demenza?»

«Ci ha detto della diagnosi. Alzheimer precoce. Sono davvero dispiaciuta. Ma non voglio che tu pensi che tutti noi ti stiamo ignorando, non mi sembra giusto. Spero di non averti turbato, tirando fuori questo discorso».

«Va tutto bene, davvero». Ma Eva ci ha notate, e, prima che io abbia tempo di dire che *la diagnosi in realtà è sbagliata,* ci piomba accanto, prende Amy sottobraccio e la conduce via. *Lascia che ti mostri...*

Ah. Questo spiega perché tutti in ufficio si allontanano, imbarazzati, ogni volta che li incrocio. *Proprio terribile... esaurimento nervoso... menopausa precoce, ecco cosa ho sentito... storia di demenza in famiglia... poi c'è l'abuso di droga...*

Continuo a curiosare in giro per la casa, fingo di ammirare i muri, le maniglie delle porte, aiutandomi man mano con un bicchiere di quel buon Shiraz che qualcuno ha portato. Ed è allora che suona il campanello.

CAPITOLO 27

Mark sembra sorpreso e un po' imbarazzato nel vedermi lì davanti a lui, ma si riprende quasi subito.

«Katherine!».

«Sì, sono proprio io». Il cuore batte così forte che mi fa male. Vorrei prendergli il viso tra le mani e baciarlo. Vorrei leccargli il lobo dell'orecchio. Vorrei sussurrargli all'orecchio: *Ti amo*.

«Come stai?», chiede bruscamente. Ma in realtà non è una domanda, perché mi passa davanti e si fionda nella festa senza aspettare la mia risposta.

Mi appoggio al muro e guardo il viso di Eva illuminarsi appena lo vede. Lui la bacia sulla guancia. C'è una luce nei suoi occhi. Conosco quella luce. È la luce di una persona innamorata. Anche nei miei c'era quella luce.

Le mette una mano in fondo alla schiena, dove il vestito si apre a forma di losanga. Sento che mi si sta spezzando il cuore. Le massaggia la pelle con il pollice. Rubo una bottiglia di Jack Daniels dal bar e mi ritiro in cucina. Mi appoggio al lavello, mi afferro i capelli con la mano stretta a pugno e li tiro forte. Entra una donna, apre una credenza, trova un bicchiere ed esce, guardando a malapena verso di me. Prendo un sorso di whisky, poi un altro, e quando ho bevuto circa un terzo della bottiglia, Jack e io decidiamo che devo smettere di comportarmi come una mammoletta, e prendiamo in mano la situazione.

Torno nel soggiorno, e sono lieta di constatare che la festa è un mortorio. C'è un gruppetto di ospiti in mezzo alla stanza che chiacchierano impacciati. Mark è in piedi accanto a Eva, le sta ancora facendo quella stupida carezzina con il pollice sulla schiena. Eva mi guarda e sorride, ma è un sorriso che non dice niente di buono. Non sorride con gli occhi, in primo luogo. È più un sorriso "trabocchetto", e in quel momento capisco perché mi ha invitato: per questo. Voleva che vedessi lei e Mark insieme. Beh, fanculo entrambi, allora. Afferro il braccio di Mark facendogli rovesciare un po' del suo drink sul bel vestito di Eva, e lo costringo a guardarmi in faccia.

«Che dia...».

«Chi ti credi di essere!», sussurro, tra i denti.

«Adesso basta!», interviene Caroline, credo in modo piuttosto fermo. Le dico di stare zitta.

«Io penso che adesso dovresti andartene», dice Mark.

«E io penso che sei uno stronzo!». Gli afferro la mano e lo tiro verso la cucina. Eva urla qualcosa, ma Mark la calma: «Lascia stare, ci penso io!» proprio mentre io faccio sbattere la porta dietro di noi.

«Cosa sta succedendo, Mark? Cosa stai facendo?».

Lui fa un sospiro e distoglie lo sguardo.

«Mark?»

«Avrei dovuto dirtelo prima».

«Dirmi cosa?», chiedo.

Si volta a guardarmi. «Tra noi è finita Katherine. Mi dispiace».

«Finita?». Sapevo che sarebbe successo, credo. Ma fa lo stesso tanto male. Mi toglie il respiro. «Perché?».

La porta si apre cigolando, giusto un poco. «Vaffanculo!», grido, chiudendola con un calcio. Mark sussulta.

Si passa una mano tra i capelli. «Non sei tu, è...».

«No che non sono io, dannazione! È lei!», grido, indicando il soggiorno. «Non cascarci Mark, per favore! È una troia...».

Lui fa una smorfia. «Non c'è bisogno di...».

«Dico sul serio! Davvero! Non le piaci nemmeno! È una psicopatica!».

«Adesso basta, Katherine!».

«Ti sto dicendo la verità! È...». Ma lui mi ha afferrato il polso e le sue unghie mi affondano nella carne.

«Ascoltami. È finita, tra noi. Mi sto vedendo con Eva, adesso. So che non è quello che volevi, e, ti giuro, io non ho mai avuto intenzione di farti del male, e nemmeno Eva. Ma così stanno le cose».

Allontano il polso dalla sua presa. «Sonya lo sa?».

Stringe la bocca e gli torna quel leggero tic alla palpebra.

Chino la testa verso di lui. «Non lo sa, è così?»

«Glielo dirò. Presto».

«Certo...».

«Sta migliorando, ormai...».

«Certo...».

«Non oserai...», ringhia.

«Cosa c'è? Hai paura che potrei dirglielo io?»

«Non ti azzardare a intrometterti, se vuoi tenerti il lavoro».

Sghignazzo. «Di sicuro stai scherzando». Ma poi mi viene in mente che ho bisogno di quel lavoro. Non ne ho un altro, e ho bisogno di quei soldi. Ho le bollette. Molte bollette. La nostra casetta, ad Abi piaceva così tanto che l'ho presa in affitto anche se mi è costata più di quanto avessi intenzione di pagare. Molto di più. Poi c'è la Atwood House... Non posso perdere questo lavoro.

«Se vuoi dare le dimissioni ti capisco», dice ora.

«E in quel caso cosa faresti, Mark? Io sono quella che porta avanti l'azienda, che ha tutte le idee, che coinvolge gli investitori. Sono io che ti faccio guadagnare! Si potrebbe pure dire che ti ho comprato io quella Tesla!».

«Non essere ridicola. C'è un'intera azienda dietro di me, non ci sei solo tu, Kat. Nessuno è insostituibile. Penso che Eva stia andando piuttosto bene, o forse non te ne sei accorta? Oh, no, aspetta, te ne sei accorta. Ecco perché ti comporti in questo modo».

«In questo modo... come?»

«Come una donna gelosa. Non sopporti di non essere più l'elemento più intelligente dell'azienda».

Mi lascio sfuggire una risata. «Mark, *io sono* l'elemento più intelligente dell'azienda. Tu non te ne rendi conto. Quindi grazie mille per la tua offerta, ma no. Non mi dimetterò». Incrocio le braccia. «E voglio un aumento».

Mi punta un dito in faccia. «Ti lascerò tenere il tuo lavoro, in nome di quello che c'è stato una volta tra noi, ma solo se ti comporti bene. Capito? Non ci saranno aumenti. Fai un passo falso e ti licenzierò. Ci siamo capiti?».

Avrei potuto dire di più, fare di più, ma Eva apre la porta. «Va tutto bene ragazzi?», tuba, tutta ammiccante, e prende Mark sottobraccio. Lui la bacia sulla fronte. Afferro la bottiglia ed esco. Mi ritrovo in una stanza piena di persone che mi guardano a bocca aperta.

Sono così sconvolta, così su di giri, e sì, così ubriaca, che dopo aver oltrepassato barcollando la porta d'ingresso, salgo in punta di piedi al piano di sopra, con le scarpe in mano, e faccio capolino nella stanza di Abi per vedere come sta. Vado avanti con passo incerto, aggrappandomi alla porta, e procedo a tentoni fino al bordo del letto, dove mi siedo, cercando di far piano.

«Ehi, piccola», sussurro indistintamente nell'oscurità, carezzando le coperte con il palmo della mano. «Ti voglio tanto, tanto bene». Sospiro. «La mamma ti ama più della sua stessa vita. E la mamma ha fatto una cosa brutta, brutta. E la mamma ne sta pagando il prezzo. È giusto, tesoro. Che la mamma venga punita». Comincio a piangere, poi mi asciugo il naso sulla manica. «Mi dispiace *davvero tanto*. Ti voglio così tanto bene. Potrai *mai* perdonarmi, tesoro?». Non mi risponde, quindi do una pacca sulle coperte e faccio il giro del letto, fino ad arrivare dall'altra parte, ed è allora che mi ricordo. Non c'è.

Grazie a Dio. C'è un limite a ciò che una ragazza può ascoltare da sua madre.

Trascorro la domenica mattina a vagare per casa come un paziente d'ospedale. Piango nel mio guanciale, nel mio pigiama, nei cuscini del divano. Ascolto Carrie Underwood e Ashley Monroe che intonano canzoni tristi. Mark una volta mi aveva prestato una sciarpa, che non gli ho mai restituito. Ce l'ho con me, adesso. Ci affondo la faccia, ripercorro ogni momento che ho passato con lui, ogni scena, ogni bacio, ogni sorriso. Come la pellicola di un film che si sta riproducendo nella mia mente.

Il Meglio di Mark e di Kat la Perdente, offerto per voi dal whisky Jack Daniels.

Se non fosse per Abigail o per mia madre, quel film sarebbe sponsorizzato dalle pistole *Smith & Wesson*.

Penso di poter dire con sicurezza che la serata è stata un completo fiasco. Un disastro sotto tutti gli aspetti, tranne che per quella bottiglia di Jack Daniels che ho rubato.

A fatica, mi tiro su dal divano e vado a trovare mia madre. Passiamo il pomeriggio insieme, lei dorme, io seduta accanto a lei, a guardare la neve fuori. Hanno spostato la sua sedia per permetterle di stare vicino alla finestra, una cosa carina, perché a lei piace guardare il mondo fuori. Ho appoggiato la testa sulla sua spalla, con delicatezza, per non svegliarla. Sono così esaurita, e le lacrime mi sgorgano dagli occhi. Non provo a fermarle. Mi cadono sulle guance. Le asciugo con il dorso della mano.

«Ho fatto una cosa terribile, mamma. Una cosa veramente brutta. Una cosa a cui non posso rimediare». Appoggio la guancia contro il suo petto. «Ho rovinato tutto. Non so cosa farò».

E mia madre fa un gesto che non faceva da quando ero bambina. Appoggia una mano dolcemente, delicatamente, sulla mia testa. «Shh», sussurra. «Andrà tutto bene».

Non oso nemmeno respirare. Ho paura che se lo facessi, la perderei. Ma lei mi accarezza i capelli, ed è come se avessi di nuovo dieci anni. Rimaniamo a lungo sedute in questo modo, io a piangere, lei a consolarmi, con una tenerezza in cui mi immergo completamente.

«Troverai un modo», mormora.

CAPITOLO 28

Quel lunedì, mi do malata. «Quando tornerai?», chiede Caroline.

«Quando starò di nuovo bene», le dico, poi riattacco.

Naturalmente, ho intenzione di dirlo a Sonya. Le dirò ogni cosa. Mi chiedo se sappia di me e Mark. Deve sapere *qualcosa*. Lui deve aver affrontato l'argomento con lei, a un certo punto. Non è che stanno ancora insieme, non stanno più insieme da molto tempo. È solo perché lei non sta bene.

Ma Sonya non sa di Eva. Beh, molto presto lo saprà. Mark mi odierà per averglielo detto, ma avrebbe dovuto pensarci prima di spezzarmi il cuore e mettersi con quella psicopatica.

Mark vive in uno dei quartieri più abbienti di Boston. Una volta, sono andata a prenderlo a casa sua, non ricordo perché o dove stessimo andando, ma, mentre lo aspettavo in macchina e ammiravo l'edificio, ricordo di aver pensato a quanto dovesse essere ricco per vivere in un appartamento in quella zona. Mi sono messa a pensare a quale piano abitassero. E se avessero una vista sul parco. Ora, arrivata davanti alla porta e guardando l'unico campanello, senza nome, sono scioccata nel rendermi conto che possiedono *l'intero edificio*. Inutile dirlo, la mia determinazione accusa un duro colpo. Ora sono proprio intimidita. Ma, alla fine, cosa ho da perdere? Assolutamente niente, ecco.

Premo il campanello con tutta la spavalderia degna di un politico in campagna elettorale. Mi apre immediatamente un giovane in uniforme grigia, e mi viene il dubbio di aver sbagliato edificio.

«Sonya è in casa?», chiedo, con educazione. Faccio di proposito il suo nome, in modo che lui pensi che siamo amiche. Mi squadra rapidamente. «Temo di no. L'aspettava?». Il suo sguardo scivola fin sopra la mia testa, e arriccia il naso. Ricordo, troppo tardi, che ho dimenticato di nuovo di lavarmi i capelli. Devo proprio ricominciare a usare lo specchio.

«Aspettarmi? Non esattamente. Ero in zona. Quando tornerà?»

«Non lo so. Posso lasciare il suo nome?»

«Sono K... Kara. Kara. Con una K». Non sono del tutto sicura di cosa pensi di me, anche se lei e Mark sono separati. Credo sia meglio presentarsi faccia a faccia.

Il giovane in uniforme mi fissa con un sopracciglio alzato. «Kara...?».

Batto i piedi per terra e mi frego le mani insieme. Le mie dita sono così fredde che non le sento più. «Kara Frost», specifico.

Poi trovo una panchina nel parco e aspetto, abbastanza consapevole dell'umidità che filtra dai miei jeans, ma non abbastanza da fare qualcosa per impedirlo.

Quando una Lexus rossa si ferma davanti all'edificio, non riesco più a sentire i piedi. Lo sportello del passeggero si apre ed esce una giovane donna bionda. Si dirige svelta verso il lato del guidatore. Il finestrino oscurato si abbassa e vedo l'autista, una donna che indossa un berretto nero adornato di perline d'oro. Poi l'altra donna, quella bionda, si sistema una ciocca di capelli dietro l'orecchio, rivelando il luccichio di un orecchino con un diamante. Si piega per dire qualcosa a quella col berretto nero, mostrando un bel fondoschiena gloriosamente fasciato da pantaloni da yoga aderenti. Suppongo che tornino da una seduta in palestra, il che spiegherebbe le scarpe da ginnastica a fiori bianchi. Molto carine, ma non adatte a questa stagione.

La donna torna in piedi e si stringe il soprabito verde. Quindi si avvia verso la porta di casa di Mark, la apre, proprio così, senza dover suonare il campanello, e quando torna a salutare la sua amica, finalmente la vedo bene in faccia. È molto carina, le sue guance sono arrossate dal freddo. Sorride. Scommetto che ha dei bei denti bianchi. Piccoli e allineati alla perfezione. È solo quando la sua amica esclama a gran voce: «Ciao, Sonya!», che capisco, scioccata, chi sia. E il primo pensiero che mi viene in mente è: *di sicuro non sembra stanca.*

Sono sbalordita. Ho sempre immaginato Sonya come una donna magra e sfinita, col viso pallido e tirato. Pensavo che fosse, non so, una donna austera, con una collana di perle al collo. So che è una decoratrice d'interni, quindi avevo pensato che si occupasse di oggetti d'antiquariato. Ma questa persona, quella di un attimo fa, non è Sonya. Non può essere lei. Innanzitutto, è troppo felice. Troppo bella.

Troppo maledettamente in salute.

Sto in piedi con una mano sul petto, e sono sul punto di attraversare la strada, perché ho intenzione di andar lì, suonare quel campanello, spingere quel pomposo ragazzo con l'uniforme grigia fuori dai piedi, e chiedere una spiegazione. Perché si dà il caso che lei abbia la sindrome da stanchezza cronica, e ciò vuol dire che è molto, molto stanca. E le persone stanche non girano per il quartiere con una giacca imbottita firmata con le finiture di pelliccia sintetica. Le persone stanche non ridono come se non avessero una sola preoccupazione al mondo. Non vanno in palestra, non hanno amici, e hanno un brutto aspetto.

Io dovrei saperne qualcosa. Sono così fottutamente stanca.

«Cosa fai qui? Stai bene?».

Per un momento sono confusa, ma poi vedo che è Hilary. Mi prende per un braccio, ma io mi libero.

«Devo andare», le rispondo.

«Dove? Cosa sta succedendo?»

«Devo andare a parlare con lei!». Indico la porta dietro la quale è appena scomparsa Sonya.

«Penso che non dovresti parlare con nessuno, in questo momento. Ma qual è il problema? Sei molto turbata, Katherine».

«Dovrebbe essere stanca!», gemo, continuando a indicare la porta. Hilary mi guarda più da vicino.

«Gesù, Kat. Hai un aspetto orribile».

«Vaffanculo, Hilary!».

«Va bene. Capisco. Vedo che sei sconvolta. Dai, ti offro da bere, così ti calmi». Mi prende di nuovo per il braccio e tira.

«Da bere? Non è nemmeno l'ora di pranzo».

«Allora prendi un latte caldo», suggerisce. E poiché sono così fottutamente stanca, ho lasciato che mi trascinasse via.

Ha ragione, ovviamente. Un Gin tonic aiuta, e pure gli altri due. Il modo in cui Hilary scola il suo e subito dopo ne ordina un altro mi fa pensare che sia una cosa normale, per lei, bere all'ora di pranzo. Mi viene in mente che di recente ho affidato mia figlia alle sue cure. Forse dovrei ripensarci.

«Tutti gli uomini sono maiali!», dichiara. «È un dato di fatto».

È la prima volta che parlo a qualcuno di Mark. A parte Eva, intendo, e anche allora, in effetti non avevo detto che fosse Mark. Ma ora non riesco a stare zitta. Le ho detto tutto. Di Mark, intendo. Non della mia psicopatica. Inutile dirlo.

«E la sai una cosa? Ero stata reclutata!», gemo. «Proprio così! Quei pezzi grossi della DMC...».

«...DMC? La band? Davvero?»

«Cosa? No! DMC l'impresa di venture capital».

«Oh, giusto», commenta, prima di scolare il resto del bicchiere. «Stavo pensando a DMC, il gruppo hip-hop».

«Gesù, stai invecchiando, Hil. Comunque, cosa stavo dicendo? Ah, sì, ero stata reclutata! Un sacco di soldi! Assicurazione sanitaria! Meglio di quei benefici di merda che offrono quei simpaticoni della Rue Capital. Questi avevano anche l'assicurazione sanitaria, con tanto di cure dentali, porca troia».

«Hai rinunciato a un'assicurazione dentistica?»

«Già, proprio così. Esatto. E sai perché? Per amore. Per la fottuta Denver, ecco perché. Siamo andati a Denver, abbiamo fatto l'amore... Oh, Dio». Ricomincio a piangere. Hilary schiocca le dita e il cameriere arriva immediatamente con altri due Gin tonic.

Mi porge il nuovo drink. «Io non sono mai stata a Denver», ammette.

Bevo qualche sorso, poi giro il bicchiere sul sottobicchiere, per studiarne il contenuto. «Allora considerati fortunata. Tutto è iniziato a Denver, credimi».

Lei scuote la testa. «Non è Denver, Kat, sono gli uomini, il problema. Sono tutti maiali».

«Non tutti gli uomini. Il tuo Henry è dolce. Ti ama. Chiunque può vederlo».

«Sì, giusto», sogghigna. «Come no».

«Oh, basta, Hil. È un marito gentile. Ed è un buon papà per Paige. Sei davvero fortunata».

Dondola la testa, su e giù e di lato, è davvero molto divertente.

«Okay, te lo concedo», concorda, infine. «È un buon padre, è vero. Adora Paige».

Le metto una mano sul braccio. «Grazie per esserti presa cura di Abigail nelle ultime settimane. Non ti ringrazierò mai abbastanza. Mi sdebiterò con te, te lo giuro».

Annuisce. «Sono preoccupata per te, Kat».

«Già, beh, mettiti in fila».

«No, davvero, ed è preoccupata anche Abi. Devi rimetterti in sesto, devi farlo per Abigail. Non puoi continuare a comportarti così. La stai trascurando».

Le lacrime mi scendono sulla guancia. Mi strofino il naso sulla manica. «Lo so», mormoro, tra i singhiozzi. «Hai ragione».

Mi dà una pacca sul polso, proprio nel punto umido di moccio. Fa una smorfia e solleva le dita. Rido. «Tieni», dico, porgendole un tovagliolo di carta.

«A proposito di Paige», riprende lei, asciugandosi le dita. «Vuole fare il suo sedicesimo compleanno al ristorante *Barolo*. Si è divertita così tanto, alla festa di Abi».

«Ah!», esclamo. «Te l'avevo detto! E *tu* dicevi che era inappropriato o qualcosa del genere, ricordi?»

«Beh. Non credo di aver detto inappropriato, ma è lo stesso. Volevo fare il compleanno di Paige a casa nostra. Avevo in mente qualcosa di un po' più elaborato; avevo persino parlato con una ditta che organizza eventi, *Cloth &*

Sparkles, li conosci? Pensavo a decorazioni sul bianco, e... Ahi!».

Le ho afferrato il polso. Con un po' troppa forza, a quanto pare. «Zitta!», sbotto. Allontana il braccio e si strofina nel punto in cui l'ho stretta. «Che succede?»

«La festa di compleanno di Abi. Dio mio!».

«E allora?»

«Devo andare». Raccolgo velocemente le mie cose e mi chino per baciarla sulla guancia.

«Ti chiamo più tardi, Hil. Grazie. Ti voglio bene».

Dev'essere il gin. Non ho mai detto queste parole a Hilary, prima d'ora. Ma, di sicuro, in questo momento le penso.

CAPITOLO 29

C'è un fatto: io non sono più entrata nella mia macchina da *quella* notte. A volte, penso che non tornerò mai più al volante. Al contrario, scelgo di buttare soldi, che non potrò più permettermi di spendere, in taxi, ed è per questo che ora sto correndo, con il braccio teso per fermarne uno che non è ancora arrivato.

Quella data, 10 gennaio, l'appuntamento con la parrucchiera scarabocchiato frettolosamente nell'angolo del ritaglio di giornale. L'articolo che Eva aveva stampato e che conservava nella scatola rossa, sul ripiano del suo armadio. *Venti imprese emergenti di venture capital da tenere d'occhio.* Pensavo che l'avesse stampato perché gliene avevo parlato io, il primo giorno in cui ci siamo incontrate.

Ma era il 10 gennaio, due giorni prima della festa di compleanno di Abi al ristorante *Barolo*.

Non avevo ancora conosciuto Eva.

Ascolto il mio respiro. Irregolare, leggermente in preda al panico. Sto cercando di capire a cosa mi possa portare questa scoperta, perché questo dimostra che Eva aveva stampato l'articolo su Rue Capital almeno tre giorni prima di incontrarmi. Non solo, ma aveva anche cerchiato il mio nome.

C'è anche un'altra possibilità: che io stia perdendo la memoria, come tutto il resto. Dopotutto, sono esaurita. Potrebbe essere che abbia letto la data sbagliata. Più ci penso, più concludo che sia l'unica spiegazione. Solo che non credo sia così. Riesco a vederla con gli occhi della mente. In quel momento, avevo ricordato vagamente quanto quella data fosse vicina al compleanno di Abi. Un paio di giorni prima. Allora non avevo ancora collegato, ma mi aveva procurato una strana sensazione. La sensazione che qualcosa non tornasse. Lo ricordo.

Tiro fuori il cellulare. Conosco il posto, la parrucchiera. Anch'io vado lì a tagliarmi i capelli.

Riesco a trovare il numero. Dio, spero che siano aperti. È lunedì, alcuni parrucchieri chiudono, il lunedì, giusto? Devo sapere. Prego che siano aperti, e il mio cuore batte troppo forte mentre sento lo squillo del telefono all'altro capo, una, due volte. Chiudo gli occhi e...

«Salve, qui è *Il Salone*, sono Robyn, come posso aiutarla?».

Grazie, Signore. Grazie.

«Sì, salve, sono...». Mi fermo. Stavo per dire che ero io, Katherine Nichols, ma cambio idea. Non voglio per nessun motivo che qualcuno, lì dentro, associ in qualche modo il mio nome a quello di Eva. Neanche per sbaglio.

«Oh, salve, ehm, ho un'amica di nome Eva Howinski che è venuta nel vostro salone qualche settimana fa, e il suo taglio mi piace molto. Posso prendere un appuntamento anch'io?».

La ragazza è molto felice di aiutarmi, chiede il mio nome. Sparo, *Kara Frost*. Sarò pure una bugiarda, ma almeno sono coerente. Eppure, non mi sento a mio agio. Non mi viene naturale, mentire.

«Vorrei sapere chi ha tagliato i capelli alla mia amica. Mi aveva detto un nome, ma l'ho dimenticato. Sono quasi certa che abbia detto di essere venuta il 10 gennaio».

Sento un fruscio di carta, il rumore di pagine che vengono sfogliate.

«Gennaio... 10... mi faccia controllare... Ah, sì, esatto, Eva, ce l'ho qui. Giovedì 10 gennaio, ore 14:00. Maureen le ha fatto i capelli. Controllo quando Maureen è disponibile, se lo desidera».

Lo sapevo. Lo sapevo, cazzo. Mi gira la testa. Sento il sapore della bile in gola. «Va bene, la richiamo». E concludo la chiamata.

Sono sul taxi, adesso, sto andando a casa. L'autista vuole sapere se ho visto la trasmissione di cucina di Nigella Lawson, la sera prima. «Cucina come una dea greca», mi assicura. «Io dovrei saperlo, sono greco. Cucina come mia madre».

Non so se con questo voglia dire che sua madre è una dea greca, ma gli faccio notare che Nigella Lawson è inglese. Insiste a dire che mi sbaglio. «È greca!», controbatte, «solo i greci possono cucinare così!». So che non la spunterò in questa discussione, quindi finisco per dargli ragione.

Dopo non lo ascolto più, perché sto cercando di ricordare dove abbia lasciato la copia delle chiavi che Eva mi ha dato sabato sera. Sono quasi certa di averle ancora. Non le ho rimesse nel cassetto della cucina. La verità è che le ho proprio dimenticate, dopo aver avuto quello scontro con Mark, ed essere uscita con la bottiglia di Jack Daniels.

Svuoto il contenuto della mia borsa sul sedile accanto a me, ma non ci sono. Ricordo che indossavo una giacca di pelle.

Arrivo a casa, promettendo all'autista che d'ora in poi seguirò sempre Nigella Lawson, la dea greca, e corro di sopra. La mia giacca di pelle è ancora sulla sedia della camera da letto, dove l'ho lasciata sabato sera. Cerco nelle tasche e... *Bingo*! Trovate!

Il cuore mi batte all'impazzata. Sono passate da poco le due, quindi ho almeno due ore, prima che Eva torni a casa dal lavoro. Avrei dovuto chiedere all'autista di aspettare. Metto le chiavi nella tasca della giacca, corro alla stazione della metropolitana e prendo la linea rossa, perché anche questa fa presto ad arrivare a casa sua.

Voglio sapere perché ha quell'articolo su di me. Voglio vedere se c'è qualcos'altro, in quella scatola rossa, che possa spiegare perché ce l'abbia. Mi sento un po' oppressa da tutte le persone intorno a me. È incredibile quante ce ne siano, che camminano, aspettano, fanno le loro cose, vanno da qualche parte. Non c'è nessuno che non deve andare da nessuna parte? Cosa stanno facendo tutti? Dove stanno andando?

Scendo a Broadway e mi dirigo in fretta verso l'appartamento di Eva. Mi viene in mente che Eva potrebbe anche aver scritto l'appunto su quell'articolo *dopo* che mi ha incontrato. Ovvero, *non devo dimenticare che mi sono fatta i capelli qualche giorno fa, che erano le 14 e che Maureen li ha tagliati. Farò meglio a scrivere tutto questo.*

Ma, non so perché, non credo sia così.

Al pianterreno, premo il campanello del suo appartamento, proprio come fanno i ladri nei film, poi aspetto. Lo premo di nuovo. Accosto anche l'orecchio al citofono per essere proprio sicura che non sia in casa. Nessuna risposta.

Prendo l'ascensore e salgo fino al piano del suo appartamento. Una porta si chiude, da qualche parte. Mi fa venire un tuffo al cuore. Ma il rumore non proviene dal suo appartamento.

Busso alla sua porta, due volte. Quindi, quando ho ragione di credere che non ci sia nessuno, scivolo dentro, controllando il corridoio da cima a fondo al corridoio. Come una ladra.

C'è un silenzio di tomba, e c'è ancora più disordine rispetto all'ultima volta che ci sono stata; era solo un paio di giorni fa, ma stranamente mi sembra che sia passato più tempo. Entro nella sua camera da letto e apro l'armadio. I vestiti cadono, proprio come la volta precedente, ed ecco la scatola rossa. La tiro fuori e mi siedo a gambe incrociate per terra, sulla moquette, per esaminare il contenuto.

Tiro fuori il primo ritaglio. Trema come una foglia nella mia mano. Ed ecco qui. 10 gennaio. La data è corretta. Ma, del resto, lo sapevo già da quando mi è stato confermato dal parrucchiere. Il foglio che mi viene in mano dopo mi fa bloccare il respiro in gola.

È una copia del necrologio di mio padre, ritagliato dal Boston Herald. È solo un trafiletto. L'avevo già visto, ovviamente. È un riconoscimento del suo lavoro di insegnante ad Harvard e c'è scritto che lascia una figlia, me, e sua moglie, Nancy Nichols, nata Hayden, della prestigiosa famiglia Hayden. C'è scritto che, negli ultimi anni, mio padre si era ritirato per prendersi cura di sua moglie che soffriva di una grave forma di demenza.

Estraggo il telefono e scatto una foto a ogni foglio. Quindi passo rapidamente in rassegna il resto. Gli altri ritagli non riguardano me, ma altre persone. Copie di polizze assicurative. Un articolo su un caso di diffamazione. Una foto di giornale che ritrae una donna che indossa occhiali da sole, con una mano sollevata per non farsi riprendere dalla telecamera. La didascalia menziona un divorzio. Appoggio il foglio sul pavimento per scattare foto anche di quella, quando qualcosa, dall'altro lato dell'armadio, attira la mia attenzione. Anche quell'anta è aperta, solo di trenta centimetri o poco più, riesco appena a distinguere il bordo di qualcosa, e prima ancora di farlo scorrere fino in fondo e scostare i vestiti appesi, so già di cosa si tratta. Fisso la statuetta di bronzo di Gaudí, quella scomparsa dalla casa di mia madre.

Mi metto in ginocchio e frugo tra gli oggetti gettati alla rinfusa. Altri vestiti, una scatola che un tempo conteneva una serie di prodotti di bellezza Dior ma che ora contiene bigiotteria. Un cappello da baseball. Ancora scarpe, molte scarpe. Un sacchetto di carta bianco. È più pesante di quanto sembri. Lo apro e tiro fuori una collana. Di oro e giada. Quella collana era un regalo di mio padre a mia madre. L'aveva portata da un viaggio in Cina. Mi chiedo cos'altro manchi dalla casa di mia madre. Perché deve esserci dell'altro, e lei deve aver venduto qualcosa. Non l'ha fatto solo per farmi dispetto. L'ha fatto per soldi. Poi vedo l'abaco, che spunta da sotto un tappetino da yoga arrotolato. Lo prendo, mi assicuro che non sia rotto e sono sollevata nel trovarlo intatto. Poi, per qualche motivo che non riesco a spiegarmi, lo sollevo in alto e lo sbatto giù con tanta forza, che il bordo di porcellana colpisce il binario inferiore dell'anta scorrevole dell'armadio. Vola via una scheggia, e io ripeto il gesto, questa volta con più forza. La cornice di porcellana si rompe in cento pezzi. Non sono ancora sicura del motivo che mi ha spinta a farlo. Forse perché era un regalo di mio padre e mi ricordava un periodo lontano, più felice, quando ero ancora la luce dei suoi occhi. Forse perché vedendolo qui, fuori dal suo ambiente, mi sono sentita autorizzata a farlo. Forse perché oggi sono arrabbiata. Devo esserlo, perché sto serrando le mascelle così forte che mi fanno male i denti.

Sono ancora in ginocchio quando sento una porta che si chiude.

La porta d'ingresso dell'appartamento.

CAPITOLO 30

Ho quindici anni. È notte fonda e qualcosa mi ha svegliato. Per un attimo, credo sia Abi che vuole la poppata, mi alzo su un gomito e aspetto, restando in ascolto. Un'auto passa, proiettando la luce dei fari attraverso le persiane e sul soffitto della mia camera da letto.

Poi sento quel profumo. Il profumo economico del negozietto, quello che lui si mette sempre. I miei occhi si adattano al buio, e lo vedo in tutta la sua mole. È in piedi, immobile e silenzioso, davanti alla porta chiusa della mia camera. In realtà, non mi rendo ancora conto di cosa voglia, e sono sul punto di chiedergli se vada tutto bene, ma sono spaventata, vedendo che lui resta lì, immobile. Abi emette un vagito nella sua culla, qualcosa tra un lamento e un singhiozzo, e lui ora si sposta rapido, viene vicino al mio letto e tira giù le coperte con un movimento lento. Sto tremando. All'improvviso è sopra di me, mi tiene una mano sulla bocca, e con l'altra mi solleva la camicia da notte.

Ecco a voi lo zio Trevor.

Ricordo questa scena perché, dopo quella prima volta, legavo un filo di cotone per un'estremità alla maniglia della porta, e al mio polso per l'altra, così quando lui apriva la porta, la trazione del filo mi svegliava, e io riuscivo a strisciare in fretta dentro l'armadio, legando insieme le ante dall'interno. Lui non poteva tirarmi fuori da lì senza svegliare la zia Maud, alla fine se ne andava, e io mi addormentavo lì dentro finché Abi non reclamava di nuovo la poppata.

Quindi sì, di solito nascondermi negli armadi non è un'esperienza piacevole, per me, e stavolta non è diverso. Sono riuscita a radunare velocemente i fogli nella scatola rossa, e l'ho portata dentro con me. Le scarpe in fondo all'armadio mi fanno stare scomoda, ma non oso muovermi. Qualcosa mi sta premendo contro il fianco. Mi fa male, e lo spingo via con delicatezza. Penso che sia il Gaudí. L'anta non è del tutto chiusa e lentamente, in silenzio, allungo le dita e la spingo da un lato, ma, trattandosi di mobilia economica, si incastra nel binario.

C'è un suono di passi, e la porta del frigo si apre. Ma perché Eva è qui? Dovrebbe essere al lavoro.

Il mio cuore batte così forte che temo finisca per sentirlo. L'anta si sblocca e riesco a chiuderla di un altro centimetro, ma non è chiusa del tutto, e ora non scorre più. Sento qualcosa che cade nel lavello, forse un bicchiere. Penso che mi prenderà un infarto. Ora la sento nel corridoio.

Verrà in camera da letto.

Aprirà l'armadio.

Mi vedrà.

Sto per morire.

Tengo le ginocchia raccolte contro il petto, cercando di nascondermi tra i suoi cappotti e i suoi abiti. Il bordo di una sciarpa mi fa il solletico al naso, ma non oso muovermi. Tengo le palpebre serrate e sto pregando un Dio in cui non sapevo di credere, ed è allora che il mio cellulare suona.

Smetto di respirare. Molto lentamente, trovo la tasca e lo metto in modalità silenziosa. Sto tremando così tanto che non so dire se ho inserito la vibrazione o no. Continuo a palpare il telefono sopra e sotto, alla ricerca di un indizio, e poi mi arrendo.

C'è del movimento là fuori, il fruscio di qualcuno che gira per la casa, passi leggeri sulle assi del pavimento. Nascondo del tutto il viso tra le mani, ma lascio abbastanza spazio tra le dita per vedere la porta della camera da letto che si apre completamente.

Sta lì, in piedi, con una mano appoggiata alla maniglia della porta.

Solo che non è lei.

A causa dei vestiti appesi davanti a me, riesco a vedere solo le gambe di un uomo attraverso l'apertura dell'anta dell'armadio. Indossa jeans neri, larghi e logori. Stivali. Stivali pesanti. Stivali da motociclista. Vedo il bordo di una giacca di pelle marrone. La sua mano è sempre sulla maniglia della porta. C'è qualcosa... Oh, Dio. Lo sento respirare. Con il naso. Quindi anche lui può sentirmi? Mi sono ritirata più indietro possibile, con la colonna vertebrale contro il muro, non riesco a vederlo completamente, ma solo in parte. Mi infilo la nocca dell'indice in bocca e la mordo.

Dio, aiutami. So chi è. È quel ragazzo dell'altro giorno. L'*altro* suo ragazzo. Almeno non è suo zio, il poliziotto. Vedrà l'abaco rotto davanti all'armadio e il mucchio di vestiti che è caduto prima sul pavimento, in un ammasso disordinato. Si chiederà cosa sia successo. Verrà a dare un'occhiata più da vicino, magari anche a rimettere i vestiti dentro l'armadio. Ammesso che non abbia sentito il mio telefono. Perché, per quanto ne so, forse sa già che c'è un ladro accovacciato sul fondo dell'armadio.

Sono così spaventata, in questo momento, che alzo le

braccia fino a coprirmi la testa per schivare il colpo che arriverà da un momento all'altro. Immagini di Abi turbinano nella mia mente. Abi da bambina. Abi vestita da fata. La fossetta sulla guancia sinistra di Abi. Il primo giorno di scuola di Abi, mentre si volta a salutarmi e sorride. Abi che gioca a hockey sul ghiaccio.

Mi dispiace, piccola, ti amo così tanto.

Procede verso l'entrata della camera, aspetto l'apertura dell'armadio e l'inevitabile catastrofe.

Invece, passa oltre. Ora è nel bagno adiacente alla camera. Lo sento urinare nella toilette. Per un momento, prendo in considerazione l'idea di fuggire dall'appartamento, ma non lo faccio. Non oso muovermi.

È tornato. Non ha tirato l'acqua. Non si è nemmeno lavato le mani. Ho capito, sono due zozzoni.

Passi. Fruscio. E poi, come per miracolo, il rumore dell'apertura della porta principale, seguito da un leggero clic. Non mi muovo. Lascio che l'aria mi riempia i polmoni. Ascolto e tengo gli occhi chiusi.

Se n'è andato.

Aspetto ancora qualche minuto, lasciando che il battito del mio cuore trovi un ritmo pressoché regolare e, tremando, striscio fuori dal mio nascondiglio. Con le mani che mi tremano, risistemo i fogli nella scatola, cercando di ricordare in che ordine fossero, ma non ci riesco. Infilo di nuovo la scatola sul ripiano dell'armadio e vi spingo sopra la pila di vestiti, quindi chiudo le ante scorrevoli. Raccolgo i pezzi dell'abaco e li metto nella borsa, che porto via, insieme alla collana. Alla fine, rimetto le chiavi nel cassetto della cucina.

Poi corro in fretta fuori da lì.

Sono qui. Sono a casa, sono viva. Grazie a Dio. Amo la mia casa. Casa, ti amo. Non ho mai amato una casa tanto quanto questa, in questo momento.

Chiudo gli occhi. Cerco di ricordare quel poco che ho visto di quell'uomo, che non era molto. Mi chiedo se fosse alla sua festa. Senza che Mark si rendesse conto che il rivale era nella stessa stanza. Dopotutto, è di Eva che stiamo parlando. La psicopatica, strana, malvagia Eva. Cerco di ripensare alle persone che erano lì, provo a rinfrescarmi la memoria, ma è inutile. E comunque, non avevo prestato attenzione.

Cosa so di quest'uomo? Che ha un mazzo di chiavi, che si prende molte libertà in casa di lei, abbastanza da urinare nel suo bagno privato. E scommetto che ha pure lasciato la tavoletta alzata.

Mi tolgo il cappotto e lo appoggio alla spalliera del divano. Sul tavolino da caffè davanti a me c'è il portatile. Collego il telefono e ci trasferisco le foto scattate prima. Le salvo in una cartella sul mio computer che nomino «ricevute-viaggio» e nascondo tra gli altri documenti fiscali.

Ma sono spaventata. Dico a me stessa che è per quello che è appena successo nell'appartamento, ma c'è qualcos'altro. La sensazione di essere osservata, come un formicolio sulla pelle. Mi alzo e controllo fuori dalla finestra, ma ovviamente non c'è nessuno. Sono solo io, che sono paranoica.

Torno a sedere sul divano e ingrandisco con lo zoom il primo foglio, l'articolo di *Forbes*. Fin lì, niente che non avessi già visto. Poi, guardo il necrologio. Stessa cosa. Niente che spiega perché lei ne abbia una copia. Prendo l'immagine successiva. È una stampa presa da un blog giuridico, o almeno è ciò che mi sembra. Si intitola *Caso Legale, A. Walters vs. Assicurazioni Delta*. C'è una data in caratteri piccoli, a piè di pagina. È di quasi tre anni fa.

Parla di un caso di diffamazione sul posto di lavoro presentato da un'impiegata. L'impiegata in questione, A. Walters, aveva sporto denuncia in merito alle pratiche di stima dei risarcimenti assicurativi effettuate dalla società. Sembra che ad A. Walters fosse stato chiesto di negare alcuni risarcimenti, che lei sapeva essere legittimamente pagabili.

La società aveva quindi licenziato l'impiegata e inviato a tutti un'e-mail, sostenendo che A. Walters fosse stata licenziata per frode. A. Walters aveva portato l'azienda in tribunale e dimostrato con successo che le azioni della società equivalevano a diffamazione personale.

Ciò che sembra abbia attirato l'attenzione di Eva, e lo dico perché ha cerchiato quella parte, è stato il fatto che la richiesta di diffamazione aveva avuto successo, e che A. Walters aveva incassato circa due milioni di dollari.

Sotto il cerchio, ha scritto un nome.

Alison

Sotto, un numero di telefono di New York.

(212) 555-0187.

Potrei benissimo comporlo. Non ho niente da perdere. Faccio la chiamata.

«Pronto?».

In realtà, non credevo che rispondesse qualcuno. Mi aspettavo un messaggio registrato pronto a comunicarmi che il numero era inesistente. Invece, c'è una persona dall'altra parte. Una donna. Una donna anziana, a giudicare dal tono della sua voce. In attesa.

«Oh, salve, sono...».

Non so cosa dire. Non ci ho pensato.

«Chi parla?», chiede.

«Parlo con la signora Walters?», balbetto.

«Sì. Chi è lei? Cosa vuole?».

Devo dire qualcosa. Non resterà in eterno al telefono ad aspettare che mi decida.

«Sto cercando Alison. Alison Walters».

La sento ansimare.

«Chi parla?»

«Mi chiamo Katherine Nichols, signora Walters. Speravo di parlare con Alison». Avevo pensato di dare il mio nome falso, ma questa volta non mi è sembrato giusto. E, per qualche motivo, non penso che *lei* sia Alison, e dato il modo in cui ha reagito quando ho fatto il suo nome, decido di rischiare. «Lei è la signora Walters? La madre di Alison?».

Silenzio.

«Signora Walters?»

«Chi è lei?», chiede di nuovo, anche se non in tono così duro come prima.

«Sono un'amica di Alison».

«Se fossi una sua amica, sapresti che è morta».

Ora è il mio respiro che si ferma. Fisso la data dell'articolo.

«Mi dispiace tanto, signora Walters. Non ne avevo davvero idea. Posso chiederle cosa è successo?»

«Mia figlia si è suicidata. Come hai detto che ti chiami?»

«Katherine», sussurro. «Katherine Nichols. Mi dispiace molto sentire questa notizia. È molto triste. Molto triste».

«E tu sei un'amica di Alison? Nichols hai detto? Non mi ricordo di te. Devo andare, ora».

«Aspetti...».

È ancora lì. La sento respirare, respiri corti e profondi, dal naso.

«Alison conosceva una persona di nome Eva? Le ricorda qualcosa? Eva Howinski?».

C'è un attimo di silenzio.

«Pronto?»

«Come osi», sibila. È così piena di disprezzo che mi viene l'impulso di allontanare il telefono dall'orecchio.

«Mi dispiace, signora Walters, ma è molto importante».

«Non chiamare mai più questo numero. Capito?»

«Signora Walters...». Ma ha già riattaccato. Poso il telefono accanto a me, e subito dopo squilla. Rispondo, pensando che la signora Walters abbia cambiato idea, ma è la mia psicopatica.

«Ehi, Kat, come te la stai passando?».

Lo giuro, il suono di quella voce mi fa venire l'orticaria. Chiudo gli occhi, mi chiedo cosa voglia adesso. Non posso avere un giorno libero? Per favore? Solo uno? Per un folle momento, sono tentata di chiederle. *Hai mai sentito parlare di Alison Walters? Sua madre ha sentito parlare di te.*

Invece chiedo: «Cosa vuoi?»

«Non sei molto amichevole! Ti sei alzata dal letto col piede sbagliato, o cosa?».

«Mi dispiace», dico, non perché sia vero, ma in sostanzia perché è più facile. «Ho appena avuto delle brutte notizie».

«Oh, è un peccato». Non chiede quali siano le notizie. Se lo avesse fatto, avrei detto *è morta una persona. Una donna. Si è suicidata. L'ho appena scoperto.*

Poi mi viene in mente una cosa. Mi fa venire il mal di stomaco. È a casa? Sa che sono stata lì?

«Sei al lavoro?», chiedo.

«Certo che sono al lavoro, sciocca! Dove altro dovrei essere?»

«Giusto». La tensione nel mio corpo si allenta un po'. Solo un po'. «Allora, cosa posso fare per te?»

«Beh, mi chiedevo se ti piacerebbe...», aspetta.

Mi siedo, il mio corpo si irrigidisce.

«Mi piacerebbe cosa?»

«Essere la mia damigella d'onore! Al matrimonio!», strilla.

Nascondo il viso tra le mani. «Quale matrimonio?»

«Scherzo!», dice ora. «Non abbiamo fissato una data. In realtà, Mark non me l'ha ancora chiesto. Ma quando lo farà, spero davvero che tu sarai lì per me. Comunque, il motivo per cui ti ho chiamato è: quando torni a lavorare?».

Non so perché le permetta di stuzzicarmi in questo modo. È come se lei avesse dei superpoteri su di me. Ogni volta che ho una conversazione con questa donna, mi sento costretta ad arretrare lentamente. È davvero estenuante.

«Non ne sono sicura», rispondo. «Tra qualche giorno. Ha insistito Mark», aggiungo. Questa è una bugia.

«Davvero? Oh, è un capo così carino. Se fossi al suo posto, non credo che accetterei di pagarti per non far nulla, ma va bene così».

Chiudo la mano a pugno e sento le unghie affondarmi nel palmo.

«Ho del lavoro da fare, Katherine», sibila all'improvviso. Sembra che abbia proprio accostato il telefono alla bocca.

«Devi stare qui. *Tu* hai del lavoro da fare. Domani ti aspetto».

Qualcosa mi fa alzare lo sguardo. Un suono fuori, come un fruscio tra la siepe. Ancora una volta, quella sensazione inquietante di essere osservata mi formicola nella schiena. Mi chiedo se sia davvero al lavoro e non là fuori a spiarmi.

Mi alzo e controllo di nuovo la finestra. Guardo nel corridoio verso la porta principale, attraverso il vetro smerigliato della porta.

«Katherine?»

«Sì! Domani ci sarò!».

«Va bene. Questo è tutto ciò che volevo sapere».

Appena riattacca, mi precipito ad aprire la porta, in caso lei sia là fuori. Dall'altra parte della strada, gli Ackermans escono dal loro cancello principale con i loro due cagnolini. Mi salutano, sorridono. Non sembrano preoccupati. Ricambio il saluto. Sento squillare di nuovo il telefono in casa e mi chiedo se sia lei, che cerca di farmi rientrare prima che la scopra, o che scopra lui, il tizio che era in casa sua. Forse mi ha seguito. Quel pensiero mi fa sussultare lo stomaco. Scruto in tutta fretta la parete esterna della casa dove si affaccia la finestra del soggiorno, ma non c'è nessuno. Solo io e la mia paranoia.

Torno dentro. Il suono del telefono si è interrotto. Chiudo la porta e mi ci appoggio, aspettando che il mio battito cardiaco rallenti. Poi faccio un giro per assicurarmi che tutte le finestre e le porte siano ben chiuse.

CAPITOLO 32

Avrei dovuto restare di più nell'appartamento di Eva per assicurarmi di lasciare tutto come l'avevo trovato. Solo che mi sono fatta prendere dal panico, e ora temo di aver lasciato una traccia. Potrebbe non notare subito che mancano l'abaco o la collana, ma noterà i frammenti di porcellana sul pavimento. Ora vorrei essermi assicurata di averli raccolti tutti.

Poi entra Abigail. Si ferma nel corridoio per togliersi il cappotto.

«Ciao, dolcezza!», esclamo.

«Gesù, mamma! Mi hai spaventato a morte! Che ci fai a casa?»

«Mi dispiace, tesorino. Oggi lavoro da casa. È andata bene la giornata a scuola?». Perché le stia parlando come se avesse dieci anni, non lo so.

«Come se te ne importasse», risponde lei, prima di correre di sopra nella sua stanza.

La seguo su per le scale. Ha acceso la musica e riempito la casa di ritmi elettronici. Entro e abbasso il volume.

«Non voglio farti preoccupare, ma il signor Jones ha detto che ci sono i ladri, in zona». Speriamo che Abi non glielo vada a chiedere.

«Sul serio?»

«Sì. Sul serio. Probabilmente non è nulla di cui preoccuparsi, ma da ora in poi voglio che tu imposti sempre l'allarme. Impostalo sulla modalità Home, quando sei dentro, ricordi come si fa?».

Lei alza gli occhi al cielo. A essere sinceri, non lo impostiamo mai, quando siamo a casa. «Allarme acceso, che tu sia in casa o no, okay?», ripeto.

Lei scrolla le spalle, ma mi ha capito. La lascio alle sue cose e torno di sotto. La musica riprende.

Mi rimetto al lavoro con rinnovato vigore. Riesamino le foto sul computer e un'ora dopo sono allo stesso punto di quando ho iniziato. Ci sono due persone che non ho idea di come contattare. Una di queste è la donna nella foto scattata fuori da un tribunale del Tennessee dopo la conclusione delle pratiche di divorzio. Sembra che abbia avuto un mucchio di soldi dal suo ormai ex marito, ma questa volta non c'è un numero di telefono scarabocchiato, e il suo nome, Jane White, purtroppo è troppo comune.

L'altra è Luciana Rodriguez, la figlia sopravvissuta di una coppia rimasta uccisa in un incidente d'auto. Il suo nome è cerchiato nel necrologio, ma tutto qui. Nessuna informazione per contattarla, niente. Non trovo neanche lei.

Poi ho un piccolo successo. Una donna, e sono tutte donne, a quanto vedo, che risponde al nome di Adley Fowler. Come faccio a sapere che Adley è una donna? Perché ne ho sentito parlare. Le era stato concesso il brevetto per un'invenzione tecnologica che ha migliorato la velocità di trasmissione delle reti Wi-Fi. Ha continuato a fare milioni, grazie alla sua invenzione. Ricordo di averlo letto prima di iniziare a lavorare con la Rue Capital. Se fosse capitato oggi, mi sarei prenotata per gestire il suo round di finanziamento.

Ha venduto la società, ma lei è rimasta uno degli amministratori delegati. Ed è facile trovare il numero di telefono dell'azienda.

Quando l'addetto alla reception mi chiede chi stia chiamando, do il mio vero nome, proprio come ho fatto con la signora Walters. Dopotutto, siamo tutte unite e tutte vulnerabili. Siamo tutte coinvolte nella misteriosa truffa di Eva. Credo che sia ingiusto, da parte mia, non mostrare le mie carte, per così dire, se mi aspetto che lei faccia lo stesso. Poi dico che sto chiamando dalla Rue Capital e mi hanno subito passato Adley.

«So che questo suonerà strano», inizio. «Ma ho motivo di credere che io e te abbiamo una conoscenza in comune. Ti suona familiare il nome di Eva Howinski?».

Non sento il breve sussulto che mi aspettavo. Invece emette un gemito a bassa voce. Quasi impercettibile. Ma l'ho sentito.

«Per favore, non riattaccare», mi affretto ad aggiungere.

«Io non so chi sei...».

«Ti ho detto il mio nome. Katherine...».

«...ma non voglio parlare con te. Non mi interessa cosa tu venda, o cosa tu voglia da me».

«Adley, ascolta. Non so cosa ti abbia fatto, ma penso che stia facendo la stessa cosa anche a me».

C'è una breve pausa, poi afferma: «Ne dubito molto». E c'è una tale tristezza, nella sua voce, che mi fa male al cuore. Come una fitta.

«Ora devo andare», dice. «Non chiamarmi più».

«Ti chiedo solo di segnarti il mio numero, per favore. In caso cambiassi idea». Le detto il mio numero di cellulare. Lo ripeto. «Ce l'hai? Chiamami a qualsiasi ora. Ti prego».

Ma lei ha già riattaccato.

E questo è tutto. Questa è stata l'ultima foto che ho preso. Non ho nessun altro da chiamare. Nessun altro a cui chiedere.

Ma non è così. Giusto?

Dico ad Abigail che esco, ma tornerò per preparare la cena. È seduta alla sua scrivania con i libri di scuola aperti. Non capisco come riesca a fare i compiti con questo baccano. «Come vuoi», risponde, senza voltarsi.

Sono in piedi dietro di lei, la cingo con le braccia, e mi chino per baciarle la guancia. «Ti voglio bene», le sussurro. «Sistemerò tutto. Andrà tutto bene, te lo prometto».

Non risponde, ma almeno non mi respinge, è pur sempre qualcosa. Ho impostato l'allarme per uscire e controllo ogni lato esterno della casa per vedere se ci siano scassinatori, strani uomini con giacche di pelle o psicopatici, ma sembra che siamo al sicuro.

Dentro la Atwood House, dove mi trovo ora, passo attraverso le porte a due battenti del piano di sotto. Saluto l'infermiera della reception, che mi rivolge un sorriso frettoloso, quindi tiro fuori il pass per prendere l'ascensore.

Al piano di sopra, non vado subito a trovare mia madre, come faccio di solito, ma mi fermo presso la stanza delle infermiere.

«C'è Fiona?», chiedo.

Fiona passa nel corridoio e mi vede.

«Ehi, Katherine, cosa posso fare per te?», dice, in tono allegro. Poi aggrotta la fronte. «Stai bene, Kat? Sembri un po' malaticcia, se non ti dispiace che te lo dica. Stai lavorando troppo?»

«Sto bene, grazie. Possiamo andare nel tuo ufficio?»

«Se preferisci».

Aspetto che chiuda la porta dietro di noi. Mi siedo, prendo tempo, cerco di sembrare più calma di quanto non sia in realtà.

«Cosa posso fare per te, Katherine?»

«Posso farti qualche domanda su Eva?»

«Oh, Eva». Scuote la testa. «Ci ha lasciato sai? Che peccato. Eravamo tutti così affezionati a lei».

«Quindi non è tornata, ultimamente?»

«Purtroppo, no. Non viene da molto tempo. Alcuni ospiti continuano a chiedere quando tornerà».

Tocca alcuni tasti sulla tastiera, muove il mouse. «Ci ha chiamati a metà gennaio e ci ha detto che non sarebbe più venuta. Ha un lavoro, sai. Un lavoro a tempo pieno».

Non ricordarmelo.

«Ma non era qui da molto, allora».

Fa una smorfia. «Due settimane. All'incirca». Si gira sulla sedia per guardarmi in faccia. «Ma non è così insolito, i volontari vanno e vengono, in questo posto».

«Ma due settimane? Mi sembra davvero poco».

Scrolla le spalle. «Suppongo di sì. Di solito rimangono almeno per un paio di mesi. Vorremmo trovare il modo di far restare i volontari, ma che possiamo farci?». Guarda l'orologio. «Non voglio metterti fretta, Katherine, ma c'è qualcos'altro?».

Mi alzo. «No. Grazie».

«Vuoi che le riferisca qualcosa, se dovesse ricontattarci?»

«Volevo solo ringraziarla di nuovo, non preoccuparti, Fiona».

Ma vorrei chiederle: *pensi davvero che mia madre stesse*

soffocando? O è possibile che Eva se lo sia inventato? Nessuno ha visto, mentre succedeva, vero? A parte Eva. Tutti quelli che hanno visto qualcosa, hanno visto solo Eva che aiutava mia madre, giusto? L'hanno vista darle dei colpetti sulla schiena, o qualcosa del genere, ma le cose sono andate così, vero?

Ma è davvero successo tutto ciò?

Ma non posso chiederlo. Questa teoria è troppo strana da buttare là, senza un'adeguata preparazione. Penserà che stia mettendo in dubbio la sicurezza di questo posto. Che le stia facendo notare che chiunque può venire qui a definirsi "volontario" e mettere in pericolo gli ospiti. Se i volontari si intrufolassero nella stanza di un ospite e rubassero le sue cose, ve ne accorgereste? O se gli facessero del male?

O se fingessero che un paziente sta soffocando mentre nessuno guarda?

Fiona tiene una mano sulla maniglia della porta quando mi viene in mente di chiederle:

«C'è stato un suo familiare, qui, in passato? È per questo che è venuta a fare volontariato?»

«Intendi tra il personale?»

«No. Voglio dire un paziente. Un parente anziano. Una nonna, forse?»

«No. Nessuno».

Ma, naturalmente, era scontato.

Torno a casa e, quando il telefono mi vibra in tasca, sono tentata di ignorarlo, nel caso in cui sia la mia psicopatica. Ma poi penso che potrebbe essere Adley, e quando vedo che è un numero che non conosco, sono sicura che sia lei. Ha cambiato idea.

«Pronto?»

«Parlo con Katherine Nichols?». Ma non è Adley. È una voce maschile.

«Sì?»

«Il mio nome è Richard Walters. Hai parlato con mia madre, poco fa. Alison Walters era mia sorella».

Mi blocco.

«Mia madre mi ha detto che hai chiamato», prosegue. «Hai chiesto di Eva».

«Sì. Sì, è così».

«Conosci Eva Howinski?», chiede.

«Sì. La conosco», rispondo. «Tu?».

«L'ho incontrata. Due volte. È una tua amica?»

«Non esattamente».

«Permettimi di riformulare la domanda». Fa una pausa e poi chiede: «Ti *piace* Eva Howinski?», e so che siamo sulla stessa lunghezza d'onda. È un attimo. Un riconoscere il dolore condiviso. Un nemico comune.

«No. No, non mi piace».

«Allora forse dovremmo parlare».

«Mi farebbe piacere. Grazie. Mi farebbe davvero tanto piacere».

«Potremmo incontrarci da qualche parte. Io sono a New York...».

«Oh, già, sei lontano». Non posso nascondere la delusione nella mia voce. «Io sono a Boston, a Cambridge per la precisione». Mi sento cadere le braccia. Come cazzo ci vado a New York?

«...Ma posso venire io da te. Ci sono molte cose che devo capire, di Eva Howinski e di quello che è successo a mia sorella. Perché sono sicuro che lei abbia qualcosa a che fare con la morte di Alison. E voglio scoprire di cosa si tratta. Posso prendere un aereo domani mattina presto e ci vediamo da qualche parte, dove vuoi tu. Ti andrebbe bene?»

«Sì, mi va bene», rispondo. *Molto bene.* Ci accordiamo per incontrarci in pausa pranzo il giorno seguente.

È impossibile descrivere la sensazione che mi pervade dopo aver terminato quella telefonata. Ma l'emozione che si avvicina di più a quello che sento si chiama *speranza*.

CAPITOLO 33

Quella notte, riesco a dormire. Per la prima volta da tempo, dormo bene. Questo è ciò che fa la speranza, è sorprendente. Aiuta a dormire. Non direi che mi sono svegliata in forma, ma almeno sento che un giorno *potrò* essere di nuovo in forma. Mi sveglio senza il peso di troppi pensieri che combattono nella mia testa, e senza troppe pillole per metterli a tacere.

Preparo anche la colazione per me e Abi. Lei la guarda con sospetto, ma la mangia.

Ora sono fuori casa, e il mondo sembra... piuttosto normale. Integro. Mi chiedo se non stia tornando normale. Dev'essere l'opposto di diventare pazza, vero? Stavo diventando pazza da settimane, ora potrei tornare normale?

Arrivo in ufficio alle nove in punto. Oggi indosso il mio bel vestito blu: una gonna stretta con abbinata una graziosa giacca che mi arriva appena alla vita. Indosso anche i miei scarponcini da trekking, perché sono i primi che ho trovato quando ho aperto la parte inferiore della scarpiera. Non vado a fare escursioni, ma ho pensato, fanculo. Perché dovrei fare lo sforzo di sbattermi a cercare nella scarpiera?

Vorrei andare a fare trekking. Ma non ci vado, e ammettiamolo, chi se ne frega.

Sono stupita di scoprire che Eva è già qui. E non è così sorprendente che ci sia anche Mark. Sono insieme in piedi nell'atrio e appena mi vedono smettono di parlare. Vorrei che Mark non ci fosse. Mi rivolge un'occhiataccia, quando entro, e storce le labbra per il disgusto. Come se fossi io, quella che merita di ricevere occhiatacce. Adoravo quelle labbra. Ora vorrei staccargliele a morsi. In due falcate è davanti a me. «Ascoltami, Katherine, innanzitutto voglio chiarire una cosa. Comportati bene e non avremo problemi. Ma se molesti Eva o qualcuno del mio personale, o se fai qualsiasi cosa per screditare questa organizzazione, sei fuori. Ci siamo chiariti?».

Io sorrido, poi mi sporgo in avanti per parlargli all'orecchio, e a bassa voce bisbiglio: «Sei uno stronzo, Mark. Ci siamo chiariti?».

Me ne vado con un brusco scatto del capo. Eva mi segue a ruota nel nostro ufficio e chiude la porta dietro di sé.

«Ciao, Eva». Mi tolgo la giacca e la appendo allo schienale della sedia. Ho la bocca asciutta. Sono i nervi, penso. Ho paura che sappia che sono stata in casa sua.

Schiocca la lingua. «Non sei stata molto amichevole, prima, Kat. Mark è il tuo capo. Non devi essere scortese».

Accendo il computer senza rispondere.

«Vedi? Questo è proprio il genere di atteggiamento che ostacola la tua carriera. Voglio dire, guarda me, sono qui da poche settimane e già gestisco le presentazioni coi clienti. Mentre tu sembri la tristezza e la sciagura personificate. Questo non piace a nessuno, Katherine».

Sfoglio rapidamente gli appunti sui Post-it che sono attaccati su tutta la mia scrivania, quando all'improvviso lei mi dà un colpetto in testa con le nocche. «Ehi? C'è qualcuno, in casa?».

Mi giro, sfregando il punto dove mi ha colpito. «Scusa, stavo pensando a quello che hai detto».

«Ottimo, bene, pensaci. Francamente, a questo punto, sei quasi una vergogna per la Rue Capital. Ehi, a proposito, ho detto a Mark che avrebbe dovuto aggiungere una "«e»" alla fine di "«capital»", Rue Capitale! Cosa ne pensi? Molto francese, "La Rue Capitale", capito? Lo sai che "rue" significa "via" in francese?».

Scuoto la testa.

«Non lo sapevi? Uh! E poi sarei io l'ignorante che non riesce a far quadrare i conti. Vai a capire. Comunque, eccoci qua».

Sto cercando di elaborare ciò che dice, ma è difficile. Soprattutto perché salta da un discorso all'altro e dice stupidaggini. Quindi, Eva vuole cambiare il nome in, cos'era? Via Capitale? Suona come una specie di organizzazione comunista clandestina. Non riesco a immaginare quanti investitori accorreranno, ma non ha più importanza, per me. Possono chiamarla Paperino, per quel che mi riguarda.

«Tu non sei felice, vero?». Sto per protestare, ma lci alza la mano.

«No, va bene. Capisco. Sul serio. In effetti, ho pensato a diversi modi per aiutarti».

«Davvero?»

«Sarò onesta con te, Kat. Lavorare qui mi va benissimo, ma non è che questo lavoro sia proprio tanto affascinante, non credi?». Alza di nuovo una mano, come per impedirmi di interromperla, anche se non lo avrei fatto. «Lo so, lo so. Tu lo adori, sei una sfigata, è adatto a te. Ma guardami, Kat, io ti sembro una sfigata?».

Gira la testa di qua e di là, senza distogliere lo sguardo da me, e solleva le sopracciglia.

«No?». *Sembri una pazza totale, ma non importa.*

«Giusto. Un lavoro da sfigata non è ciò che avevo in mente per me. Ma la scorsa settimana ho fatto un ottimo lavoro per la SunCell, anche tu ne hai convenuto, Katherine, e Mark vuole coinvolgermi molto di più in quei...come si chiamano, a proposito? Pitch? Senza offesa, Kat, ma non fa per me».

«Allora, cosa avevi in mente?». Lo chiedo non perché voglia saperlo, ma perché direi che è lei che vuole dirmelo. Vuole che giochiamo al quiz a premi, prima di arrivarci.

«Quello che avevo in mente, Kat, in pratica è, non fare proprio niente. Cioè non lavorare affatto. Ma...», sospira, riordina i fogli sulla sua scrivania, «bisogna pur avere di che vivere. È così che funziona il mondo».

Annuisco.

«Quindi ho una proposta per te. Vuoi sentirla?».

Probabilmente no, penso, ma annuisco lo stesso.

«Un milione di dollari, tutto qui. Tu mi dai un milione di dollari e siamo pari. È un vero affare, se ci pensi. Voglio dire, tu hai davanti a te ancora molti anni di lavoro, puoi risparmiare denaro più avanti. Quanti anni hai, quarantotto? Cinquant'anni?»

«Trentuno», mormoro.

«No! Hai solo cinque anni più di me? Davvero? Caspita, non sei invecchiata bene, Katherine. Dovresti considerare di farti qualche ritocco. Voglio dire, guarda me, io ho ventisei anni. Indovina quanti anni mi danno?»

«Non... Non lo so».

«Dai! Indovina!». Lo fa di nuovo, gira la testa in modo che io la veda di profilo.

«Non lo so. Venticinque?»

«Ventidue. Non sto scherzando. Gli uomini, in particolare, pensano sempre che io sia più giovane della mia età».

Si guarda alle spalle, poi si avvicina a me, invitandomi a fare lo stesso. «Mark pensava che avessi vent'anni. Non sto scherzando». Si appoggia di nuovo alla sedia, alza un sopracciglio soddisfatta. «Va tutto bene? Perché ora sei sbiancata, Katherine? Comunque. Cosa stavo dicendo? Ah, sì. Mark pensava che avessi vent'anni! Giuro su Dio! Non gli ho detto la verità, se vuole pensare che ho vent'anni... Non mi lamento. Dice che lo faccio sentire di nuovo giovane. Tu non hai bisogno di sentirti giovane, tesoro, gli ho detto. Sei così figo! Ed è vero che è così figo, giusto? Tu lo sai, ovviamente. Anche se a te non l'ha fatto di certo, il discorso che si sentiva di nuovo giovane, intendo... Dai, non fare quella faccia spenta, Kat. Non è attraente. Non so come fosse con te...», si guarda di nuovo alle spalle, «ma tra noi, il sesso è davvero spettacolare. Sul serio. Mi sento tutta eccitata solo a pensarci».

Poi si gira di nuovo verso la sua scrivania. «Dovresti pensare a farti un po' di ritocchi. Sei ancora in tempo. Fatti almeno un trattamento al collagene per il viso. Io di solito ne faccio uno, una volta al mese. Se ti lasci andare adesso, il gioco è finito e tu resti fuori. Fidati di me. Un giorno mi ringrazierai».

«Eva?».

Sospira. «Cosa c'è, Kat?»

«Mi dispiace, ma io non ho un milione di dollari».

«Certo che ce li hai. Hai la casa di tua madre, giusto?»

«Lo so. Ma è la garanzia per il soggiorno di mia madre alla Atwood House».

«Cosa significa?»

«Beh, per assicurarsi un posto là, bisogna impegnarsi a lungo termine, capisci? Viene richiesto di fornire una certa garanzia. Così, se i parenti non possono più permettersi di pagare, loro non devono sfrattare gli ospiti, capisci? Usano la garanzia».

«Ah, sì! Va bene. Quanto vale la casa?»

«Credo che l'ultima valutazione sia arrivata a un milione e cento».

«Quindi? Qual è il problema?», chiede.

«Beh, come ho detto, se dessi un milione a te, non resterebbe abbastanza per le cure di mia madre».

«E allora? Nancy può venire a vivere con te. Ci hai pensato, Einstein?».

Annuisco frenetica, come se la ritenessi un'ottima idea, ma poi ribatto: «In realtà, no, vedi, mia madre ha bisogno di cure ventiquattr'ore su ventiquattro, come sai. Purtroppo, che lei viva con me non è un'opzione».

«Katherine, pensa. Dai. Ci deve essere qualcosa che puoi fare. Non hai dei soldi investiti? I tuoi non ti hanno lasciato niente? Qualcosa che puoi usare per pagare quella casa di matti dove sta tua madre?»

«Non credo, no».

Sospira. «Sai, non volevo che le cose prendessero questa piega, tra noi».

Mi guardo intorno per controllare se ci sia qualcun altro, qui, perché questa frase non ha alcun senso. «Hai rubato il mio lavoro, il mio uomo, i miei soldi, e vuoi che tra noi non ci sia rancore?».

Annuisce un paio di volte senza guardarmi. Come se stesse intuendo qualcosa. Come se avessi appena confermato i suoi sospetti. «Sei andata a casa mia, ieri?».

Muoio. «No, certo che no». Faccio del mio meglio per sembrare stupita dalla domanda, ma il cuore mi rimbomba nelle orecchie.

Si guarda le unghie, poi allunga una mano dietro di sé

verso il portapenne, tira fuori una sottile limetta rosa e inizia a limarsi le unghie.

«Stavo parlando con lo zio Bill, l'hai presente, mio zio, il poliziotto?».

Lo zio Bill è stato tirato in ballo così tante volte ultimamente, che comincio a chiedermi se sia l'unico parente che ha. Forse è orfana. Forse è per questo che è così incasinata.

«È uno zio così bravo, a far questo per me. Non pensi, Katherine? Tu non hai uno zio, vero?»

«Ne avevo uno. È morto».

«Ah, sì. Ricordo. Beh, non sai cosa ti perdi. Gli zii sono fantastici. A ogni modo, il punto è che, se volessi, potrei dirgli che ho cambiato idea e che se vuole indagare su chi c'è dietro quel caso di incidente con omissione di soccorso, può andare avanti».

Si avvicina a me e dice, piano, come se qualcuno stesse ascoltando: «Avrei potuto essere molto più avida. Un milione, per quello che hai fatto? Te la stai cavando con poco, Katherine, quindi non provocarmi».

CAPITOLO 34

Io e Richard Walters abbiamo concordato di incontrarci per pranzo in un bar a Somerville, vicino al suo hotel.

«Sarò l'uomo che mangia un waffle e legge il giornale», mi ha detto.

«Quel posto è noto per i waffle. Sei sicuro che restringerà il campo?».

Lui ha ridacchiato piano, poi ha continuato a fornirmi una descrizione completa. «Beh vediamo. Ho i capelli castani, indosso gli occhiali, a dire il vero sono piuttosto nella media sotto tutti gli aspetti. Ti dico questo, porterò con me il libro che sto leggendo. *La casa degli agenti segreti*, di Daniel Silva. Versione paperback. Copertina nera e gialla».

Ho guardato l'orologio per tutta la mattina. Non proprio l'orologio alla parete, ma quello nell'angolo dello schermo del computer. Avrei voluto che andasse più veloce.

Poi Eva ha chiesto quando poteva avere le slide della PellisTech. «Ho detto a Mark che gliele avrei fatte avere entro la fine di questa settimana, ma voglio sorprenderlo e dargliele prima. Anche domani mattina. Penso che gli farò proprio una buona impressione, non credi?».

Le ho detto che erano quasi finite, anche se non le avevo neanche iniziate. Alla fine, esattamente a mezzogiorno, mi sono alzata, e con disinvoltura ho preso le mie cose e sono uscita.

«Vai già a pranzo?», ha chiesto Eva, mentre mi allontanavo.

«Torno presto», ho risposto.

Sono così eccitata che potrei scoppiare. È il momento della verità. Lui saprà qualcosa su Eva, qualcosa che potrò usare. Ci ho pensato tutta la notte e sono giunta alla conclusione che Richard Walters sia convinto che Eva abbia ucciso sua sorella, facendo in modo che sembrasse un suicidio. Penso che Eva sia capace di uccidere? Assolutamente sì. In realtà, io credo che tutti siano capaci di uccidere, ove si verifichino le circostanze favorevoli. Solo che le cause scatenanti di Eva sono perlopiù diverse da quelle degli altri.

La mia teoria è che Richard voglia provare che Alison non si è suicidata. Ha bisogno del mio aiuto e lo avrà. Posso già immaginare me stessa mentre dico a Eva che il suo giochetto è finito. Le dirò che so che lei ha ucciso Alison Walters, e che ne dici se *io* chiamo lo zio Bill e glielo racconto? Eh? Ti piacerebbe? Sono anche un po' nervosa, perché se Eva ha ucciso Alison Walters, cosa può impedirle di uccidere me?

Cristo. Solo a pensarci mi viene la pelle d'oca dalla paura. Scaccio quel pensiero. E ora eccomi qui, e Richard è facile da individuare. Ha gli auricolari, e li toglie appena mi avvicino.

«Katherine?»

«Ciao, Richard». Indossa un maglione verde scuro con scollo a V. Ha un bel viso sincero. Capelli castani pettinati all'indietro e occhi verdi. Sembra che abbia pressappoco la mia età, forse un po' di più.

Mi siedo, poi cambio idea e mi tolgo il cappotto.

«Posso offrirti qualcosa?». Mi passa il menu.

Ho un nodo che mi chiude lo stomaco. Non riesco a mangiare. «Prenderò solo un espresso per ora, grazie».

Ordina il caffè per tutti e due.

«Grazie per essere venuto fin qui, Richard. Lo apprezzo molto».

«Non è affatto un problema. Quando ho sentito che hai chiamato mia madre...». Scuote la testa. «Ti dispiace se ti mostro una foto di Alison?»

«Niente affatto. Mi piacerebbe vederla».

Tira fuori un portafoglio sottile dalla tasca posteriore e apre lo scomparto interno. Dietro una finestra di plastica trasparente c'è una fotografia di lui insieme ad Alison, suppongo. Sono in un bar, lui le tiene un braccio intorno alle spalle, e tiene il mento appoggiato sul palmo dell'altra mano. Lei ha i capelli castano chiaro, legati in una coda di cavallo. Ha in mano un flûte di champagne e brinda davanti all'obiettivo. Hanno gli stessi occhi verdi. Stanno sorridendo tutti e due. A parte il fatto che siamo entrambe donne e più o meno della stessa età, non ci sono somiglianze tra noi.

«Era il suo ultimo compleanno», osserva, malinconico.

«È bellissima».

Fissa la foto ancora per un po', poi chiude il portafoglio e lo rimette in tasca.

«Era bellissima. Dentro e fuori».

Richard non riesce a smettere di parlare di lei. Apprendo che Alison aveva due anni più di lui, e che adorava il suo ruolo di sorella maggiore. Che andavano molto d'accordo, molto di più di altri fratelli e sorelle, secondo lui.

«Spero proprio che tu mi possa aiutare, Katherine. Voglio davvero capire cosa è successo ad Alison. Questo incubo mi sta perseguitando da due anni».

«Farò tutto il possibile, Richard. Te lo prometto».

«Grazie. Significa molto per me».

«Perché non parti dall'inizio?».

Il cameriere arriva con i nostri caffè. Ci scostiamo e restiamo in silenzio. Quando il cameriere se ne va, entrambi torniamo nelle rispettive posizioni, con i gomiti sul tavolo, e ci avviciniamo.

«Si sono conosciute in un ristorante a Manhattan. Alison stava pranzando e, al momento di pagare, si è resa conto di aver perso il portafoglio. Mi ha detto che una donna gentile al tavolo accanto, per caso ha sentito e si è offerta di pagare. Si sono scambiate i numeri di telefono, così più tardi Alison ha potuto renderle i soldi. Ecco come ha conosciuto Eva. È iniziata così».

Annuisco. Interessante. Sto già individuando un modus operandi. Sembra che Eva abbia la capacità di essere nel posto giusto al momento giusto. Proprio quando c'è bisogno di lei.

«Io e mia sorella ci vedevamo di tanto in tanto, soprattutto alle riunioni di famiglia. Parlavamo spesso al telefono. In queste conversazioni, lei parlava di Eva, di sfuggita. Ho avuto la sensazione che fossero diventate davvero buone amiche. Passavano molto tempo insieme».

«L'hai mai incontrata?»

«Due volte. La prima volta quando un giorno sono passato da casa di mia sorella per prendere in prestito un'aspirapolvere. Eva era lì, l'ho salutata, non mi ha prestato molta attenzione. Mi sono fermato solo pochi minuti».

«Non l'hai trovata attraente?», chiedo, ma subito dopo me ne pento. Per quale motivo l'ho detto? Lo so, il motivo. Mark si è invaghito di lei, perché non potrebbe essere lo stesso anche per Richard? Fino a quel momento, lui aveva guardato in basso, girando lentamente un cucchiaino nella sua tazza di caffè. Ora guarda me, un po' perplesso.

«Scusa. Non farci caso. E la seconda volta?»

«È stato molto tempo dopo. Non vedevo Alison da un po', dal compleanno di mia madre. Aveva un aspetto orribile. Non ha voluto dirmi nulla. Dopo l'ho chiamata, le ho suggerito di incontrarci, ma lei non ha voluto. Continuava a trovare scuse. Sono troppo stanca, non sto molto bene, voglio solo riposare...».

Mi viene la pelle d'oca, a sentire queste cose. È tutto così familiare.

«Avrei dovuto insistere di più. Non era proprio da lei».

«Non puoi davvero colpevolizzarti, Richard. Non hai idea di quanto Eva sia brava a controllare gli altri».

Si passa una mano sul viso. «Le facevo domande, ovviamente. Stai bene? È il lavoro? Era appena uscita da un caso giudiziario piuttosto estenuante. Ha a che fare con quello? Chiedevo. Non sono riuscito a farle sputare il rospo. Mi assicurava di stare bene, che era solo stanca. Con nostra madre si comportava allo stesso modo. Una volta, mia madre mi ha detto che al telefono rispondeva Eva, e che le riferiva che Alison non voleva parlare con lei. Puoi immaginare quanto fosse devastata. Dopo settimane in cui Alison continuava a evitarci, sono andato nel suo appartamento senza prima avvisarla. Eva era lì. Abbiamo scoperto che si era trasferita da lei, nella camera degli ospiti. Era strano. Non sapevo che Eva avesse bisogno di un posto dove stare, e perché Alison l'avesse invitata a stare proprio a casa sua».

Annuisco, ma non lo interrompo, anche se ho così tante domande che si accavallano l'una sull'altra nel mio cervello.

«Quel giorno ho visto Alison. Era a letto. Aveva un aspetto orribile. Stanca, svuotata. Ricordo quelle occhiaie. Come se non avesse dormito affatto. Era così magra».

Mi lancia un'occhiata e scuote la testa, poi strizza gli occhi e li stropiccia col pollice e l'indice.

Vorrei mettergli una mano sul braccio, ma non lo faccio.

Richard continua: «Volevo portarla da un dottore, ma lei non ne ha mai voluto sapere. "Almeno, vieni a stare con me", le dicevo. "Non dovresti stare qui da sola". E poi è accaduto qualcosa di davvero inquietante. È arrivata Eva. Si è fermata sulla soglia e ha detto: "Non è sola, ha me". Mi sono reso conto che ci aveva ascoltato per tutto il tempo. È entrata e si è seduta accanto a Alison. E ti giuro, Katherine, quando è apparsa Eva ho visto Alison indietreggiare. Lo giuro su Dio, Alison aveva paura di lei».

«Da quanto tempo si conoscevano, quando è accaduto questo?», chiedo.

«Circa tre mesi».

Rabbrividisco. Ora mi chiedo se il peggio debba ancora venire, con Eva. Mi viene in mente che lei è insaziabile. Le piace così tanto, questa lenta tortura. Se riuscissi a trovare i soldi che vuole, si fermerebbe davvero? Mi lascerebbe in pace? O fa parte del divertimento, questo dare e poi togliere speranza?

Non si fermerà. Lo so già.

Dovrei chiederlo ad Adley. Adley, il genio del Wi-Fi. Ti ha davvero lasciato in pace, dopo che le hai dato i soldi? Perché non ho dubbi che lì ci sia stato uno scambio di denaro. Tutte le vittime di Eva erano da poco entrate in possesso di denaro, quando, a un certo punto, lei ha fatto la sua mossa. È così che si guadagna da vivere. Un milione di dollari per la tua libertà. O qualunque altra cosa tu possa darle.

Richard è rimasto in silenzio. «E poi cosa è successo?», chiedo, in tono sommesso.

Non ha ancora toccato il suo caffè, ma continua a girarlo.

Il cucchiaio batte contro la tazzina di porcellana. «Mi ha chiamato una notte, piangeva. Ha detto che aveva fatto qualcosa di terribile. E che non poteva più vivere con quel peso. "Cosa hai fatto? Qualunque cosa sia, sorellina, possiamo risolverla", le ho detto. Lei ha bisbigliato al telefono, ha detto che Eva sapeva cos'era successo. Le ho chiesto: "Cosa sa Eva? Cosa ti ha fatto?". Potrei dire che, ogni volta che ad Alison succedeva qualcosa o stava male, c'era di mezzo Eva. Quella è stata l'ultima volta che abbiamo parlato. Due giorni dopo, era morta. Di overdose».

«Oh, Dio! Richard, che orrore! È... Non so cosa dire».

Si asciuga gli occhi con il palmo delle mani.

«Posso chiederti una cosa?», tento.

«Certo», risponde, ricomponendosi. Mi guardo dietro le spalle, per assicurarmi che la giovane coppia al tavolo dietro di noi non stia ascoltando.

«Sei sicuro che tua sorella si sia suicidata?», sussurro.

Lui annuisce. «Mi ha lasciato una lettera in cui lo spiegava».

«Oh. Capisco». Ecco che la mia teoria sfuma. Sono delusa. Ero sicura che avrebbe accusato Eva di omicidio. Avremmo potuto indagare sul caso, insieme. Avremmo potuto risolverlo, dimostrare la responsabilità di Eva. Lei sarebbe andata in prigione. Io sarei stata libera.

«Me l'aveva spedita per posta».

«Cosa?»

«La lettera».

«Spedita per posta?». Sono allibita. Di solito, le lettere di chi commette suicidio vengono lasciate sulla scena, giusto? Di solito, non vengono spedite per posta. Si dà il caso che, prima che uno sia arrivato all'ufficio postale, abbia comprato il francobollo (perché, chi è che tiene i francobolli a portata di mano, al giorno d'oggi?), abbia affrancato la lettera e l'abbia infilata nella cassetta, possa aver avuto il tempo di ripensarci. Se sei determinato a suicidarti, vuoi davvero rischiare di cambiare idea? Ma poi, ancor prima che lo dica, lo capisco da sola.

«Non voleva che Eva la trovasse».

La lettera, in realtà, era una confessione, spiega Richard. C'era stata una festa, su al nord. Erano andate insieme, Eva e Alison. Avevano fatto tardi, Alison aveva guidato fino a casa, anche se aveva bevuto troppo. Avevano avuto un incidente. Alison aveva investito una persona. Un uomo. Lo aveva ucciso. Questo è quello che mia sorella aveva scritto, nella lettera. *Ho ucciso un uomo.*

CAPITOLO 35

Non mi sento bene. È come se il mondo intorno a me si stesse spostando. Ogni cosa è sfuocata e stranamente distante, come se la vedessi attraverso un vetro spesso. Anche i suoni provengono da molto lontano, distorti. Dei puntini neri mi ballano davanti agli occhi, mi aggrappo al bordo del tavolo.

Richard mi tiene una mano sulla spalla. «Stai bene?»

«Scusa. Ho bisogno di un po' d'acqua», balbetto.

Riesco a malapena a respirare. Non capisco cosa stia succedendo. Non capisco come sia possibile che la storia di Alison Walters sia identica alla mia. Quante sono le probabilità che Eva sia stata coinvolta per due volte nello stesso scenario? Sono così scarse da essere infinitesimali, cazzo. O Eva è una donna molto sfortunata, oppure lei... non riesco nemmeno a sopportare di formulare il pensiero. Lei... ha architettato questi incidenti?

«Ecco qua». Richard è tornato con un bicchiere d'acqua, che mi ha quasi spinto contro le labbra.

«Grazie», sussurro, asciugandomi la bocca con il dorso

della mano. Mi prendo un attimo mentre lui mi fissa preoccupato. «Va' avanti, adesso sto bene», aggiungo.

I suoi occhi cercano il mio viso per conferma.

«Va' avanti», ripeto.

«Alison era reduce da quella causa giudiziaria di cui ho parlato prima. Se fosse venuto fuori che era stata coinvolta in un incidente mortale con omissione di soccorso, mentre era ubriaca, sarebbe andata a finire su tutti i giornali. Non è riuscita a sopportarlo. Nella nota ha scritto che era scappata e aveva lasciato morire quell'uomo. Tu non conosci mia sorella, ma era la ragazza più dolce e gentile del mondo. Potrai pensare che sono di parte, ma è la verità. Non riesco a credere che abbia lasciato morire un uomo sul ciglio della strada. E alla fine, questo l'ha distrutta. È caduta in una profonda depressione. Direi che questo l'ha uccisa, solo che è ancora più complicato di così. Vedi, Eva era in macchina con lei. Era l'unica persona che sapeva cosa fosse successo. Nella sua lettera, Alison affermava che Eva era riuscita a impedire che venissero fatte indagini sul caso. Ma aveva anche voluto molto in cambio. Dopo il funerale di Alison, ho scoperto che la maggior parte dei suoi soldi, l'ingente pagamento della causa giudiziaria, erano già stati spesi. Non ne ho le prove, ma credo che Alison abbia dato quei soldi a Eva. Credo che Eva stesse ricattando mia sorella. E poi ha subito lasciato la città, sai? Mia sorella era la sua migliore amica, e non si è nemmeno presentata al suo funerale. Se n'era già andata. Per fortuna. Penso che l'avrei uccisa con le mie mani».

Ho preso un tovagliolo di carta e lo sto arrotolando e srotolando in grembo, facendolo a pezzetti nel frattempo. Una cosa qualsiasi per nascondere le mani che tremano. Qualcuno, dietro di noi, lascia cadere un piatto. Si rompe sulle piastrelle del pavimento e mi fa saltare.

Richard si sporge in avanti. Il suo tono è incalzante.

«Ma io ho controllato dappertutto. Sono andato alla stazione di polizia. Ho cercato su internet, ho scartabellato gli archivi delle notizie...». Prende fiato. «Non c'era stato nessun incidente con omissione di soccorso su quella strada, Katherine. Mortale o di altro genere. Né in quella settimana, e nemmeno in quel mese. Semplicemente, non era successo».

«Che cosa?»

«Non era mai successo».

Sono io ora, a sporgermi in avanti, con un'espressione sconcertata.

«Ma io l'ho visto», sibilo nel suo orecchio. Lui indietreggia.

«Che dici? Tu non eri lì!».

«No, no, no» lo rassicuro. «Non capisci». I miei occhi guardano frenetici intorno al bar per assicurarsi che nessuno stia ascoltando. Continuo a sussurrare.

«Una persona è morta. Ne sono sicura. Tu puoi non aver trovato prove, ma Alison ne era certa. Aveva sentito l'impatto. Aveva visto l'uomo disteso sotto le ruote della sua macchina. Aveva visto il sangue che gli usciva dalla testa. Io so che ho vissuto tutto questo». Non sembra convinto. In effetti, sembra che voglia andarsene. In fretta. Gli afferro il polso. «A me è successa la stessa cosa», sibilo.

Non parlo mai di lui, dell'uomo che ho ucciso quella notte. Non ho mai cercato notizie su internet, né ho mai chiesto a Eva altri particolari sulla sua identità. La verità è che non voglio pensare a lui e, se mi capita, lo faccio uscire in fretta dai miei pensieri con un immaginario schiocco delle dita.

Perché ho paura. Ho paura che forse, quella notte, l'avevo visto in piedi sul bordo della strada, e nello stato in cui mi trovavo, forse ho premuto l'acceleratore al posto del freno. Ho paura di essere io quella malvagia. Forse mi merito tutto quello che mi è successo.

Una persona su cento, più o meno, è psicopatica, ed è decisamente un bel numero, se ci si pensa. So che Eva è una psicopatica, ma una volta ho pensato che anch'io potrei esserlo. Non è una cosa a cui penso, di solito, ma la verità è che l'incidente non è stato la prima volta in cui ho ucciso qualcuno.

Ma non lo dico a Richard, è ovvio. Ci siamo appena conosciuti.

CAPITOLO 36

Racconto a Richard quello che mi è successo quella notte con Eva. Che scelta ho, se non fidarmi di lui? Siamo più o meno nella stessa barca, entrambi distrutti da una psicopatica. Per ora. Non è facile ammettere con nessuno, figuriamoci con un perfetto sconosciuto, che hai lasciato un povero diavolo agonizzante nel bosco, ed è morto per colpa tua.

Gli racconto della cena, che siamo andate al club e che ho il sospetto che Eva abbia drogato il mio drink. Tralascio di dirgli che ho fumato uno spinello. Lui si fa il quadro della situazione. Non avrei dovuto guidare. L'avevo detto a Eva, glielo avevo detto, ma lei mi aveva fatto sentire come se fossi paranoica, come se non fossi conforme all'opinione che si era fatta di me. «Capiscimi, Richard. Sembrava così... straordinaria. Bella, ovviamente, ma con quella sua fiducia e sicurezza in se stessa, vuoi fare il possibile per piacerle...».

È molto stupido?

A ogni modo, non ne vado fiera, dico. Ho una figlia. Se si trovasse al volante dopo una serata come quella che ho avuto io? Si rovinerebbe a vita.

«Sono andata a sbattere contro qualcosa, Richard. So di

averlo fatto. È stato un colpo forte e, quando sono uscita dalla macchina, c'era quell'uomo morto».

Chiniamo entrambi la testa fino a farle quasi toccare insieme, ed esaminiamo i fatti partendo da ciò che sappiamo. Siamo d'accordo su ciò che è possibile e ciò che non lo è. Siamo d'accordo sul fatto che le probabilità che siano accadute due vicende così simili, quella di Alison e la mia, sono pressoché nulle. Lui dice che è "improbabile", ma non mi piace quella parola. Non la uso mai. Sa troppo di irrisolto.

«Basta così», gli dico, sbattendo la mano sul tavolo di formica. «Le probabilità sono pari a zero».

Sono a mio agio, in questa conversazione. Dopotutto, le probabilità sono il mio argomento preferito. È solo quando lui domanda: «Sei sicura che non fosse un manichino?», riferendosi alla vittima, che mi subentra una leggera allerta, proprio alla parola *manichino,* per il fatto che dovrei essere al lavoro. Mi alzo in piedi di scatto e frugo in fretta nella borsa per cercare il cellulare. Sono le due del pomeriggio passate e ho quattro chiamate perse, tutte di Eva. Ha inviato un messaggio: *Dove cazzo sei?*

Ma succede la cosa più strana. Il mio cuore non batte all'impazzata, non comincio a sudare, non mi affretto ad alzarmi e correre fuori dal bar, lasciando Richard a pagare il conto. Invece, scopro che... Non mi interessa. Beh, un po' mi interessa, ma non come, diciamo, la scorsa settimana. È davvero molto rilassante, questa sensazione. Le rispondo. *Atwood House. Emergenza. A domani.*

«La tua auto ha bisogno di essere riparata?», chiede Richard.

«Ha un'ammaccatura. Ma non l'ho fatta controllare. Da allora non l'ho nemmeno guidata, tranne che per metterla in garage».

«Dai, andiamo». Si alza e prende la giacca dallo schienale della sedia. «Pago io», soggiunge, ed estrae il portafoglio da una tasca interna.

«Dove andiamo?»

«A dare un'occhiata alla tua auto. Non avevo pensato a controllare quella di Alison, e poi mia madre l'ha venduta. Naturalmente, lei non sapeva nulla dell'incidente. Non sapeva proprio che farsene. Erano solo tristi ricordi».

«Quindi, uhm... Ne sai molto, di macchine?», chiedo. Ora ci siamo davanti. La porta del garage è spalancata, per cui siamo proprio sotto gli occhi dei vicini, il che mi fa sentire un po' nervosa, ma in questo modo c'è più luce.

«Ne ho riparate diverse, nella mia vita».

«È buffo. Non ti ci avrei mai visto».

«No? Perché?».

Alzo le spalle. «Non lo so». Stavo per dire che ha un'aria troppo da studioso, per quello. Ma non ero sicura che l'avrebbe presa nel verso giusto.

Gira intorno all'auto. «Bel colore», commenta. È bianca. Sto quasi per dirgli che, tecnicamente, il bianco non è un colore e, anche se lo fosse, non è particolarmente bello. Non come il giallo, ad esempio. O il verde. Quelli sono dei bei colori. Ma tengo la bocca chiusa. Invece lo osservo, chino sul paraurti anteriore mentre lo esamina con attenzione, e passa la mano sull'ammaccatura.

«Vieni a dare un'occhiata qua».

Mi chino, e studio con cura il punto che sta indicando.

«C'era, prima dell'incidente?», chiede.

«È dove l'ho colpito... questo è il punto dell'impatto. Ne sono sicura».

«Io non sono un esperto», prosegue lui. «Ma mi sembra

molto basso. Hai visto l'uomo? Intendo, quando l'hai investito».

Provo a ripensarci. «Quando l'ho investito? No».

«Ma lui, o qualunque cosa fosse, era proprio davanti a te, l'hai detto tu stessa». Indica di nuovo l'ammaccatura.

Rabbrividisco. «So che suonerà strano, Richard, ma non l'ho visto. È la verità».

Mi gratto la testa con entrambe le mani. «È tutto così confuso, il ricordo di quella notte è così... nebuloso. Ricordo che mi ero persa... il navigatore... e la radio, che era davvero assordante. Giusto. Non riuscivo a sentire quello che Eva stava dicendo e mi ero spostata per abbassare il volume. È lì che mi sono distratta. Non stavo guardando la strada, quando l'ho investito».

Lui resta un attimo sovrappensiero. «Non pensi che sia strano? Che ti sei distratta proprio al momento giusto?».

Annuisco. Perché, a quel punto, mi torna in mente. Dopo l'incidente, dopo che lei si è messa alla guida per tornare a casa, ha detto che io avevo investito il ragazzo, o qualcosa del genere. Come se fosse colpa mia, e io mi sono arrabbiata, perché ho pensato che volesse trovare un pretesto, e che lei avesse molto a che fare con quello che era successo. Compreso l'alzare il volume della radio a quel modo. Quella notte, l'ho incolpata per avermi spinto a guidare, per avermi distratto. Ma non pensavo che l'avesse fatto apposta.

«Cosa ha fatto Eva dopo? Dopo l'impatto?».

Mi prendo un momento per pensarci. «Oh, mio Dio». In un lampo, mi metto la mano alla bocca.

«Cosa?»

«Si era fatta male. O così pensavo. Stava piegata in due. Aveva la testa sul cruscotto. Si lamentava, era dolorante. Ricordo il panico, quando ho pensato che fosse davvero ferita. Per un paio di minuti, non ho guardato la strada. Guardavo lei. Cercavo di aiutarla. L'ha fatto apposta».

«Lascia che te lo chieda di nuovo, pensi che fosse vero? Il ragazzo che hai investito? Potrebbe essere stato un manichino?»

«Ne dubito. Non riuscivo a vederlo molto bene e non l'ho toccato, ma sembrava vero. E sanguinava. Sicuramente sanguinava».

«Okay. Forse aveva un complice. Mentre tu eri occupata ad assicurarti che lei stesse bene, il complice è scivolato svelto in postazione. Era nell'ombra ad aspettare». Poi vedendo la mia espressione, aggiunge: «Ho detto qualcosa di buffo?»

«È solo che sembriamo due investigatori della TV. Soprattutto tu. Scusa. Non farci caso, Sherlock».

«Ehi, sta' buona, stiamo davvero scoprendo qualcosa, qui!».

Lo tocco sulla spalla. «Lo so. Stai andando alla grande».

Restiamo entrambi in silenzio per un minuto, ognuno immerso nei propri pensieri. «Ma l'urto? Io ho sbattuto contro qualcosa...».

«Lo so. Ci sto pensando anch'io». Si china per controllare di nuovo il paraurti.

«Aspetta un secondo». Mi precipito fuori dal garage e mi dirigo verso il retro della casa. Richard mi segue. Infilo le mani tra i rami del cipresso vicino alla staccionata, e li spingo da parte.

«Se mi dici quello che stai cercando, forse posso aiutarti».

«Aspetta un attimo. Merda. Dov'è?».

Poi lo trovo. Impigliato nei rami bassi della siepe laterale. È inzuppato e annerito dalle intemperie, ma eccolo. Il frammento di stoffa che avevo strappato il giorno dopo l'incidente. Glielo mostro, orgogliosa. «Cosa pensi che sia? Era rimasto incastrato nella targa».

Me lo prende di mano, lo solleva. «Non ne sono sicuro. Proveniva dai suoi vestiti?»

«Non penso proprio. Lui indossava una felpa nera con cappuccio. E jeans. Jeans scuri. Non ricordo di avergli visto questo genere di stoffa addosso».

«È come... Iuta?».

Tento di toccare il tessuto, e le nostre mani si sfiorano per qualche secondo.

«Andiamo a dare un'occhiata», propone lui. «Forse questo ci darà un indizio».

«Dare un'occhiata dove?»

«Dove hai avuto l'incidente».

«Cosa? Adesso?»

«Sì».

La sua proposta non mi piace; ci penso su per un attimo, e ancora non riesco a capire perché dovrebbe essere una buona idea.

«Potrebbe esserci qualcosa, una traccia che hanno lasciato», continua Richard.

«Forse anche qualcosa che possa spiegare questo». Agita in aria il pezzo di stoffa.

«Bene». Mi sfilo un guanto usando i denti, un dito alla volta, e prendo il telefono dalla tasca con l'altra mano.

«Dai, andiamo».

«Dammi un minuto. Chiamo un taxi».

Lui indica la mia Honda. «Cosa c'è che non va nella tua macchina?»

«Niente! È solo che non ho... Io non...».

Aspetta che io finisca, con la testa piegata di lato.

«Te l'ho già detto. Non guido la macchina da quella notte».

«Ma perché?»

«Non mi sento a mio agio, tutto qui».

«Okay». Annuisce, esita un momento, poi continua: «Ma non è successo davvero. Ora lo sappiamo».

Mi mordo l'interno della bocca. «Avrei preferito che fossi venuto in auto da New York», ammetto.

«Sì, beh, sono venuto in aereo. Possiamo andare, ora?».

CAPITOLO 37

«Di solito, quando investi una persona a una certa velocità, va a finire ribaltata sul cofano. È una banale legge della fisica. Ciò che hai descritto tu, il ragazzo che finisce proprio davanti alle ruote a quel modo, non ha proprio senso».

«Beh, non è finito sul cofano. Penso che me ne sarei accorta, anche nel mio stato di ebbrezza».

Che bella sensazione. Ce la stiamo facendo, stiamo prendendo il controllo. Stiamo indagando sul caso. Stiamo prendendo in mano il nostro destino e questo mi piace. Quando svolto sulla Hammond Pond Parkway, scopro che sto bene. Siamo in pieno giorno, c'è molto traffico e non piove. Tutto ciò aiuta.

Parcheggiamo l'auto sul ciglio della strada, più vicini possibile al punto in cui, a quanto ricordo, è avvenuto l'incidente.

«Bene, eccoci qui. Cosa stiamo cercando?»

«Qualsiasi elemento estraneo a questo luogo».

Camminiamo su e giù per circa una trentina di metri, setacciando la zona, mentre i nostri occhi scandagliano il terreno. Con la punta del piede do un calcio a una bottiglia di Coca Cola vuota gettata per terra.

«Sono passate settimane, Richard. Cosa potrebbe esserci dopo tutto questo tempo?»

«Questo, ad esempio», risponde, chinandosi. In due falcate, sono al suo fianco. Siamo entrambi chini e controlliamo il ciglio della strada.

«Che cos'è?».

Raccoglie quella che a me sembra terra, la lascia cadere sul palmo della mano, ma c'è qualcosa, nel colore, che non torna, come se non appartenesse a questo posto. Diamo un'occhiata intorno, cercando dell'altro, ma sembra che sia proprio lì, in quel punto, al di là del ciglio della strada e sull'argine, tra l'erba.

«È sabbia», spiega lui.

«Sabbia?».

Ci fissiamo a vicenda, quindi ci lasciamo sfuggire all'unisono. «Sacchi pieni di sabbia».

«Oh mio Dio, ecco da dove viene il pezzo di stoffa!».

«Iuta», concorda. «Deve essere del sacco, si è incastrato sulla targa».

Mi prendo la testa con entrambe le mani. Sono in iperventilazione. Penso di essere sotto shock. «Ho investito un sacco di sabbia?».

«Così pare».

«Ma perché?».

Solo che io so il perché. C'è soltanto una spiegazione. È l'unica che ha senso.

«È stata tutta», faccio un ampio ma irrilevante gesto circolare, «una messa in scena?». E poi scoppio a piangere. Lacrime di gioia? Certo, che diamine, ehi, non ho ucciso nessuno, di recente. Si può considerare un'ottima notizia. Ma perché proprio io? Le ho permesso di rovinare la mia relazione sentimentale, il mio lavoro, e anche qualsiasi possibilità di acquisire metà dell'azienda. Ho perso così tanto, per colpa di Eva. Almeno, l'ho scoperta prima di darle i soldi che voleva. Perché, ammettiamolo, avrei trovato un modo per procurarmi quei soldi.

In macchina, sulla via del ritorno, continuo a ripetere la stessa domanda. «Non era vero?». L'avrò chiesto cinquanta volte, da quando siamo giunti alla conclusione sul sacco di sabbia.

«Mette in atto questa truffa da anni, ora lo sappiamo. Non hai avuto scampo, Katherine».

«Maledetta stronza senza cuore».

«Sì, puoi dirlo forte».

«Sceglie le persone: donne, sono tutte donne, lo sapevi? Donne che sono entrate in possesso di denaro! E sono anche sole».

«Alison aveva di recente rotto con il suo fidanzato. Aveva anche affrontato un'estenuante causa giudiziaria».

«Se Eva pensa che la preda sia facilmente manipolabile...».

«Poi la ricatta».

Scuoto la testa. «Ma nel mio caso, ha fatto male i conti. Pensava che avessi ereditato molto di più. La famiglia di mia madre aveva molti soldi, ma ora non è più così. La casa di Kirkland Place, non vale quanto Eva pensava».

Mi rivolge uno sguardo sorpreso.

«È un quartiere di prestigio», spiego, «ma è una casa piccola, non come quelle vicine. E l'ho ipotecata per le cure di mia madre. Non potrei venderla neanche se volessi. Quindi sì, questa volta ha fatto male i conti».

«Scommetto che è rimasta delusa».

«Sta ancora cercando di spillarmi un milione di dollari. Ma per lei non si tratta solo di soldi. È una psicopatica,

Vuole il controllo completo sulla sua preda. Vuole distruggerla. Emotivamente, finanziariamente, fisicamente... È tutto un gioco, per lei. Un gioco perverso». Poi vedo la sua faccia.

«Scusami. Tu sai già tutto questo».

«Non ti preoccupare». Restiamo entrambi in silenzio per un momento, poi lui riprende: «Deve esserci un complice. È il ragazzo morto, solo che non è morto. Giusto un po' di trucco per il sangue. Scelgono una zona tranquilla della città...».

«Deve essere il ragazzo che ho visto».

Gira la testa di scatto. «Quale ragazzo?».

Avevo già detto a Richard di essere stata nell'appartamento di Eva, e di come ho trovato il recapito di sua sorella. Ma, finora, avevo tralasciato di dire che ero stata quasi beccata.

«Gesù, Katherine». Si passa una mano sul viso. «Queste persone sono pericolose».

«Non credo che mi abbia visto».

Poi sbatto la mano sul volante. «Non posso credere di essere caduta in questa trappola di merda». Ripercorro mentalmente tutti i passaggi. Dal momento in cui Fiona mi ha chiamato per dire che era capitato un infortunio a mia madre, fino a oggi. Vedo me che offro a Eva un lavoro. Che le permetto di stare nella casa a Kirkland Place. Che le do dei soldi. Che perdo la testa.

Penso allo zio Bill che ha così tanti agganci e potere da riuscire a far bloccare le indagini. Anche se quello, probabilmente non è così inverosimile come si potrebbe pensare. Non c'è bisogno di essere particolarmente cinici, per sapere che succede sempre. C'è molta corruzione, nel mondo.

Racconto a Richard dello zio Bill. «*Mio zio il poliziotto*, lo chiama Eva». Spiego come lo tira in ballo, per così dire, ogni volta che le do l'impressione di non voler cedere.

«Alison ha scritto che Eva era riuscita a tenere l'incidente fuori dai giornali, grazie ai suoi contatti in polizia».

«Immagino che abbia una grande famiglia».

«E sempre pronta ad aiutarla».

«È sempre utile avere qualche zio in polizia, direi».

Richard ride. Rido anch'io. Quando torniamo a casa, sembriamo isterici.

CAPITOLO 38

Raggiungo l'allarme vicino alla porta, pronta a spegnerlo, ma è già spento.

«Abi?», la chiamo. Guardo sulle scale e aspetto la risposta. «Pensavo che fossimo d'accordo, allarme acceso, che tu sia dentro o fuori!». Non c'è risposta. Vado in cucina e trovo il biglietto sul tavolo.

Sono da Paige. Torno per cena.

«Okay», sospiro, mi tolgo il cappotto e lo appendo allo schienale della sedia. «Facciamo quelle chiamate».

Ci sediamo insieme sul divano. Sono stata io a suggerire a Richard di venire a casa con me. Voglio continuare a buttare giù le tessere di quel domino, continuare a trovare particolari su cui lei ha mentito. Voglio Richard con me; noi due contro la psicopatica.

Si sporge in avanti, gli avambracci sulle cosce. Sembra a suo agio, a casa mia, e questo è ottimo. Le nostre cosce si toccano appena.

Chiamo la stazione di polizia di Brookayline e chiedo informazioni sull'incidente. Sappiamo che non è reale, ma siamo d'accordo che è meglio esserne certi. A un certo punto, affronteremo Eva con tutte le prove in mano (oh, che gioia) e più fatti avremo, meglio sarà.

Dico alla persona dall'altra parte del telefono che sto facendo ricerche sugli incidenti automobilistici mortali in città, in particolare su quelli con omissione di soccorso. «Stiamo osservando le casistiche di questi incidenti nei dintorni di Boston, quelli degli ultimi sei mesi». Richard annuisce in segno di approvazione. Una persona mi mette in contatto con un'altra, ripeto la mia storia più volte, fino a quando una terza dice che dovrò andare di persona a compilare dei documenti.

Faccio una battuta sulla burocrazia che domina le nostre vite. L'agente Joyce, il mio interlocutore, si rammarica. Scherziamo sulle amministrazioni che forniscono servizi e su come la burocrazia abbia ucciso tutto ciò che c'era di buono in qualunque cosa. Flirtiamo. Ero brava a flirtare, in passato, quando non ero una triste ombra di me stessa. Immagino che sia come andare in bicicletta, si riprende l'abitudine abbastanza in fretta.

«Quell'incidente a Hammond Pond Parkway, alla fine di gennaio», arrivo al punto. «Il 24 gennaio, per l'esattezza. Non sono riuscita a trovare un riferimento, può cercare qualcosa lei?»

«Hammond Pond? *Mmm*. Mi dice qualcosa», risponde. Giro di scatto la testa e Richard studia l'espressione del mio viso. Apre la bocca. Ho un tuffo al cuore. Abbiamo davvero sbagliato tutto?

«No, un momento», riprende Joyce. «Sto controllando adesso. La sera del 24 gennaio, ha detto?»

«Esatto».

«Nah. Era un'altra faccenda. Non riesco a trovare un incidente in quel giorno, e in quel luogo. Ciò significa che non c'è stato alcun incidente».

Alzo una mano verso Richard, mi siedo e resto immobile. Come un cane che ha fiutato qualcosa.

«Cosa intendeva dire, quando ha detto "era un'altra faccenda?"». Richard mi fissa con una domanda tra le sopracciglia alzate.

«C'è stata una chiamata, quella notte. Pensiamo che sia stato uno scherzo. Sembra che vi fossero delle barriere per lavori stradali su Hammond Pond Parkway, a nord della Provinciale 9. Su tutte le corsie. Qualcuno ha chiamato perché non riusciva a uscire con la macchina».

«Non capisco, perché avrebbero dovuto chiamare voi?»

«Non c'erano lavori stradali. Volevano che togliessimo le barriere. Era quasi l'una del mattino, quando abbiamo ricevuto la chiamata. Non c'era traccia di *nessun* lavoro stradale, quella notte. Abbiamo inviato una pattuglia, giusto per scrupolo. L'ufficiale ha riferito che quando sono arrivati lì, tutte le barriere erano scomparse».

«Quindi non era vero?»

«Era vero, lo hanno confermato le telecamere di sorveglianza. Qualcuno è arrivato là con un furgone, ha bloccato la strada, è tornato quarantacinque minuti dopo e le ha tolte. Lo stesso sul lato nord, vicino a Beacon Street, sempre per quarantacinque minuti. Targa illeggibile. Forse stavano spacciando droga in quella zona, e non volevano essere disturbati da una pattuglia».

«Sembra un po' assurdo, no?».

Ride. «Sì, direi. Incredibile, quello che la gente si inventa. Ma alla fine non c'è stato nessun danno, non abbiamo trovato nessuno, quindi, o è stato uno scherzo, o un festino a tarda notte a base di droga ben organizzato».

Ricordo quanto silenzio ci fosse. La strana sensazione di essere nell'unica macchina su quella strada. Non ho bisogno di sapere altro. Faccio vaghe promesse di andare là a compilare i documenti. «La aspetto», dice lui. Prima di riattaccare, chiedo se in quella stazione lavori un agente di nome Bill Howinski.

«Howinski? Mai sentito nominare».

Quando dico a Richard delle barriere, resta senza parole. Poi scuote la testa e ridacchia.

«Cosa c'è di così buffo?», chiedo.

«Stai scherzando? Questa truffa migliora sempre di più! Hanno fatto di tutto per assicurarsi che non ci fossero altre macchine, nessuno in giro che potesse fermarsi per aiutarti».

«Esatto. Non vedo cosa ci sia da ridere».

Scuote la testa. «Scusa. Hai ragione». Si passa la mano sui capelli neri e lisci. Mi chiedo se usi qualche prodotto particolare, per farli rimanere così.

Gli rivolgo un piccolo sorriso e gli do una pacca sulla spalla. «Va bene. Sono un po' troppo sensibile. Tutto questo è duro, da digerire».

E ora, il *Boston Herald*. Dico a Richard che Eva mi ha mostrato due articoli.

Apro il loro sito web e digito nella barra di ricerca "Incidente con omissione di soccorso, Hammond Pond Parkway". Penso proprio che morirei, se uscissero un milione di nuovi articoli e si scoprisse che la sabbia non significava niente, che, sì, Eva era stata abbastanza sfortunata da restare coinvolta in un incidente con omissione di soccorso non una, ma due volte, e che l'agente Joyce non sapeva come cercare in un archivio.

Ma, a parte l'annuncio nel primo risultato della ricerca (*chiamaci ora per evitare un'accusa di omissione di soccorso!*), che quasi mi fa fermare il cuore, non c'è nulla di pertinente. Proviamo una serie di variazioni su quella ricerca per maggiore sicurezza, ma non c'è nulla che faccia riferimento a un incidente con omissione di soccorso in quella zona e in quel periodo.

«Non c'è», dico, confermando ciò che era ormai ovvio.

«Non c'erano neanche articoli su Alison», dichiara Richard. Fa clic sul link del numero della redazione, «Vuoi chiamare tu?», chiede. «O devo farlo io?»

«Lo farò io», rispondo, e chiamo la redazione locale.

«Dawn Blake», risponde una voce, professionale e sbrigativa.

Racconto la stessa storia che ho raccontato all'agente Joyce. Che sto facendo delle ricerche sugli incidenti automobilistici mortali in città, in particolare su quelli con omissione di soccorso. Dawn Blake non è molto interessata ad aiutarmi. Mi indirizza al sito web, agli archivi, alla barra di ricerca.

«Mi stavo chiedendo se tutti gli incidenti con omissione di soccorso fossero riportati nell'Herald», chiedo. «Quelli mortali, intendo».

«Sì», risponde. «Non ne abbiamo molti che non vengono riportati. Se qualcuno muore, ovviamente lo riportiamo. Sa qualcosa di un incidente con omissione di soccorso?»

«Vi capita mai di rimuovere un articolo, dopo averlo scritto?», chiedo, ignorando la sua domanda.

«Signora...».

«Frost», rispondo. Il mio alter ego. «Kara Frost».

«Signora Frost, l'unica ragione per cui potremmo togliere un articolo è se risultasse inaccurato o se ce lo comunicasse un avvocato. E, anche in quel caso, è più probabile che lasciamo l'articolo ma pubblichiamo una nota di correzione. Si riferisce a qualcosa in particolare?»

«Ero convinta che, alla fine del mese scorso, sulla Hammond Pond Parkway, ci fosse stato un incidente che aveva causato un morto. Non riesco a trovarlo da nessuna parte nel suo giornale».

Spero proprio di non pentirmene. Se in futuro emergesse qualcosa, inevitabilmente le tornerebbe in mente. *Ah sì, quella donna che aveva chiamato, Kara Frost giusto? Molto strano. Lei lo sapeva anche se noi non ne eravamo a conoscenza, guarda un po'. Continuava a chiedere se avessimo rimosso l'articolo.*

«Aspetti. Vado a dare un'occhiata», dice. Ho suscitato il suo interesse. Si assenta per un po', mi lascia in attesa con una delle Quattro Stagioni di Vivaldi, non so quale, e quando torna, annuncia: «Non abbiamo alcuna notizia di un incidente con omissione di soccorso, né di un altro tipo di omicidio in quel periodo e in quella zona. Può ripetermi da dove ha detto che sta chiamando?»

«Va bene, grazie». E riattacco.

Quindi, è stato tutto un miraggio. Solo che io ho visto quegli articoli, e continuo a dirlo a Richard, ma lui è perplesso quanto me. «Mi chiedo se Eva abbia fatto la stessa cosa con Alison, se le abbia mostrato un falso articolo su internet per terrorizzarla e poi sottometterla».

«Direi che è molto probabile».

«Dov'è che Eva ti ha mostrato gli articoli, hai detto?»

«In ufficio, sul suo computer, perché?»

«Quando torni al lavoro?»

«Domani». Non vedo l'ora «Mi chiedo se tirerà fuori lo zio Bill», commento, ed entrambi scoppiamo a ridere.

«Dobbiamo controllarlo, il suo computer».

«Dobbiamo, vero?», rispondo sorridendo. Anche se, a questo punto, dovrebbe importarmi? Forse mi ha mostrato un fotomontaggio. Non importa. Non è reale. Tutto il resto sono solo dettagli.

«Quando la affrontiamo?», chiedo.

«Ho un'idea, su quegli articoli, su come possa aver fatto. Vediamo prima se ho ragione. Non dirle ancora niente. Troviamoci domani ed elaboriamo un piano». Poi aggiunge: «Non ho il portatile con me, ti dispiace se cerco ancora un po' di cose?»

«Fa' pure. Io ho bisogno di farmi una doccia. Prenditi il tempo che ti serve».

Salgo le scale e, in pochi minuti, sono sotto il getto dell'acqua calda. Lascio che diventi più calda possibile, finché non mi brucia la pelle. Mi lavo i capelli. Li massaggio con un trattamento addolcente. Mi depilo persino le gambe, mentre aspetto che il trattamento faccia il miracolo tanto necessario.

Perché su una cosa Eva ha ragione, mi sono lasciata andare.

Scelgo un maglione in cashmere beige chiaro a collo alto e un paio di jeans neri aderenti con due zip sui fianchi. Mi piacciono molto, questi jeans, ma li ho indossati solo una o due volte, perché erano troppo stretti. Ora mi stanno alla perfezione. Quindi, ecco fatto. Anche il peggiore degli incubi ha i suoi lati positivi.

«Trovato qualcosa?»

Richard scuote la testa e chiude il portatile.

«Niente. Ho esaminato la Wayback Machine...». Vede l'espressione perplessa sulla mia faccia. «È l'archivio di Internet che memorizza e conserva le varie versioni delle pagine web nel tempo. Avevo pensato che forse Eva avesse trovato il modo di pubblicare un articolo solo per un giorno, senza che nessuno lo sapesse, quanto bastava per ingannare te, o Alison. Ma non ho trovato niente». Prende la giacca.

«Vuoi restare a cena?», chiedo. Controllo il contenuto del

frigo. Senape di vari gusti, sottaceti, peperoni grigliati, rafano. Niente cibo vero e proprio.

«No grazie, tornerò in hotel».

«Non ti biasimo», commento, pensando che non c'è modo di improvvisare un pasto, con quello che ho davanti.

A quel punto, entra Abi. Apre la cerniera del cappotto. I fiocchi di neve che vi si erano posati sopra cadono fluttuanti sul pavimento.

«Ciao, tesoro. Ehi, ti andrebbe una pizza per cena? Domani vado assolutamente a fare la spesa te lo prometto...».

Si tira indietro il cappuccio. «Mamma?».

Le sorrido. «Sì, tesoro?».

Lei mi fissa. «Sembri diversa». Non è una domanda. Non va subito nella sua stanza, come fa di solito. Viene dritta in cucina e mi butta le braccia al collo. Mia figlia non mi abbraccia così da secoli. È meraviglioso. L'abbraccio anch'io.

«Mamma?»

«Sì, tesoro?»

«Non riesco a respirare».

Rido e allento la presa.

«Sei tornata», dice lei, con una faccia sorpresa.

«Sì, tesoro, sono tornata». La attiro a me e le do un bacio sulla fronte. La mia bellissima figlia. Profuma di pino. Si allontana e fissa Richard, che si sta guardando le scarpe, con le mani in tasca.

«E lui chi è?»

«È un mio amico. Richard, questa è mia figlia, Abigail. Sei sicuro che non vuoi restare a cena? Prenderemo cibo da asporto».

Lui sorride e annuisce.

«Va bene, grazie. Mi fa piacere».

CAPITOLO 39

Mi sveglio riposata; niente sogni, niente terrori notturni, solo un lungo sonno ristoratore. Avevo dimenticato quanto fosse bello dormire. Per un attimo, addirittura *dimentico* che la mia psicopatica non è altro che una povera ciarlatana, una venditrice di specchietti per le allodole, una normale, normalissima truffatrice, e mentre mi sveglio del tutto, mi torna in mente ogni cosa. È come avere dieci anni e ricordare che è la mattina di Natale. Sono così contenta di essere viva, tiro via le coperte e balzo fuori dal letto. Non brancolerò più in una nebbia di cazzate.

Non ho fatto niente di male.

Me la prendo con calma, perché no, e preparo un po' di colazione per Abi. Abi è felice di vedermi in piedi così presto. Glielo leggo sul viso, ancora prima che mi avvolga in un caldo abbraccio, un abbraccio alla Abi.

«Ti voglio così tanto bene, mamma».

«Ti voglio bene anch'io, piccola». Dovrei dirle che mi dispiace averla fatta stare così tanto male, ma avremo un sacco di tempo per questo. Non siamo ancora fuori dal tunnel.

Le preparo una frittata, questa è un'altra cosa che ama. Una semplice frittata di sole uova. E qualche toast. Parla delle prove della sera prima (entusiasta) e delle materie che avrà oggi a scuola (geografia, non entusiasta), mentre io mi preparo mentalmente per la prossima chiamata.

«Andrai a fare le prove con Paige, dopo la scuola?»

«Non penso», risponde. «Preferirei stare a casa con te».

Dopo che Abi se ne va, prendo il mio cellulare e chiamo Adley. Adley del Wi-Fi. Quando alza il telefono, dico in tutta fretta: «Non riattaccare. Sono Katherine. Questa la vorrai sentire, te lo garantisco».

Poi le dico di Alison e, di conseguenza anche di Richard. «Siamo in molte, e tutte con lo stesso incubo: la menzogna più che convincente, di aver investito qualcuno per sbaglio per poi lasciarlo morire sul ciglio della strada. Io so solo di quattro donne, oltre me, ma ce ne sono sicuramente altre».

Le chiedo: è quello che è successo a te? Pensavi di aver investito una persona una notte, in un tratto di strada buio e isolato, quando non avresti dovuto essere alla guida?

Emette un singhiozzo. Non risponde. Capisco. Lei non sa chi sono. Potrei essere una complice di Eva, per quel che ne sa.

Le dico dei sacchi di sabbia e che la presunta vittima è solo un complice con un po' di trucco a buon mercato. Ma entrambe conosciamo il potere che può avere Eva. È l'inesorabile percorso verso la follia che ti porta alla rovina. Le dai quello che vuole perché desideri che tutto abbia fine. A quel punto, l'incidente non sembra neanche più reale.

«Non hai fatto niente di male. Non è mai successo».

«Penso di aver sempre saputo, dentro di me, che qualcosa non tornava», sussurra a bassa voce. «Ma non mi fidavo del mio istinto».

«Lo so».

«Cosa hai intenzione di fare?», chiede lei.

Questa è un'ottima domanda.

Richard insiste sul fatto che dobbiamo smascherare Eva. Questa è un'opzione, sono d'accordo. Una buona opzione, e chiamiamola "Opzione A". Io, Adley e Richard di certo possiamo trovare le prove e consegnare Eva alla giustizia, così tutti si renderanno conto di chi sia lei (specialmente Mark). Trasciniamola sulla pubblica piazza e diamole una buona dose di frustate. Mandiamola in prigione, vediamo se riesce a truffare qualcuno, là dentro.

Poi c'è l'"Opzione B". Non ho detto a Richard dell'Opzione B: io dico a Eva quello che so, e ci scambiamo i ruoli: io divento la ricattatrice e lei mi dà un sacco di soldi ogni mese per tenere la bocca chiusa. Mi piace anche questa. Un sacco. Anche se sarebbe solo per poco, solo per vedere l'espressione della sua stupida faccia.

Vado al lavoro tardi e tutti gli occhi sono puntati su di me, quando arrivo al piano del mio ufficio. Forse tutti pensavano che sarei andata via per sempre, che non sarei tornata mai più. Il mio telefono trilla, è un messaggio. Mi soffermo a leggerlo. Arriva da un contatto della FDA. È inatteso ed è molto interessante. Decido immediatamente di non condividerlo con nessuno.

Eva mi saluta a metà strada con uno squillante: «Ciao, Kat! Hai passato una bella giornata, ieri?», facendomi capire che ha dimenticato perché non fossi al lavoro. Faccio scivolare in fretta il telefono nella borsa mentre lei mi afferra per il gomito e mi conduce nel nostro ufficio. Chiude la porta e mi sibila all'orecchio: «Ce li hai i soldi?»

«Cosa? No! Te l'ho già detto. Non ho tutti quei soldi, Eva, proprio non li ho».

«Beh, è meglio che tu trovi una soluzione, Katherine Nichols, perché abbiamo un problema».

«Davvero?»

Incrocia le braccia sul petto. «Mark vuole mandarti via». Cerca una reazione sul mio viso. Il mio primo pensiero è, *quindi l'Opzione B*, e dopo per sicurezza, mi premo una mano sulla bocca. «Mandarmi via?»

«Lo so», dice lei. «Sei messa male. Con le spese per quella casa di matti dove sta tua madre e tutto il resto, e con tua figlia, cazzo, non so come farai. Anche se ti renderai conto che non me ne frega niente, di tutto ciò. È un tuo problema, non mio. Ma ci mette in una posizione difficile, perché, cazzo, io qui sono incastrata». Si guarda intorno, come per fare il punto. «Non è proprio il massimo. Devi vendere la casa dei tuoi vecchi per darmi quei soldi, perché, come noterai, non c'è altro modo. Se non avrai più un lavoro, immagino già come proverai a temporeggiare. Farai la vittima, vero? La povera piccola Katherine, senza soldi, disoccupata, sconfitta. Non va bene. O almeno, non per me». Si avvicina con la sedia. «L'ho detto a Mark: Mark tesoro, sei troppo duro. Gliel'ho detto. Soprattutto nel suo stato e tutto il resto, ma lui ha risposto che in ogni azienda arriva un momento in cui ci si deve rendere conto che alcune persone non sono adatte. Parole sue, non mie».

Mi rivolge un sorriso dispiaciuto, aspetta che io dica qualcosa.

«Oh, no», sussurro.

Lei alza una mano, con il palmo rivolto verso di me. «Ho una soluzione». Si tocca la tempia con un dito. «Scoprirai che sono più intelligente di quanto pensavi, Kat. Anche se non so far quadrare i conti».

«Oh, bene».

«Presto prenderò il tuo posto. È stato già tutto pianificato. Sarò la direttrice della sezione Nuovi Progetti. Non è figo? A essere sincera, e questo rimane tra me, te e la vaschetta del pesce rosso, non ho idea di come farò. Ora non ne ho bisogno, dal momento che ci sei tu. Ma sembrerà strano, se Mark ti licenzia e, allo stesso tempo, me ne vado anch'io. Quindi, Kat, ho dovuto discutere il tuo caso, e per convincerlo a tenerti in modo che vada bene per tutti, ho proposto di farti lavorare per me!». Batte le mani. «Cosa ne pensi?».

Prima che abbia il tempo di rispondere, prosegue: «Avrai un calo di stipendio. Un grande calo di stipendio. Dev'essere così perché io ho avuto un grande aumento di stipendio, lo sai? Certo che lo sai. Tu sei capace di sommare *e* sottrarre».

Viene interrotta da Caroline, che fa capolino dalla porta.

«Ciao, a tutte e due», saluta allegramente. «Katherine, sembra che tu stia meglio», aggiunge, quasi delusa. «Wow, Eva, che bel vestito! Dove l'hai preso?»

«Grazie, Carol! L'ho preso lo scorso fine settimana». Si alza e fa una piccola giravolta, facendo aprire il vestito a ventaglio. «Da Serenella».

Caroline le si avvicina. Tiene gli occhi sul vestito e palpa la stoffa.

«Accipicchia. Molto bello. Costoso?».

Eva fa la mossa di alzare gli occhi al cielo. «Non chiedermelo. E per di più l'ho comprato d'impulso. Ho prosciugato i miei risparmi!», ride.

«Beh, buon per te!», esulta Caroline. «Qualche volta bisogna farsi dei regali. Perché, se non te li fai da sola, non te li fa nessuno. Lo diceva sempre, mia madre».

Entrambe ridacchiano e, francamente, l'Opzione B, dove

io posso ricattare la ricattatrice, sembra la migliore di minuto in minuto.

«Sei pronta per la riunione, per la presentazione delle nuove imprese?», riprende Caroline.

«Riunione per la presentazione delle nuove imprese?», ripeto. Le riunioni per presentare le nuove imprese si svolgono il lunedì, ma io lunedì non c'ero. Caroline scuote la testa. «Eva ti metterà al corrente».

«Esatto. Dacci un minuto, ti dispiace, Carol? Arriviamo subito».

«Puoi scommetterci, bambola», risponde Caroline, facendosi da parte.

Quando è sicura che Caroline non ci possa più sentire, Eva sussurra: «Tu non c'eri, lunedì. Che cazzo dovevo fare, io? Ho dovuto trovare una scusa e spostare la riunione».

«Oh, giusto, hai fatto bene».

Ora è in piedi, allunga una mano. «Che cos'hai?», chiede. «Spara. Quale nuova brillante impresa emergente hai nella manica? Dai, mollala».

«Non ho niente».

Si mette una mano sul fianco. «Devi avere qualcosa, io sono la direttrice dei nuovi progetti. Non posso partecipare a quella riunione senza nuove imprese da suggerire!».

Alzo le spalle e apro la porta. «Vieni?», le chiedo. Sta lì in piedi a bocca aperta. Ma adesso sono tutti al tavolo della conferenza, ci guardano e sono pronti a iniziare. Non c'è niente che Eva possa dire o fare.

«Bene! Grazie per essere venuti», esordisce Mark. Sorride a Eva e mi guarda con espressione accigliata. «Okay, salve a tutti; prima di tutto voglio congratularmi con Eva per la sua promozione. Eva è ora direttrice dei nuovi progetti. Felicissimo di averti con noi, Eva! Congratulazioni da parte di tutti. So che porterai molto successo alla nostra piccola azienda». Ci calca un po' la mano, credo, ma tutti applaudono, me compresa.

Lei alza entrambe le mani. «Vi prego, non è niente di che. Basta, su». Arrossisce graziosamente e sorride con amore a Mark. È insopportabile.

Poi iniziamo e, naturalmente, dopo quell'affascinante introduzione, cos'altro può fare Mark, se non rivolgersi a Eva e dire: «Prego, direttrice dei nuovi progetti, che cos'ha oggi per noi?».

È comico. Mark allunga un braccio sopra la sedia dietro di sé e si spinge indietro contro il tavolo, in modo da tenere in equilibrio la sedia sulle due gambe posteriori. È raggiante. È così felice, così orgoglioso della sua piccola protetta, non vede l'ora di sentire che cosa abbia da dire, e io pure.

Eva si gira verso di me, sorride, ma le sue labbra sono pallide e tirate. Io alzo le sopracciglia. Lei distoglie lo sguardo.

«Katherine ha lavorato su una cosa per me», dichiara infine. «Katherine? Ti dispiace metterci al corrente? A che punto è?».

Faccio finta di essere molto confusa. «*Mmm...*». Appoggio un dito sulle labbra, aggrotto la fronte e alla fine dico: «Non ho idea di cosa tu stia parlando».

Lei schiocca seccamente la lingua. È frustrata. «Mi pare ovvio. Non sei stata molto in ufficio». Sospira. «È un peccato».

«Che cos'era?», chiede Mark, guardandomi male.

«Non ne ho la più pallida idea».

Lei si schiarisce la gola. «Scusate», riprende, allungandosi per prendere la brocca dell'acqua. Mark è già in piedi, a riempirle il bicchiere.

«Grazie, Mark. Okay. Quindi questa è... okay. Questa è

un'altra cosa, ma come direttrice dei nuovi progetti, penso che dovremmo espanderci». Mark annuisce, sul suo volto c'è un'espressione di felice attesa. «Allora. C'è una nuova designer di scarpe che ultimamente è stata su tutti i giornali perché suo marito è stato arrestato per aver fatto l'esibizionista in un parco. L'avete visto? Disgustoso, vero? Se non lo avete visto, cercate la notizia. Prendete un tabloid, è dappertutto. Ha un nome giapponese. Comunque, lei è su molti giornali, soprattutto per via di questo fatto, e le sue scarpe sono fantastiche, quindi perché non investiamo in quello? I designer giapponesi sono incredibili. È destinata ad avere successo, con tutta la pubblicità che suo marito le ha fatto. Mi sembra che abbiamo finito, giusto?».

Silenzio di tomba. Mi giro verso Mark. Sta sorridendo, il sorriso di sbieco che fa di solito quando aspetta una battuta finale. Ma non c'è nessuna battuta. Poi si rende conto che lei non sta scherzando, e a me viene così tanto da ridere che devo tossire per nasconderlo. Noto che nessuno mi passa un bicchiere d'acqua.

«E poi sto continuando a tenere d'occhio la PellisTech. Ricordate, l'entusiasmante prospettiva che ho individuato di recente», aggiunge Eva.

Sto pensando: di recente no, è stato settimane fa, ma non importa. Mark annuisce pensieroso, ma posso dire che sta aspettando, beh, una nuova impresa. Non ci sono nuove imprese da tre riunioni fa.

Mark annuisce come se stesse elaborando quello che lei ha detto, come se in una parte di tutto quel discorso ci fosse davvero una nuova impresa.

«C'è qualcun altro?» chiede. «Okay, allora suppongo che abbiamo finito qui!».

CAPITOLO 40

«Puttanella doppia-faccia. L'hai fatto per mettermi in imbarazzo», ringhia Eva. Va da sé che ora siamo di nuovo nella
privacy del nostro ufficio.

«Come?»

«Lo sai benissimo come. Avresti dovuto compilare un
elenco di potenziali imprese, Katherine. O sei dura d'orecchie? Tu lavori per me. Sei stata retrocessa. In effetti, penso
che tu dovresti chiamarmi capo, da ora in avanti. Oh, lo so».
Agita il dito verso di me. «Stai cercando di tornare a insi-
nuarti di nuovo qua dentro. Tu rivuoi Mark. Vuoi dimostrare
quanto sei intelligente, che non si può fare nulla, senza di te.
Pensi che non sappia cosa stai tramando?». Ora agita il dito
molto vicino alla mia faccia, finché si ricorda che siamo
proprio sotto gli occhi di tutti gli altri e mi pulisce qualcosa
dalla guancia. «Ecco. Meglio», dice con dolcezza. Quindi, a
denti stretti, come un ventriloquo, aggiunge: «Vuoi solo
farmi fare una figuraccia. Ti conosco, Katherine».

«No, davvero io...», ma Caroline batte sul vetro della
parete, e si rivolge a Eva formulando con le labbra, *caffè?*

«Eccomi!», cinguetta Eva, in tono allegro. Prende il

cappotto e uscendo si ferma e mi guarda dall'alto in basso. «Hai un aspetto migliore».

«Grazie».

Mi siedo e raduno i vari Post-It sparsi sulla scrivania. Lei si sporge dietro di me e sussurra: «Non costringermi a chiamare lo zio Bill».

Dopo che se n'è andata, chiamo Richard.

«Mi sta facendo impazzire. Non riesco assolutamente a fingere di aver paura di lei, ora capirà che so qualcosa».

«Resisti, Kat». È la prima volta che mi chiama Kat. «Riesci a entrare nel suo computer? Ho un'idea su come possa averti ingannato con quegli articoli».

«Okay, qual è il piano?»

«Sappiamo che l'articolo non esiste, ma tu l'hai visto. Mi chiedo se lei, o qualcuno che conosce, possa aver creato un sito Web fittizio, tipo una pagina provvisoria, facendola sembrare reale. Stiamo cercando il nome di un dominio che *somigli* a Boston Herald. Riesci ad aprire il suo browser?».

Vado sul suo computer, inserisco la password, e mi fa piacere vedere che non l'ha cambiata.

«Molto bene. Non ha svuotato la cache, e a quanto sembra non l'ha mai fatto».

«Okay, ottimo».

Dico a Richard che devo mettere giù il telefono, e scorro la cronologia del browser fino a quando non arrivo a quelle date.

Mi spunta davanti agli occhi. Prendo di nuovo il telefono. «Sei un genio».

«Davvero?». Sento il sorriso nella sua voce. «Qual è il link?»

«Bostonheraldtoday punto com».

Fischia. Faccio clic sul collegamento e mi si blocca il respiro. È lo stesso articolo. La pagina ha lo stesso identico formato del Boston Herald online, completa di pubblicità e banner, link a piè di pagina, loghi, tutto. Ma quando faccio clic sui link, in qualsiasi punto della pagina, non si apre nulla. Si ricarica semplicemente la stessa pagina.

«Incredibile. Come ti ho detto, sei un genio».

«Grazie, vorrei darti ragione, ma io costruisco siti Web per lavoro, quindi era abbastanza ovvio».

Sento un rumore, mi rendo conto che è Mark. «Fanculo!», grida, colpendo la parte superiore della sua scrivania con il pugno. Quindi si gira verso di me. «Katherine! Vieni qui, cazzo!», ruggisce.

«Devo andare», dico a Richard e riattacco.

Tutti hanno alzato lo sguardo, i loro occhi mi seguono mentre percorro il tratto che mi separa dall'ufficio di Mark. Chiudo la porta dietro di me.

«Cosa c'è?»

«Che cazzo di problemi hai?». Gira il monitor verso di me. È un video. Occupa l'intero schermo.

Sono io.

«Oh, mio Dio!».

Sono io, che ballo al club. È il video che Eva ha fatto col suo cellulare quella sera.

«Dove lo hai trovato?». Ma poi riconosco il sito. È sul fottuto YouTube.

«Me lo ha mandato Max».

«Max?»

«Il nostro cliente, Max».

«Oh, quel Max. Accidenti, com'è che sapeva di questo video?».

Mark indica il titolo: *Katherine Nichols, l'arma segreta di Rue Capital*.

Non posso credere che Eva abbia fatto questo. Anzi, mi correggo. Posso crederci. Mi chiedo quando l'abbia messo su. Deve averlo fatto tempo fa, prima di rendersi conto che aveva bisogno di me al lavoro.

«Che problemi hai?», ripete Mark. «Sai che figura ci fai fare? Perché dovevi mettere su YouTube una cosa del genere?».

Prendo la tastiera e premo la barra spaziatrice. Il video si ferma proprio nel punto in cui metto la punta del dito in bocca.

«Oh, cazzo! Siamo fottuti! Sei fuori di testa? E perché dovevi menzionare Rue Capital?».

Mi si stringe il cuore. «Non l'ho messo io. E se qui c'è una persona che dovrebbe essere imbarazzata, quella sono proprio io, quindi non capisco perché sei così arrabbiato per questo». Do un'altra occhiata al fermo immagine. Sto morendo dentro. Gemo.

«Pensi che sia divertente?»

«No!».

«Va bene. Basta così. Sei licenziata, Katherine. Vattene fuori di qui».

«Mi stai licenziando? Non puoi licenziarmi, Mark».

«Non posso? Sul serio? Avrei dovuto licenziarti molto tempo fa. Il tuo lavoro fa schifo, Katherine! Ecco. L'ho detto. Da settimane ormai non fai più nulla, le tue segnalazioni sono inaccurate, addirittura senza senso. Ti prendi del tempo libero senza degnarti di...».

Alzo la mano. «Va bene. Capisco».

«E adesso, questo? Io volevo mandarti via, Katherine. Avrei dovuto già farlo tempo fa. Ma Eva ha insistito. Puoi ringraziare lei, per questo. È l'unica ragione per cui hai ancora un lavoro».

«Giusto», sbuffo. «Lei è un'idiota. Lo sai, vero? Non capisce nulla della nostra azienda. Sicuramente lo avrai già capito, dopo il marito esibizionista della designer di scarpe giapponese...». Traccio dei cerchi con l'indice vicino alla mia tempia. Il classico segno per indicare che è pazza.

«Non fare così», ringhia lui.

«Fare cosa?».

Scuote la testa. «Non importa».

Appoggio le mani sulla sua scrivania. «Io ho messo in piedi questa azienda, Mark. La Rue Capital era solo una piccola compagnia del cazzo che non aveva mai individuato un'impresa emergente redditizia, fino a quando non sono arrivata io. Non dovresti licenziarmi, dovresti darmi un premio. Dovresti supplicarmi di restare. Darmi un aumento. E anche sostanzioso, perché la Rue Capital non è niente, senza di me».

Forse, mi sono spinta troppo in là. Mark crede davvero di essere il responsabile del successo dell'azienda e che in questo periodo io l'abbia solo aiutato. Ora gli ho appena detto che non conta niente.

Mi fissa a bocca aperta. Sulla sua fronte c'è un ricciolo nero, una ciocca insolente che non sa quale sia il suo posto. La scosta sbuffando e sporge il mento in avanti. E, prima che riesca a controllarmi, io mi siedo, mi sporgo verso di lui e prendo la sua mano nella mia.

«Mark, ti prego», lo supplico. «Io ti amo, e tu ami me, Mark, so che è così».

Indietreggia, inorridito. «Che cazzo? Sei completamente fuori di testa?». I suoi occhi guizzano dappertutto, tranne che su di me.

«So che le cose non sono andate benissimo tra noi», continuo. «Tutti abbiamo giorni buoni e giorni brutti ed è vero, forse io ho avuto qualche giorno brutto. Ma ci sono delle ragioni che tu non puoi assolutamente capire. Io e te ci amiamo. Ricordi come ci amavamo? Non è troppo tardi. Io ti amo, Mark. Farei di tutto, per te».

«Sei pazza, lo sai questo?», sibila, e le sue labbra trasudano disprezzo.

«No, non sono pazza, *lei* è pazza. È malvagia, Mark. Te lo giuro. Lei è il diavolo. Devi allontanarti da lei, perché altrimenti finirà molto male. Fidati di me».

Ora si alza in piedi. «Mi stai minacciando?»

«Minacciarti? Sto cercando di aiutarti!».

«Va bene, basta così. Prendi le tue cose ed esci. E non tornare! Mi senti? Sei licenziata, Katherine Nichols!».

«Ma io...».

Alla fine, ha minacciato di chiamare la polizia, col viso quasi viola dalla rabbia. La gente dall'altra parte del vetro ci sta guardando, e quando esco, il percorso dal suo ufficio al mio mi sembra il cammino verso la gogna.

Mi infilo il cappotto, mi metto la borsa in spalla e prendo dalla mia scrivania la foto di me e Abigail. È stata scattata quando lei aveva cinque anni ed è inserita in una cornice di legno sfumato, con una piccola stella marina blu nella parte superiore. L'aveva fatta Abi all'asilo per la Festa della Mamma. La infilo nella borsa e appena esco in strada chiamo Richard.

«Sono appena stata licenziata», gemo.

«Allora vado a cercare un bar carino e ti offro un bel calice di champagne francese per festeggiare il tuo licenziamento. Ti mando un messaggio, quando ne trovo uno».

«Va bene. E che sia il primo bar che trovi. Non importa che sia carino».

CAPITOLO 41

«Gli ho detto: "E allora licenziami, dai! Che dovrei fare?"»

Rido. È bello ridere di Mark, anche se la storia che ho appena raccontato non ha nulla a che fare con ciò che è realmente accaduto. A ogni modo, meglio ridere che piangere, ovvero ciò che stavo facendo quando sono entrata.

«Che bastardo», commenta Richard, ora che finalmente ci siamo calmati.

«Mio Dio. Dillo a me».

«Cristo, che stronzo. Chissà che ci avevi visto?»

Gli sorrido. Ci sta calcando un po' troppo la mano, ma sospetto che sia per cercare di farmi sentire meglio. Suppongo che tutto questo debba ricordargli Alison. Deve essere stato un fratello molto protettivo, e i suoi istinti di difensore e protettore si sono trasferiti su di me. Non è spiacevole. Mi viene in mente che a me è sempre mancato qualcuno che mi stesse accanto, che si arrabbiasse per me. Che volesse proteggermi.

No. È carino, è lusinghiero, ma è troppo presto. Giro il gambo del calice tra le dita. «A essere onesti, quando Eva decide di usare il suo fascino, non c'è nessuno che possa resisterle».

«Cazzate!», sbotta lui. «Non difenderlo, Kat».

«Non lo sto...».

«È un pezzo di merda».

Svuota l'ultimo bicchiere, gira la bottiglia vuota sottosopra nel secchiello del ghiaccio, e fa segno al barista di portarne un'altra. Ma il barista sta scherzando con due giovani donne che prima stavano giocando a biliardo e ora sono sedute al bancone.

«Mi dispiace», riprende. «Sono arrabbiato, per tutto. Non dovrei prendermela con te o con lui».

«Puoi prendertela con lui quanto vuoi. Non mi dà fastidio».

Richard sorride e ci guardiamo per un po'. Sento il rossore ardere sulle mie guance, e uno spiraglio di possibilità si apre. Lui si sporge fino a quando le sue labbra toccano le mie, e io decido che non è troppo presto, dopotutto. È piacevole. Mi perdo nel bacio, fino a quando non ci stacchiamo, pochi minuti dopo.

«Questo è un bel locale», commento, cercando di dissipare l'imbarazzo del momento. Il bar si chiama L'Officina Perduta, ed è un nome appropriato. È come essere tornati indietro nel tempo. Agli anni Settanta, per meglio dire. Sopra il tavolo da biliardo nell'angolo ci sono manifesti scoloriti di cantanti rock. In realtà, non è poi così male, anche se la copertura avrebbe bisogno di una lavata.

«Hai detto di scegliere il primo che trovavo», mi ricorda, e io rido.

«Mi dispiace, non avrei dovuto farlo... il bacio...». Arrossisce. «Sei vulnerabile. Non era giusto».

«Non scusarti troppo!».

Sorride. «E ora che farai?».

Alzo le spalle. «Troverò un altro lavoro».

Il barman finalmente ci nota e torna con un'altra bottiglia di spumante.

«Quindi è fatta», commenta Richard, alzando il bicchiere. «È finita. Brindiamo. È ora di smascherarla, Katherine. Non ha senso aspettare».

Annuisco, tracciando col dito il percorso delle bollicine sul vetro del mio bicchiere.

«La cosa migliore è andare alla polizia. Prima possibile. Dire tutto».

«Verrai con me, vero?».

Annuisce ma distoglie lo sguardo. «Prima devo parlare con mia madre».

«Non puoi farlo ora? Chiamala questo pomeriggio».

«Mi dispiace davvero, Kat». Fa un bel respiro.

Io sbatto le palpebre, confusa.

«La verità è», riprende, «che non penso che mia madre sia in grado di affrontare tutto questo. Alison era la luce dei suoi occhi. Non si riprenderà mai dalla sua morte. Ma neppure posso infangare così il nome di Alison. Ucciderebbe mia madre».

I miei occhi si spalancano. «Infangare?»

«Sai cosa intendo. Ci sarà un processo giudiziario. Tutti sapranno di Alison... di quello che ha fatto».

«Che ha lasciato morire una persona», dico.

Lui annuisce.

«Ma non era vero!».

«Alison non lo sapeva. E questo è ciò che la gente ricorderà di mia sorella. Devo pensare a mia madre. Lo capisci, vero?»

«Oh, mio Dio! E io, allora? Il mio nome non verrà infangato?».

Allunga la mano per toccarmi di nuovo la guancia, ma io la allontano. «Tu puoi difenderti, Kat. Non sei morta».

«Non posso crederci» Scendo giù dallo sgabello e afferro la giacca.

«Non andartene, Katherine. Ti prego».

«Grazie del tuo aiuto, Richard, non so cosa avrei potuto combinare senza di te. Ma mi abbandoni proprio ora? Quando siamo quasi al traguardo? Sei un codardo».

«Non dire così».

«L'hai detto tu stesso, è la cosa giusta da fare, fermarla. Ma vuoi che lo faccia da sola».

«Ci sarà un processo...».

«Esatto. E tu *dovresti* essere coinvolto, per amore di Alison. Invece mi stai lasciando ad affrontarlo da sola. Cosa diranno tutti di me, quando scopriranno che pensavo di aver fatto del male a qualcuno e che non ho fatto nulla? E la mia reputazione che verrà infangata?». Gli metto una mano sul petto. «Sarà la mia parola contro quella di lei, e non è abbastanza. Questa accusa si può sostenere solo se parliamo tutti».

«Io non posso».

Sono fuori, adesso, Richard mi ha seguito.

«Kat! Per favore!».

«Va tutto bene, Katherine?».

È Amy. Amy la mia collega di lavoro. È proprio di fronte a me, e guarda Richard con espressione perplessa. Lui mi lancia uno sguardo supplichevole

«Che ti importa?», sbotto malamente rivolta ad Amy e vado via.

Mi siedo alla fermata dell'autobus più vicina e tiro fuori il telefono per chiamare Adley. Ci sono dozzine di messaggi di

Eva, ovviamente. *L'ho appena saputo. Sistemerò io le cose. Avresti dovuto aspettarmi.* Poi, più tardi, *Chiamami immediatamente. Torna qui, Kat! Cosa ti è preso?*

Li cancello tutti, anche quelli che non ho ancora letto.

Dico ad Adley degli ultimi sviluppi e del sito web di notizie false. «Dobbiamo andare dalla polizia a denunciare la truffa».

«Qual è la pena, per un reato del genere, lo sai?»

«Bella domanda», rispondo. «Non lo so, ma posso scoprirlo». Faccio una pausa. «Dovrai venire qui, così potremo andare insieme alla polizia».

Lei non parla. «Oppure, potrei venire io da te», riprendo. «Potremmo avviare il processo dalle tue parti».

«Direi di no, Katherine. Mi dispiace».

Ho un tuffo al cuore. Premo il dorso della mano tra gli occhi. «Da sola non potrò far niente. Non ho prove».

Arriva un autobus. Una mezza dozzina di passeggeri scende. L'autista mi guarda. Scuoto la testa, e la porta si chiude.

Le spiego di Mark. Di come Eva abbia usato il suo fascino su di lui solo per incastrarmi. Del fatto che sono stata licenziata. «Verrà archiviato come "la gelosa, delusa ex dipendente che getta fango sul capo, il quale, guarda caso, è anche il suo ex-amante". Se è solo la mia parola contro la sua, non potrà mai reggere».

«E Richard?», chiede.

«Neanche Richard lo farà. Non vuole addossare a sua madre tutta questa vergogna». Mentre pronuncio quella frase, sbuffo in modo percettibile.

Restiamo entrambe in silenzio per alcuni istanti. Attendo che lei replichi, con gli occhi chiusi in un'ardente preghiera. *Di' di sì, di' che verrai, di' che farai questa cosa con me, per favore; non voglio farlo da sola. Non voglio essere sola.*

«Voglio parlare con le altre vittime», afferma. «Se riesco a trovarne almeno un'altra che è d'accordo, lo prenderò in considerazione».

Va bene, non è quello che speravo, ma non è male. Rifletto per un momento sulla proposta e giungo alla conclusione che, in effetti, forse è meglio.

«Ne ho trovate solo altre due, a parte io, te, e Alison Walters, ma non sono riuscita a individuarle. Una donna che aveva appena divorziato e un'altra coi genitori morti in un incidente d'auto. Anche se non ci ho provato più di tanto, finora».

«Puoi darmi i contatti? Ci proverò io».

«Va bene, ma per il momento teniamo la cosa tra noi vittime».

«Certo, solo tra noi vittime», concorda lei.

«Bene. E ti invierò le foto che ho trovato tra i ritagli di giornale di Eva. Questo è tutto ciò che ho. Lo faccio subito».

Dopo aver riattaccato, faccio scorrere le immagini sul cellulare, tornando indietro nel tempo, cercando le foto tra gli scatti della fotocamera, quando un grassone arriva, si siede accanto a me, e dice: «Le dispiace?». Scorro più giù sulla panchina senza alzare lo sguardo perché ho il cuore in gola, e scorro di nuovo, più velocemente questa volta, album, cronologie, e poi riparto daccapo e apro diverse app, perché ora non ricordo bene dove le ho memorizzate; intanto arriva un altro autobus e sono vagamente consapevole del fatto che la gente continua a scendere e io sono ancora seduta lì con le dita che scorrono frenetiche sullo schermo, ma ormai so che non ci sono. Le foto che avevo scattato nell'appartamento di Eva, le foto dei suoi ritagli di giornale, sono sparite. Qualcuno le ha cancellate.

E questo può significare solo una cosa.

Lei sa.

CAPITOLO 42

Sono a casa, senza fiato, il cuore mi batte forte e mi affretto a controllare il portatile. Sono sollevata nel vedere che le quattro immagini sono ancora qui, sul mio computer. Le invio immediatamente ad Adley per e-mail.

Poi, il campanello suona.

«Dove cazzo sei stata? Perché non rispondi alle mie chiamate?». La mia psicopatica è in piedi davanti alla porta, con una mano sul fianco. Mi spinge di lato ed entra subito, si slaccia la cintura del cappotto.

«Sono stata licenziata, non hai sentito?»

«Avresti dovuto aspettarmi. Avrei potuto sistemare le cose». Lascia cadere il cappotto sul divano.

Rido. «Sistemare le cose? Sei tu quella che ha messo il video su YouTube!».

«Era solo uno scherzo. Non mi aspettavo che Mark lo vedesse. Non mi aspettavo che il suo cliente gli inviasse il link. La gente è così puritana! Comunque, ora l'ho tolto». Agita il telefono davanti a me e me lo mostra. «Video non disponibile», esclama. «Quindi puoi tornare al lavoro. La tua reputazione online è stata ripristinata».

«Non tornerò al lavoro».

Sospira. «Non mi offri niente? Un bicchiere di vino, magari? O ne hai avuto abbastanza, per oggi?»

«Cosa vuoi, Eva?»

«Voglio i miei soldi».

«Non ho tempo per questo. Devi andartene». Afferro il suo cappotto e glielo lancio.

Lei lo piega, lo appoggia sul divano, e ci sprofonda accanto. «È per Mark, vero? Ti ho spinto troppo oltre. Sei più debole di quanto pensassi, Katherine Nichols. Io lo amo, sai. E lui ama me. Devo ammettere che, all'inizio, volevo solo darti una lezione. Tu pensi di essere assai migliore di me, e non ho potuto resistere. È stato anche sorprendentemente facile sedurlo. Strano, non credi? Considerando che voi due eravate... insomma, innamorati? O forse non lo eravate tutti e due. Forse lo eri solo tu. Forse non sei così intelligente, dopotutto». Si prende il viso tra le mani. «Oh, non sai contare, Eva? Io ho un master in matematica! E a quanto pare ho un talento per scegliere le idee vincenti! Sono così brava in tutto! Ma tu, Eva! Figurati, non sei capace di far quadrare i conti! Sai usare il computer?». Mi guarda con gli occhi socchiusi. «Sì, so scrivere. E, guarda un po', sono anche capace di contare. Fino a un milione di dollari. Allora, dove sono i miei soldi, Einstein?»

«Non ti darò soldi. Anche se volessi darteli, non li ho».

«Ti inventerai qualcosa. Dopotutto, tu non sai ancora di cosa sono capace. Sono solo all'inizio».

Raccoglie dei pelucchi immaginari sulla sua gonna e, senza guardarmi, riprende: «Come sta il tuo nuovo ragazzo, a proposito?»

«Il mio nuovo ragazzo?»

«Si mormora che avete già avuto un bisticcio tra innamorati. Dopotutto, non ti ci è voluto molto per rimpiazzare Mark».

Amy. Mi ha visto fuori dal bar, proprio poco fa. È tornata subito in ufficio e lo ha raccontato a Eva. Che cazzo hanno tutti quanti?

Controllo l'orologio. «Io non ho un nuovo ragazzo. Non dovresti essere al lavoro?».

Scrolla le spalle. «Dev'essere solo una voce, allora. Ti ho detto di mio zio Bill?». Sorride con dolcezza.

Le sorrido anch'io, facendole da specchio. «E io ti ho mai detto di mio zio Trevor?».

Lei alza gli occhi al cielo. «Certo che me l'hai detto. Ti ha accolto in casa quando eri una povera cucciola randagia, con la tua bambina. E ora è morto. *Buuh*».

«Aveva l'abitudine di venire nella mia stanza a violentarmi». Alza di nuovo gli occhi al cielo, ma io sollevo una mano. «Davvero, questa vorrai sentirla, te lo assicuro». Mi siedo di fronte a lei. «Ero una troia, diceva, e tutti lo sapevano, ovviamente riferendosi ad Abi. La prova schiacciante, lì, nella culla. Così, durante quelle notti, veniva a darmi una lezione. Questo è ciò che mi diceva. L'ho raccontato a mia zia Maud e lei ha detto che stavo mentendo, e se avessi continuato sarei stata mandata in una casa-famiglia dove nessuno sarebbe stato così gentile con me, e mi avrebbero portato via Abi perché, chiaramente, io non ero capace di crescerla. E inoltre avrei potuto dire addio alla mia educazione scolastica.

«La prima volta che mia madre è venuta a trovarmi, l'ho supplicata di portarmi via. "Mi comporterò bene", le ho detto, "lo prometto. Non vi darò mai più problemi e farò qualsiasi cosa vogliate, ma permettetemi di tornare a casa"».

«"Sto facendo del mio meglio", ha risposto mia madre.

"Tuo padre è ancora molto arrabbiato, quindi potrebbe volerci un po' di tempo. Ma ci sto provando"».

«Quando le ho raccontato dello zio Trevor, i suoi occhi si sono riempiti di tristezza e compassione, e dopo un'eternità ha detto: "È meglio che la smetti di dire bugie, tesoro". È venuto fuori che la zia Maud l'aveva già avvertita delle mie oltraggiose "fantasie", come le chiamava lei. Quindi sì, alla fine mi sono arresa. Mio padre non mi ha mai perdonato e non sono mai tornata a casa».

«Li ho sentiti discutere, una volta, zia Maud e zio Trevor. Lei gli diceva di smettere di farlo, perché se per caso fossi rimasta incinta e avessi detto ai miei genitori che era stato lui, che sarebbe successo se avessero fatto un test di paternità? Avrebbero perso tutti quei soldi. Vedi, zia Maud sapeva da sempre che era vero, ma si preoccupava di più di non perdere i soldi che mio padre le passava ogni mese per prendersi cura di me».

«Così, sono andata dal dottore e gli ho raccontato che soffrivo di insonnia, che non ce la facevo più. Mi ha prescritto dei sonniferi».

Eva incrocia le gambe, si stira con la mano le pieghe del vestito. Finge di annoiarsi, ma so che sta ascoltando.

«Immagina che quella notte», riprendo, «io abbia sciolto quelle pillole nelle loro bevande. Che abbia aspettato che dormissero, che sia andata nella loro stanza, che abbia acceso una delle sigarette dello zio Trevor, e che l'abbia lasciata a bruciare sul suo cuscino. Può essere che ci sia voluta più di una sigaretta, ma alla fine, e questa parte non è in discussione, entrambi sono morti bruciati. Il mio unico rimpianto è che stessero dormendo. I pompieri hanno detto che l'incendio si era sviluppato così rapidamente che io e Abi eravamo state fortunate a uscirne vive».

La sua bocca ha un fremito e si strofina la nuca.

«Questo è ciò che succede quando uno viene spinto troppo oltre, Eva, quindi non so, ma magari sarebbe nel tuo interesse darci un taglio. E ti dirò un'altra cosa. Non penso che tu sia innamorata di Mark, perché non penso che tu sia capace di amare. Volevi solo far del male a me, perché questo è ciò che fai tu. Ti piace fare del male alle persone. Proprio come lo zio Trevor. Dimmi, Eva, amerai ancora Mark, quando sarà al verde? Perché immagino tu sia stata colpita dalle auto nuove fiammanti, dalla zona prestigiosa in cui abita e dagli articoli di cancelleria costosi, ma una cosa che forse non sai è che la Rue Capital viene interamente finanziata col denaro di Sonya, non con quello di Mark. Mi chiedo se lei continuerà a finanziarla, quando saprà di te. Qualcuno dovrà farlo, perché, con la mia uscita di scena, quell'azienda non genererà più alcun profitto. Ho pensato di dirtelo, vedendo che ti piace così tanto il denaro. E adesso, porta il culo fuori da casa mia».

CAPITOLO 43

Un giorno, due giorni, tre giorni... Aspetto, non so nemmeno cosa. Almeno, Abi si tiene occupata. O è a scuola o è con Paige, oppure va in giro con i suoi amici. Devo ricordare a me stessa che ora ha sedici anni e sta crescendo. Ieri sera è andata a cena da *Clover* con i suoi amici, o almeno così ha detto, ma l'altro giorno ho trovato un orecchino nel cesto della biancheria, una farfallina d'oro con due pietre verdi al centro di ogni ala. Si era impigliato in un filo della sua maglia blu. L'ho lasciato sul tavolo della cucina e la mattina dopo non c'era più. Quando quella sera ho fatto un commento a proposito dell'orecchino, lei è arrossita. «È nuovo?», le ho chiesto. «È carino».

Ha risposto borbottando qualcosa tipo: «Sì, diciamo di sì», e ha cambiato discorso. *La mia bambina ha una cotta per un ragazzo.* Dovrei essere preoccupata? Ovviamente no. Devo solo sistemare questa faccenda con Eva, poi avrò tutto il tempo del mondo per mia figlia.

Ma non ho notizie della mia psicopatica da quando l'ho buttata fuori, l'altro giorno. Niente chiamate, niente visite, niente e-mail. Niente minacce dello zio Bill. Ora vorrei con tutto il cuore non averle detto quelle cose. Eva lo sa. È entrata nel mio telefono, per controllarmi. Ha trovato le foto e le ha cancellate. Sa che non ho più paura di lei.

Avrei dovuto mantenere la finzione, perché ora non so cosa farà, e quel pensiero mi sta facendo impazzire. Sono sempre in allerta, tendo l'orecchio per sentire se ci siano rumori strani in casa, la cerco dappertutto, sussulto ogni volta che squilla il telefono. Spero con tutto il cuore che si faccia sentire. Che cazzo di assurdità, vero?

È domenica. Devo parlare con Mark. Lontano dall'ufficio e lontano da Eva. Scommetto che non l'ha ancora detto a Sonya, quindi vado a casa sua, dove vengo di nuovo accolta dall'uomo in uniforme grigia. Non si ricorda di avermi già visto l'altro giorno. A essere sinceri, da allora mi sono lavata i capelli. Mi sono messa in ordine. Ho un aspetto umano.

Mi dice che il signor Rue non è in casa, ma Sonya deve aver sentito, perché compare nel corridoio. «Va tutto bene, Alex. Mi occupo io della signora Nichols».

Sono sorpresa dalle sue parole e mi sento inquieta. Destabilizzata. Mi rivolge un leggero sorriso. «Vieni con me», mi incoraggia.

La seguo nel soggiorno, una bella stanza elegante con molta luce e fiori freschi in vasi alti. È tutto molto carino. Molto accogliente e molto costoso.

«Posso offrirti qualcosa? Un bicchiere d'acqua, magari?», chiede.

«No, grazie». Mi viene in mente che, dopotutto, non ha un bell'aspetto. Ovviamente, non indossa la vivace tuta da yoga dell'altra volta, ma pantaloni neri e un dolcevita verde, un paio di orecchini quasi abbinati al colore, probabilmente smeraldi. I suoi capelli biondi sono pettinati dietro le orecchie. È il suo viso, però, a tradirla. Quelle mezzelune viola sotto gli occhi.

Mi fermo, alla ricerca di parole. «Sonya, tu sai chi sono, vero?»

«Certo. Mark mi ha parlato molto del lavoro che fai per noi. È bello, finalmente, associare un volto al nome. E poterti ringraziare di persona».

«Ringraziarmi? Di cosa?»

«Di essere una risorsa così grande, per noi. So che sei riuscita a far crescere la nostra piccola azienda in modo considerevole. Abbiamo raddoppiato le dimensioni e triplicato il profitto, da quando ti sei unita alla nostra squadra. Mi dispiace che te ne sia andata, per quello che può valere».

La ringrazio con un cenno del capo. «Posso farti una domanda?»

«Provaci pure: se posso rispondere, volentieri».

«Sei malata?»

Lei indietreggia, la sorpresa è evidente nella sua espressione corrucciata e nel leggero rossore che le è comparso sul collo. Non so perché l'ho chiesto. Conoscevo già la risposta a quella domanda dal momento in cui l'ho vista.

«È solo che Mark mi ha detto che tu stai combattendo contro un... disturbo. Da un po' di tempo. Anni, in effetti».

Lei mi guarda, e inclina un poco la testa. «Qual è il vero motivo della tua visita, Katherine?».

Mi sono ricordata dell'ultima volta che ero andata a casa sua. Ero determinata a scoprire se Mark mi avesse mentito sullo stato del loro matrimonio. Ora non mi interessa più. Non ho bisogno di chiederlo a lei, lo so che Mark mi ha mentito. Per tutto il tempo.

«In realtà, non me ne sono andata. Sono stata licenziata», confesso ora, senza un motivo particolare.

«Me l'hanno detto. È per questo che sei qui? Vuoi che parli con Mark?».

Scuoto la testa. «No. Non ce n'è bisogno. Troverò qualcos'altro».

«Bene», risponde, «perché Mark non vive più qui. Le uniche conversazioni che avremo, da ora in poi, passeranno attraverso gli avvocati che si occupano del nostro divorzio». Piega la testa di lato e aggiunge: «Non lo sapevi? Di lui ed Eva?»

«Lo sapevo. Non sapevo che vivesse con lei. Pensavo che non lo sapessi neppure tu».

«Non vive con lei. Lui è al Plaza. Ovvero, è lì che è andato, quando l'ho scoperto e l'ho buttato fuori».

Emetto un lieve fischio. «Posso chiederti come l'hai scoperto?»

«Eva mi ha chiamato».

Mi cade la mascella. Lo shock deve essere evidente sul mio viso, e Sonya mi chiede se sto bene.

«Ti ha chiamato? Quando?»

«Giovedì pomeriggio. Mark se ne è andato quella sera».

«Gesù».

«Non mi hai ancora detto perché sei venuta qui a cercare Mark».

Ignoro la domanda. «Cosa voleva Eva?»

«Non credo siano affari tuoi».

Cerco un indizio nella sua espressione, ma sembra solo triste.

«Sonya, devo dirti una cosa». Le dico di me e di Mark perché devo farlo. Fa parte di questa storia. Sono imbarazzata e mi vergogno, le confesso. «Pensavo che voi due vi foste separati, davvero». Mi dispiace moltissimo, ripeto, più e più volte, anche se non è colpa mia, giusto? Ho solo la colpa di essere ingenua. L'ingenuità è stata la mia rovina. Sono andata a letto con suo marito e ora non ricordo neppure come diavolo abbia fatto a pensare che sarebbe andato tutto bene.

«È andata avanti per mesi. Mi ripeteva di voler attendere che tu stessi meglio, prima di lasciarti. Ma ha detto che eravate già separati».

Lei guarda fuori dalla finestra, immersa nei suoi pensieri. «Lo sapevo», dichiara infine.

«Davvero?»

«Non sapevo che fossi tu. Ma sapevo che c'era un'altra. Gli indizi c'erano, sai. Quando scompariva per rispondere a certe telefonate, i cambi di programma all'ultimo momento, quando tornava a casa e usciva di nuovo, fingendo di avere cose da fare al lavoro. Diceva che andava in palestra la domenica pomeriggio, sulla Charles Street. Una volta, sono passata davanti a quella palestra, quando avrebbe dovuto esserci lui. Era chiusa per lavori di ristrutturazione. Quando è tornato a casa, ha fatto quello che fa sempre dopo un allenamento, è andato a farsi una doccia. Gli ho chiesto dov'era stato. Ha ribadito la stessa bugia. Ha fatto perfino un commento su quanto fosse affollata. Quindi sì. Lo sapevo».

«E non l'hai mai affrontato?»

«No».

«Perché diavolo non l'hai fatto?»

«Ha importanza, ormai?», chiede.

«No».

«Perché, se proprio vuoi saperlo, ho pensato che si sarebbe stancato, di te o chiunque altra».

Le sue parole fanno male, ma non mi sconvolgono. Probabilmente, al suo posto avrei pensato la stessa cosa.

«Io e Mark avevamo intenzione di rilevare la tua quota aziendale, non appena il round di finanziamento della SunCell fosse stato completato. Lo sapevi?».

Ride. «Rilevare la mia quota? Ora che l'azienda è finalmente in attivo? Stai scherzando. Oppure sei molto ricca. Ho investito milioni nella Rue Capital. Ha realizzato un profitto solo negli ultimi due anni. Grazie a te, potrei aggiungere. Mark non è mai riuscito a fare quello che hai fatto tu».

«Ha detto che possedeva metà della Rue Capital».

«Allora ti ha mentito. Mark di certo non possiede metà della Rue Capital. Mark non ha soldi suoi. Io lo pago per gestire l'azienda. Lui è un mio dipendente. È vero che la Rue Capital è stata una sua idea e che a me non interessa, al di là del fatto che sono l'unica investitrice. Lui pensava di poter avere successo. Non c'è riuscito. Fino a quando non sei arrivata tu. Quando sembrava che tu avessi intenzione di andartene, all'inizio dell'estate scorsa, era molto preoccupato. Non lo faceva vedere apertamente, ma abbastanza perché io lo notassi».

«Andarmene?»

«Ti avevano fatto un'offerta, no? DMC? C'era questa voce. Mark ha detto che se ne sarebbe occupato lui. Che sarebbe riuscito a non farti andare via. Avrebbe trovato il modo».

Distolgo lo sguardo. Quell'offerta doveva essere confidenziale. Ero pronta ad accettarla, fino a... Denver.

La fottuta Denver. Il convegno. La prima volta che io e Mark abbiamo fatto l'amore. La bugia su Sonya e la loro imminente separazione.

È stata tutta una menzogna. Non ha mai avuto intenzione di lasciarla per me. Lo stronzo mi stava solo dando corda perché non me ne andassi.

«Sei sicura di non volere nulla? Un bicchiere d'acqua?».

La guardo e, per un secondo, non ricordo dove sono, o perché sono qui. Poi mi torna tutto in mente.

«Quando Eva ti ha chiamato, come ti è sembrata?

Amichevole? O voleva gongolare per averti soffiato Mark?», chiedo.

Lei sbatte le palpebre. «Era sorprendentemente amichevole», risponde, infine. «Era anche molto... piena di rimorso. Sembra che Mark abbia mentito anche a lei. Non sapeva che Mark fosse ancora sposato. Io non credo che Eva e Mark abbiano un futuro insieme. Mettiamola così».

Sento il cuore che mi batte fino in gola.

«Sapeva che era sposato. Fidati di me. Ti sta mentendo. Eva è molto calcolatrice. È una donna molto pericolosa e sospetto che ora stia puntando a te».

Lei indietreggia. «Puntando a me? Cosa diavolo significa?».

Valuto se raccontarle tutto dell'incidente, di come Eva mi abbia tormentato, ma mi trattengo.

«Eva ha organizzato una specie di truffa. Cerca donne sole e ricche, ci fa amicizia, e poi trova il modo di ricattarle».

«Stai scherzando».

«No. È venuta a trovarmi mercoledì scorso», le racconto. «Il giorno in cui sono stata licenziata. In un attimo di rabbia, le ho detto che Mark era al verde, e che il denaro che ha per le mani e la Rue Capital erano tuoi. Ma non pensavo assolutamente che fosse vero. Pensavo che qualcosa avesse portato anche lui. Le stavo solo facendo dispetto».

Lei alza un sopracciglio.

«Il fatto è che temo che lei mi abbia creduto. Non penso che le importi nulla di Mark. Ti ha chiamato per dirti della loro relazione: perché avrebbe dovuto farlo? Avrebbe potuto rompere con lui, e tu non avresti saputo nulla. No. Lei vuole te, sola, senza di lui. Vuole renderti vulnerabile. Tu sei il suo prossimo obiettivo, Sonya. Metterà in atto la truffa con te».

CAPITOLO 44

Sonya non risponde. Vedo che sta cercando di elaborare tutto ciò che le ho detto.

«Se ti chiama e ti chiede di uscire, a cena, o a una festa, o a un qualsiasi evento di sera dove sono previsti alcolici, mi chiamerai subito? So che sembra folle, ma forse, insieme, potremmo trovare un modo per farla cadere in trappola. Potrei darti una piccola videocamera, potremmo nasconderla in macchina. Così, qualunque cosa succeda quella notte, ce l'avremo registrata su nastro».

Lei scoppia a ridere. «Perché dovrei farlo, Katherine? Non ha alcun senso, quello che dici. E se, ed è un grande se, quello che dici è vero, cioè Eva mi sta puntando, come dici tu, perché mai dovrei prendermi la briga di fare tutto questo? Perché non rifiutare semplicemente le sue offerte di amicizia?». Piega la testa verso di me e sorride.

«Perché dobbiamo fermarla, ecco perché. Tutti ne hanno paura. Ma adesso sta dando la caccia a te, lo sento. Ti chiamerà, ti incanterà. E non ci vorrà molto, prima che sferri l'attacco. È davvero cattiva, Sonya. Devi aiutarmi a fermarla. Dobbiamo farla andare in prigione».

Prendo le mie cose e mi alzo. Lei mi accompagna alla porta. Ha una mano sulla maniglia della porta e l'altra tesa per stringere la mia.

«Un'ultima cosa», aggiungo. «La SunCell. Scusa, ma è una fregatura. Devi mollarla».

Lei indietreggia alle mie parole. «Ma io pensavo...».

Frugo nella mia borsa cercando il cellulare. Devo proprio prendermi un'altra borsa. Una con le tasche. «Ecco», dichiaro, tenendolo in mano. Le mostro il messaggio che ho ricevuto la settimana scorsa, il giorno in cui sono stata licenziata.

Non l'ho mai detto a Mark, ma mi è capitato di conoscere un infiltrato all'Ufficio Marchi & Brevetti. È un ragazzo con cui andavo all'università. Mi sono imbattuta nel suo nome, Jason Federer, su alcuni documenti, e l'ho contattato. Io e Jason, ora, abbiamo un accordo in base al quale, ogni volta che in Rue Capital consideriamo se investire in un'azienda, e se la tecnologia in questione richiede dei brevetti, mi passerà informazioni prima che diventino pubbliche. In cambio, gli assicuro un pezzo della torta. E Mark pensa che io ci azzecchi il cento per cento delle volte perché sono un'*intelligentona pazzoide*.

Mostro a Sonya il messaggio di Jason: *Verrà rifiutata per mancanza di dettagli e per descrizioni imprecise.*

Quella presentazione di Eva? Quando aveva staccato la batteria e aveva tolto la corrente a tutto all'edificio? Quella era un po' di messa in scena. Avevamo cercato di fare la stessa cosa con la batteria vera, quando avrei dovuto essere io a fare la presentazione, ma non eravamo riusciti a immagazzinare energia abbastanza a lungo da riuscirci. L'azienda aveva ammesso che per errore ci aveva mandato una batteria difettosa. La stessa cosa è accaduta con la successiva. Avrei dovuto rendermene conto, ma, francamente, ero così concentrata sul completamento del piano di finanziamento e sull'acquisto della quota di Sonya, che vedevo solo ciò che volevo vedere.

«Tuttavia, non penso che funzioni. Sono probabilmente sulla buona strada, ma stanno esagerando con le promesse, e questo non è un buon segno. Gli investitori dovranno aspettare molto tempo, per recuperare i loro soldi, ammesso che non li perdano del tutto. Fai quello che vuoi, Sonya, ma Vlad ha investito moltissimo denaro, e non credo che tu voglia creare problemi a Vlad. O ai suoi soldi».

«Hai detto tutto questo a Mark?», chiede lei, non senza un motivo.

«No».

Non vedo l'ora di chiamare Adley. Voglio parlarle di Sonya e dirle che, forse, possiamo convincerla ad aiutarci. Dovremo fornirle più dettagli, ma ne varrà la pena, se riusciremo a cogliere Eva in flagrante. Penso che Sonya ci aiuterà, se le spieghiamo tutto. Lo sento.

Sono quasi a casa, quando sento una voce maschile. «Katherine!». Mi giro, ed è Richard. Sorride, le mani infilate in tasca. I suoi capelli non sono più pettinati come l'ultima volta, gli sono un po' scesi sulla fronte. Mi piace di più così. Li spinge via. È il vento. Si sfila gli auricolari e per un secondo mi giunge alle orecchie una raffica di percussioni rumorose.

Indico gli auricolari. «Quei cosi ti renderanno sordo, lo sai?».

Lui alza le spalle, sorride e se li infila in tasca.

«Sei ancora qui?», chiedo.

Ero arrabbiata con te, vorrei dirgli, davvero arrabbiata.

Ma non che la rabbia se ne sia andata. Sembra così tanto tempo fa, anche se si tratta solo di giorni.

«Pensavo che ormai fossi tornato a New York».

«Dovrei tornare, il mio capo non è contento di me. Ma continuo a rimandare».

«Perché?»

«Ho pensato a te. E a ciò che ho detto. Di lasciarti ad affrontare tutto da sola. Hai ragione, Kat, mi sono comportato male».

«Va bene...».

«Dovrei venire alla polizia con te. Dire tutto quello che so. Ho deciso, Katherine. Non ti abbandonerò».

Sento un sorriso diffondersi sul mio volto. Gli getto le braccia al collo. «Grazie. Significa così tanto per me, Richard, non ne hai idea».

Ride e io allento la presa. Metto la chiave nella serratura e apro la porta. «Ci sono stati nuovi sviluppi».

Lui alza un sopracciglio. «Ah, sì?»

«Già. Vieni dentro. Ti dirò tutto».

Sto morendo dalla voglia di dirgli di Sonya e di come forse, solo forse, con il suo aiuto, potremo avviare una gran bella causa contro Eva. Sono contenta di vedere che questa volta Abi ha inserito l'allarme. Non è in casa, ed è un bene, perché ci sono così tante cose di cui devo discutere con Richard.

Gettiamo i cappotti sullo schienale della poltrona, e sono sul punto di iniziare a parlare, quando suona il telefono.

«Solo un secondo. È Adley. Ciao, Adley! Ho delle novità».

«Anch'io», risponde.

«Oh, mio Dio, sei riuscita a rintracciare le altre?». Richard ora è seduto accanto a me, e gli stringo il ginocchio per l'emozione.

«Non ancora, ma ho parlato con la signora Walters, la madre di Alison».

«Davvero?». Lo dico in tono lento e prolungato: "*davveee-rooo?*", perché sono sorpresa che si sia spinta addirittura così avanti. «E...?»

«Mi ha detto che sono pazza».

Sono delusa, ma poi mi dico che non avevamo mai messo in conto che la signora Walters ci ascoltasse. Forse, dopotutto, dovremmo lasciare Alison fuori dal caso. «Non voleva ascoltare neanche me, se ti può consolare», commento. «Ho fatto dei passi avanti solo perché Richard mi ha contattato».

«E io gliel'ho detto, di Richard. Ma il fatto è che...», esita.

«Cosa?»

«Ha detto che Alison non ha un fratello».

CAPITOLO 45

Richard è rivolto verso di me, con le sopracciglia alzate e un sorriso interrogativo sulle labbra.

"Cosa ha detto?", formula, con le labbra.

Sono ancora lì con il telefono in mano; lo fisso negli occhi, sforzandomi di restare calma, ma è inutile, il panico mi sale fino in gola e mi fa venire le lacrime agli occhi. Le mie labbra iniziano a tremare. Sento in lontananza la voce di Adley: *"Ci sei ancora?"*, e in quel momento è come se un'ombra attraversasse la faccia di lui. Vedo la sua espressione passare dall'innocente attesa alla furia fredda.

Non ho sentito la porta d'ingresso. È solo quando Abi cinguetta: «Ciao, mamma», che mi rendo conto che ora è in casa. Sentire la sua voce spezza l'incantesimo. Mi affretto a dire ad Adley che la richiamerò e mi sforzo di sorridere, mentre mi alzo per salutare mia figlia.

«Ciao, tesoro!».

Lei si ferma. «Cosa c'è che non va?»

«Non c'è niente che non va, perché?»

«Sai com'è il detto? Sembra che tu abbia visto un fantasma... Beh, tu sei così, in questo momento».

Rido. Abi si sta sbottonando la giacca e io le metto una mano sul petto. «Non toglierla. Dovrai metterla di nuovo. Paige ti sta aspettando a casa sua».

«Cosa?». Tira fuori il telefono di tasca. Sto per dirle che ce la porterò io in macchina, ma la mano di Richard si posa sulla mia spalla, le sue dita affondano nella carne sotto la mia clavicola. Stringe così forte che devo trattenere il respiro.

«Ciao, Abigail», interviene Richard.

«Ciao», risponde lei, esitando.

La afferro delicatamente per le spalle e la faccio girare. Voglio sussurrarle all'orecchio. *Vai, e chiama subito la polizia. Di' loro di venire qui. Tu vai da Paige*, ma lui mi sta troppo vicino. Non posso rischiare. Non con Abi qui vicino a me.

«Prendi un autobus. Vai e basta, Abi, okay?».

Si scrolla le mie mani di dosso, sdegnata. Ora è infastidita, pensa che non la voglia qui, e ha ragione. Pensa che la stia mandando via perché voglio stare da sola con Richard.

Esce senza dire una parola. Aspetto che chiuda la porta dietro di sé e do un calcio a Richard con il tacco dello stivale, colpendolo nello stinco. Mi lascia andare la spalla con un grido di dolore e io balzo in avanti, col braccio teso verso la porta principale, ma lui in pochi secondi mi è addosso, mi afferra per i capelli e li tira forte, facendomi cadere a terra. Con la faccia colpisco la mensola e il dolore mi esplode nella tempia. Per un momento, temo di essere sul punto di svenire.

«Alzati», mi intima lui. È in piedi davanti alla porta, e mi sbarra la strada.

Metto la mano sul viso e uso l'altra per alzarmi sulle ginocchia.

«Tu sei il ragazzo della moto». La mia voce sta tremando.

Mi mette una mano sotto il braccio e mi tira su. «Mi hai scoperto».

Torno in soggiorno con Richard che mi sostiene. Sono troppo scossa per allontanarmi da lui. Mi siedo sul divano, con la mano ancora sullo zigomo.

«Non volevo davvero che accadesse questo», dice.

«Come mi hai trovato?»

«Ti ho seguita».

«Quando?».

Ride sommessamente. «Il giorno in cui sei andata nell'appartamento di Eva. Eri nascosta nell'armadio. Ho visto i pezzi di porcellana sul pavimento. Poi ti ho sentita. Sono sincero, Kat, era difficile non accorgersi di te. Eri piuttosto rumorosa. Ti ho aspettato di sotto e ti ho seguita fin qui».

Ricordo quel giorno. La sensazione inquietante di non essere sola.

«Ero accucciato sotto quella finestra, proprio lì». Indica la finestra dietro di me. «Ti ascoltavo, mentre facevi quelle chiamate».

«Richard è il tuo vero nome?»

«Sì».

Comincia camminare avanti e indietro per la stanza. «Non va bene, Katherine. Non era previsto che mi scoprissi».

«Perché mi hai detto cosa ha fatto Eva? Hai svelato tutto il suo gioco, perché?»

«Non l'hai ancora capito?»

Scuoto la testa.

«Volevo che venisse scoperta. Volevo che soffrisse, come lei ha fatto soffrire me».

«Come...?»

«Quattro anni, siamo stati insieme, io e lei. E non ho fatto altro che amarla. Ero a sua completa disposizione.

Farei qualsiasi cosa per lei. *Ho fatto* qualsiasi cosa per lei. Abbiamo messo in atto questo piano per la maggior parte del tempo in cui siamo stati insieme. Abbiamo tirato su un sacco di soldi». Si colpisce il petto con un dito in atto di rabbia. «Ed ero io che facevo tutto il lavoro. Io trovavo il posto. Io mi procuravo i sacchi di sabbia. Io mettevo le barriere per tenere lontane le altre macchine. Io ero il ragazzo morto. Io ripulivo, una volta terminato il lavoro. E dopo tutto questo, cazzo, lei mi scarica?».

«Oh, Dio».

«Quattro anni, Katherine! Poi, un giorno, come se niente fosse, mi dice che è finita. Abbiamo chiuso. La truffa è finita. La principessa Eva vuole sistemarsi. Vuole avere figli! Fanculo! Ma non con me! Riesci a crederci? Ha conosciuto un altro, dice. Quel coglione di Mark fottuto Rue! E io cosa dovevo fare? Prendere la mia moto e cavalcare da solo verso il tramonto? Dopo tutto quello che abbiamo passato insieme? Dopo tutto quello che ho fatto per lei?»

«Io penso che abbia intenzione di chiudere, con Mark. Ha scoperto che non ha soldi».

«Lo so», risponde lui.

«Lo sai? E come?»

«Mi rivuole».

«Davvero? Quindi le cose si sono sistemate, giusto?»

«Sì, si sono sistemate. Questo cambia tutto. Solo che ora ci sei tu, Katherine Nichols».

Oh, Dio. Premo le nocche della mano nello spazio tra i miei occhi. «Abi sta per tornare. Non voglio che lei...».

«E non vorrei neanche io, Kat, ma forse avresti dovuto pensarci prima».

Non ho idea di quali siano le mie colpe. «Non ho detto a nessuno della truffa», protesto. Lui scuote la testa. «L'hai detto a tutti, Kat. Non mentirmi. L'hai detto alla tua amichetta Adley...»

«Eva lo sa? Che tu...».

«Che ti ho detto tutto? No. Non avrebbe senso, non credi?»

«Ma se fossi andata alla polizia, non saresti stato scoperto anche tu?»

«Non sarei rimasto qua in zona, Katherine. Abbiamo ancora molti soldi. Abbastanza perché io possa ricominciare da qualche altra parte. Sarei sparito, non appena lei avesse fatto il mio nome».

Restiamo in silenzio per un momento, lui sta ancora camminando, e intanto pensa. Io faccio lo stesso.

«Lei lo sa, ha trovato le foto che ho fatto dei suoi ritagli di giornale sul mio telefono. Le ha cancellate».

«Sono stato io», confessa lui.

«Tu?».

Annuisce. «Jane White. La divorziata. Mi conosce. E sa il mio nome. Abbiamo fatto una variazione della truffa, con lei. Ci siamo scambiati i ruoli, Eva e io. Se tu fossi riuscita a rintracciarla, avresti potuto scoprire me». Stringe i denti e muove il dito nella mia direzione.

«Ma tu hai convinto la tua amichetta a chiamare la fottuta madre di Alison. Ora tu sai di me! Hai rovinato tutto!».

Inizio a piangere. «Mi dispiace», sussurro. «Dimmi come rimediare. Chiamerò Adley e le dirò qualcosa, che mi ero sbagliata...».

«Non fare la stupida, cazzo».

Cammina ancora un po', su e giù e poi torna indietro.

«Dov'è Eva, ora?», chiedo.

«Mi sta aspettando». Gira il polso, controlla l'orologio.

«Forse potreste andarvene insieme, come avevi detto.

Farvi una vita da un'altra parte. Assumere nuove identità». Mi asciugo le lacrime con una mano. «Potete andarvene, adesso, vero?».

Lui scuote la testa. «Faremo un ultimo colpo. Più tardi, in giornata». Tamburella col dito sull'orologio. «Dopodiché, ce ne andremo».

Sto per lasciarmi sfuggire: *Cosa? Sonya? Ma...*

Ma Sonya mi ha mentito, e questo è quanto. Immagino che non mi abbia proprio creduto. Sospiro. Cosa credevo? Io sono sola contro Eva. Tutti credono sempre a Eva e non a me. Probabilmente, Sonya ed Eva hanno già cenato insieme in quel *grazioso ristorantino italiano dietro l'angolo.* Ed Eva l'ha già incantata. Sono arrivata troppo tardi.

Almeno, l'ho messa in guardia. Si renderà conto di quello che sta per accaderle, spero.

La mia testa pulsa ancora. Ho un bernoccolo delle dimensioni di un piccolo uovo vicino al sopracciglio destro. «Ho bisogno di un po' di ghiaccio». Indico la cucina con il mento. «Posso?».

Dà un'occhiata alla mia faccia, accigliato.

«Va bene. Vai a prenderlo», risponde. Vado in cucina traballando. Lui è proprio dietro di me. Si appoggia al muro, mentre prendo un po' di ghiaccio dal congelatore e faccio cadere i cubetti in un canovaccio.

Torniamo in soggiorno, con Richard che mi fa strada. C'è una lampada da scrivania, sul tavolo dietro la porta. Una di quelle in ottone con un vetro dalle sfumature verdi. Mentre ci passo davanti, allungo la mano verso il basso, tiro via il cavo della lampada dalla presa, e tutto si svolge fin troppo in fretta. Richard si gira, io sollevo la lampada e gliela sbatto in testa, ma temo di farlo troppo forte e il primo colpo non va a segno. Resta solo senza fiato. Lo colpisco di nuovo, più forte questa volta. È orribile. Dopo la terza volta lui cade a terra e io lascio andare la lampada.

Si lamenta, si contorce sul pavimento. Lo oltrepasso e corro fuori. All'ultimo secondo, mi giro e do un'occhiata al corridoio. Richard giace ancora dove è caduto, gemente, con la testa tra le mani. Chiudo la porta sbattendola e corro via.

CAPITOLO 46

Non ho il telefono, non ho soldi, non ho la giacca e non ho le chiavi.

Sto correndo a casa di Hilary. Sto correndo da Abi. Tutto è confuso, e quasi mi scontro con un uomo col soprabito scuro che si è fermato di colpo fuori dall'edicola. Non aspetto che il semaforo diventi verde, ed evito a malapena una berlina blu; sbatto una mano sul cofano come per darmi una spinta, mentre il clacson dell'auto suona, ma io continuo a correre. Una donna esce dal Tatte Cafe, le faccio cadere di mano il bicchiere di plastica e lei grida: «Ehi!», ma io continuo a correre. Giro l'angolo e scivolo su una grata di metallo ghiacciata. Mi alzo all'istante, ignorando il dolore che mi trafigge l'anca, e continuo a correre.

Quando arrivo a casa di Hilary, il mio respiro è talmente affannato che mi brucia i polmoni, e ho un taglio sul fianco sinistro. Busso forte. Urlo mentre prendo a pugni la porta con entrambe le mani, e quando Hilary mi apre, con gli occhi spalancati e in lacrime, quasi cado dentro casa. Metto le mani sulle ginocchia e prendo fiato.

«Cosa diavolo è successo?».

Mi premo la mano su un lato del torace, contro le costole. «Abi è qui?»

«No, dovrebbe esser qui?»

«Dov'è?».

Hilary mi mette un braccio intorno alle spalle. «Cosa c'è che non va? Vieni a sederti».

«Le ho detto di venire qui. Paige è a casa?»

«Non ancora. Tornerà presto. Cos'è successo?».

Ho bisogno di tranquillizzarmi. Sicuramente sono insieme. Non c'è bisogno di farsi prendere dal panico. «Posso usare il tuo telefono?»

«Certo, vuoi un po' d'acqua? Vieni, siediti». Accetto l'acqua e mi siedo sul divano di velluto scuro.

Tutto il mio corpo sta tremando. Ho ancora difficoltà a riprendere fiato. Hilary arriva col telefono e il bicchiere con l'acqua. La bevo avidamente, tenendo il bicchiere con una mano e digitando il numero di Abi con l'altra. Va direttamente alla segreteria telefonica. «Ehi, tesoro, sono mamma, non ho il telefono, sono da Hil. Puoi chiamare Hilary, per favore? Prima possibile, okay? Oppure vieni qui. Ancora meglio. Devo sapere dove sei, okay?».

Hilary mi sfiora il contorno del viso con la punta del dito. «Gesù! Cosa ti è successo? Chi ti ha fatto questo?»

«Oh Hil...». Affondo la testa tra le mani.

«Dimmi cos'è successo».

«C'era quell'uomo, a casa mia...».

«A casa tua?!».

«Sono dovuta scappare!», gemo.

«Hai chiamato la polizia?».

Scuoto la testa. «Sarebbe inutile. Ormai se ne sarà andato».

«Chi era? Lo sai?».

Annuisco. Tra i singhiozzi, riesco a raccontare la mia storia. Le dico di Eva, dell'incidente, del ricatto.

«Ma non era reale, capisci? È questa la truffa che lei mette in atto con le persone, donne come me. Pensava che avessi i soldi della famiglia di mia madre. Mi ha incastrato. E io sono stata così stupida da crederci! Tutto qui!».

«Oh, Kat, è proprio terribile! Avresti dovuto dirmelo!».

Le rispondo in tono di scherno. «Dirti cosa?». Mi asciugo il naso con la manica. «Che ho investito un uomo con la macchina? Che sono scappata e poi quell'uomo è morto? Che ero ubriaca?»

«Ti avrei aiutato», afferma lei. E ora le credo. L'avrebbe fatto. Hilary è un'anima molto più gentile di quanto avessi creduto. Mi allungo per prendere un fazzoletto di carta dalla scatola sul tavolino e mi soffio il naso.

«Poi questo ragazzo mi ha rintracciato. Mi ha raccontato una cazzo di storia assurda, dicendo che era il fratello di una delle vittime di Eva. Mi ha riferito cosa aveva fatto».

«È quel ragazzo? Come si chiama? Richard? Il tuo nuovo ragazzo? È lui che ti ha fatto questo?». Mi gira la faccia in modo da potermi vedere di profilo. Mi tocco il bernoccolo con delicatezza. «Non è il mio ragazzo, per l'amor del cielo».

«Ti prendo un cubetto di ghiaccio». Si alza. «Dobbiamo chiamare la polizia».

Le afferro il polso. Sussulta. La lascio andare. «Come fai a sapere di Richard?».

Sbatte le palpebre. «Abi l'ha detto a Paige. Le ha detto che hai un nuovo ragazzo, che si chiama Richard. Comunque non credo che le sia piaciuto molto, a quanto mi ha detto Paige».

Distolgo lo sguardo. «Esatto, Abi l'ha conosciuto lo stesso giorno in cui l'ho conosciuto io. Quando è tornata a casa, lui era lì». Hilary si strofina il polso nel punto in cui l'ho stretta un attimo prima. «Scusa», sussurro, poi noto bene la sua espressione tesa, i suoi occhi arrossati. «Stai bene?», chiedo.

Fa un rapido movimento con la testa. «Non sei tu, è che...».

«Perché Abi dovrebbe pensare che sia il mio ragazzo?». La scruto con gli occhi socchiusi.

Ci pensa un attimo. «Ha detto che sembravi felice. Più felice di quanto non fossi da secoli».

«Oh, Dio», gemo. «Non è il mio ragazzo. È il complice di Eva. Mi ha ingannato. È venuto a casa mia...».

«Lui sa che sei qui, adesso?»

«No! Non ne ha idea. Non sa niente, di te. Non ha mai conosciuto Paige... Oh, Cristo! Che stupida! Puoi chiamare Paige? Adesso? E accertarti che Abi sia con lei?»

«Certo». Ma poi la porta si apre e compare Paige. Mi alzo di scatto e guardo dietro di lei.

«Abi è con te?». Il mio tono è troppo aspro e Paige sbatte le palpebre, alle mie parole.

«No».

«Dov'è?». L'ho afferrata per le braccia, e Hilary mi tira via con dolcezza.

«Paige, tesoro, quando è stata l'ultima volta che hai visto Abigail?».

Lei scrolla le spalle. «Non lo so. Venerdì a scuola, mi pare».

«Ma ieri avete fatto le prove di recitazione insieme!», esclamo.

Paige aggrotta le sopracciglia. «Prove di recitazione?»

«Sì! La vostra recita, voi due fate sempre le prove qui!».

«Abbiamo provato qui solo una volta, per divertimento, secoli fa», risponde Paige, proprio nel momento in cui Hilary aggiunge: «Abi non viene qui da settimane. Non viene da quando siamo andate al cinema, sono almeno due, forse tre settimane». Si gira verso Paige, come per avere conferma, ma lei sembra confusa. Si tira una ciocca di capelli.

«A cena! Avete cenato con i vostri amici, da Clover, ieri sera».

Paige scuote la testa e Hilary spiega: «Paige era qui, ieri sera».

«Allora dov'è?». Tengo ancora in mano il telefono di Hilary e compongo di nuovo il numero di Abi. Hilary chiede a Paige dove potrebbe essere Abi. Mentre lascio un altro messaggio sulla segreteria telefonica di Abi, sento Paige dire qualcosa sul fatto che potrebbe essere "in compagnia".

«Certo! Ha un ragazzo!». Afferro la mano di Paige. «È così, vero? È con il suo ragazzo. Come si chiama? È uno della scuola, vero? Come si chiama, Paige!?»

«Abi non ha un ragazzo, signora Nichols...».

«Ce l'ha!». Le sto stringendo la mano e lei fa una smorfia. È tutto ciò che posso fare per non scuoterla. «Hai appena detto: "in compagnia". A chi ti riferisci, Paige? Dimmelo!».

Il suo labbro inferiore trema. Hilary mi mette una mano sul braccio. «Kat...».

«All'amica della signora Nichols», confessa Paige. «Ora esce sempre con lei. Si è raccomandata di non dirlo a nessuno!».

Mollo la presa, mi metto una mano sul petto. «La *mia* amica?»

«Quella donna che era a casa vostra, la sera in cui abbiamo mangiato la pizza, quella che ci ha fatto vedere il video!».

CAPITOLO 47

È Eva, Abi è con Eva. Fanno cose insieme... la porta a fare shopping... le fa dei regali...

Chiudo gli occhi, premo le dita contro le tempie.

Si vedono da un sacco di tempo... le sta insegnando a guidare...

Alzo la testa di scatto.

«Cosa hai detto, un attimo fa?»

«Vanno in giro...».

«No. Qualcosa a proposito di guidare».

«Sta insegnando ad Abi a guidare. Questo solo da alcuni giorni».

Paige ha iniziato a piangere sommessamente. Hilary la conforta con parole dolci. «Va tutto bene, tesoro».

«Che succede, mamma?», chiede Paige.

«Ma... Eva non ha una macchina», dico, rivolgendomi a Paige.

«Questo è ciò che ha detto Abi».

I miei pensieri sono confusi, si accavallano uno sull'altro.

«Come è cominciata? Lo sai?»

«Ci siamo incontrate per caso, una volta, a Porter Square. È stata super gentile, ha detto ad Abi che era preoccupata per te».

Incontrate per caso. Certo. Come se Eva non avesse pianificato tutto.

«Ci ha portato a prendere dei waffle. È così che è cominciata. Dopo, Abi ha iniziato a uscire con lei».

«Ma dove vanno?», chiedo.

«Non lo so, a fare shopping e cose del genere».

«È pazzesco. Perché mai Abi non me l'ha detto?»

«Perché Eva ha detto che ti stava aiutando, ed era meglio se si vedevano senza che tu lo sapessi. È quello che mi ha detto Abi in seguito. Eva le ha rivelato che avevi tentato il suicidio, ma che stavi prendendo dei potenti antidepressivi. Era importante lasciarti in pace e non farti stressare».

«Oh, mio Dio!». È tutta colpa mia. Prendo di nuovo il telefono di Hilary, ma non ricordo il numero di Eva. Riprovo con Abi, ma nessuna risposta.

«Dove cazzo è?», mormoro. «Perché non risponde?».

Pezzi di frasi si accavallano nella mia testa. *Si mormora che hai un nuovo ragazzo... Abi ha detto che sembravi felice. Più felice di quanto non lo fossi stata da secoli... Sta insegnando ad Abi a guidare... Eva mi sta aspettando... Mi rivuole... Faremo un ultimo colpo. Stasera. Dopodiché ce ne andremo...*

Ed è a quel punto che mi invade una consapevolezza, completa in tutti i dettagli e terrificante. So cosa farà Eva, ed è una cosa così malvagia, che ho la sensazione che la stanza sia sul punto di capovolgersi. «Paige, grazie per avermi detto tutte queste cose», le rispondo. «Ora ho bisogno di parlare con tua madre, ti dispiace lasciarci sole, per favore?».

Lei si gira verso Hilary. «Vai, tesoro. Vai nella tua stanza. Non ci vorrà molto».

«Va bene se chiamo Abi?», chiede.

«Sì!», rispondo. «Chiamala, mandale un messaggio, fa' qualsiasi cosa per cercare di contattarla. Ma non dire nulla su Eva, per favore. Dille di venire subito qui».

Attendo fino a quando sono certa che Paige non ci possa sentire.

«Eva sa di me e Richard. Ne sono sicura. Amy, l'addetta alla reception della ditta, ci ha visti, e l'ha detto a lei. Allora non me ne sono preoccupata, perché pensavo che Eva e Richard si fossero incontrati solo una o due volte, anni fa. Anche se Amy lo avesse descritto, non avrebbe significato nulla, per Eva. Questo è ciò che avevo dato per scontato». Il mio tono diventa più pressante. «Ma hai sentito Paige proprio ora. Abi è tuttora in contatto con Eva. Tu stessa sapevi di Richard, te lo aveva detto Paige, perché glielo aveva detto Abigail». Riesco a malapena a respirare, quando lo dico. «Eva sa che io e Richard, il suo complice, ci stavamo vedendo. Deve sapere che lui ha fatto saltare tutto. Ora Richard crede che Eva abbia cambiato idea e lo rivoglia. Ti pare possibile? Anche ora che ha scoperto che l'ha tradita?»

«Ha un piano».

«Giusto. E Richard pensa ancora che Eva ignori che io e lui abbiamo parlato. Ma ha detto che faranno un altro colpo. Perché dovrebbe farlo? Io so che è una truffa, e lei sa che io ne sono a conoscenza. Sicuramente non vale la pena rischiare, continuare a mettere in atto la truffa qui. E perché proprio ora? Deve dare per scontato che io stia parlando con la polizia, o che presto lo farò».

«Cosa pensi che stia tramando?»

«Questo è il problema, non lo so. Ma avevo pensato che stesse per accalappiare Sonya. Ora penso che abbia intenzione di coinvolgere in qualche modo Abi». La mia voce si incrina. Hilary si tappa la bocca con la mano.

«Sei sicura?»

«Quasi».

Hilary distoglie lo sguardo, aggrotta le sopracciglia fino a unirle. «Ma hai detto che tutte queste truffe erano per ricattare. Perché dovrebbero ricattare Abigail? Abigail non ha un sacco di soldi. Non dovrebbero saperlo?»

«Non lo so, ma penso che Eva stia per fare qualcosa di terribile, una specie di ultimo atto di vendetta. Oh, Dio». Mi mordo le nocche. Con forza. È come una liberazione. Me le guardo. Si vedono chiaramente i segni lasciati dai denti.

Chiamiamo Paige fuori dalla sua stanza. «Dove vanno, per insegnare ad Abi a guidare?»

«Non lo so, mi dispiace!».

«Ti ha risposto? Nulla?».

Lei scuote la testa. «Ma io so dov'è Abi».

«Cosa?».

Paige ci dà il suo telefono per farci vedere. Lo schermo mostra una mappa, con una sfilza di nomi sotto.

«Cos'è questo?»

«Trova i miei amici. È un'app».

Glielo tolgo di mano. C'è una foto di Abi in un cerchio, sospesa sulla mappa. La tocco e si ingrandisce.

«È qui che si trova?». Siamo tutte e tre chine sullo schermo.

«Sì», replica Paige. «Non risponde alle chiamate, ma ha il telefono acceso».

«Il cimitero!», diciamo all'unisono io e Hilary.

«Perché non l'hai detto prima?», scatto.

Il suo viso, che fino a poco prima era così pieno di orgoglio, si spegne.

«Non pensavo...».

Mi protendo verso di lei per darle un bacio sulla fronte. «Mi dispiace. Scusa, Paige. È grandioso. È più che grandioso, è meraviglioso. Grazie».

Il cimitero.

«Posso prendere la tua macchina?», chiedo di getto a Hilary.

«Io verrò con te. Prendiamo il tuo telefono Paige, va bene? Te lo riporteremo».

CAPITOLO 48

«Pensavo che il cimitero fosse chiuso, a quest'ora», dice Hilary.

«È domenica, forse chiude più tardi. Puoi sbrigarti, per favore?».

L'ho già detto cento volte, e sono passati solo cinque minuti. I miei occhi sono fissi sullo schermo. Vedo Abi che gira per i viali e torna indietro.

«Ci credi? Che Eva insegni ad Abi a guidare?»

«Beh, teoricamente, è abbastanza grande per guidare», risponde Hilary. «Ma avrebbe dovuto chiedere il tuo permesso. Quello è sicuro».

«Non capisci. Non si tratta di questo, è ovvio. È una scusa per portare Abi in macchina. Se le succede qualcosa, giuro che...».

Siamo al cancello e Hilary aveva ragione, il cimitero è chiuso. Non me l'aspettavo. Hilary parcheggia la macchina e usciamo a dare un'occhiata in giro.

«Cosa facciamo, adesso?», gemo. Provo di nuovo a chiamare Abi. Nessuna risposta. «Non capisco. Di sicuro è lì. Guarda!». Inclino il telefono in modo che Hilary possa vedere. Fissiamo la foto di Abi che si muove su e giù, all'interno del cimitero.

«Proviamo da questa parte», suggerisce Hilary. Camminiamo svelte lungo il perimetro del muro. I miei occhi sono incollati allo schermo finché Hilary non mi afferra per le spalle. «È qui!».

Alzo lo sguardo; ha ragione. Il muro è terminato, è stato sostituito da una palizzata in ferro e manca un paletto. Il varco è stretto, ma riusciamo appena a passarci in mezzo. Giusto appena.

«Penso che sia da questa parte», sussurro.

Hilary sta facendo capolino da sopra la mia spalla. «Penso che sia laggiù». Indica in un'altra direzione, e ora non sono più sicura.

«Guarda, Crystal Avenue». Indico il cartello con il nome della strada. Iniziamo a correre, poi sbagliamo a svoltare, torniamo indietro, e cinque minuti dopo ci siamo. Siamo al centro di uno dei viali, proprio dove dovrebbe esserci Abigail.

«Dov'è?» Controllo di nuovo lo schermo del telefono e sembra che siamo nel posto giusto, ma Abigail non c'è, e nemmeno la macchina. E poi, un centinaio di metri più avanti, vedo lui, tra gli alberi scuri e spogli, dall'altro lato di un'aiuola.

Richard.

Non mi ha visto. È concentrato sul suo compito, a testa bassa, ha una felpa scura, tiene il cappuccio sopra la testa, ma so che è lui.

Mi giro verso Hilary. «Resta qui», sussurro e mi porto un dito alle labbra. Poi mi accovaccio e avanzo in fretta tra gli arbusti, avvicinandomi il più possibile, senza che lui si accorga della mia presenza. Ansima, mentre trascina un sacco di sabbia nella strada. Mi avvicino un altro po'. Si sta muovendo in modo strano, poi capisco. Ha gli auricolari.

Torno dove c'è Hilary che aspetta, nascosta dietro un albero.

«Non siamo arrivate troppo tardi. Grazie a Dio».

Chiude per un attimo gli occhi, emette un sospiro di sollievo. «Cosa facciamo, adesso?»

«Chiamiamo la polizia. Facciamola venire qui. Diciamo che c'è stato un incidente e che i cancelli del cimitero sono chiusi. Dirò...».

Ma poi sento il rumore, e una specie di scossa elettrica mi percorre la schiena. Scatto di nuovo tra gli arbusti. Richard è ancora là, ma la strada in quel punto curva, quindi è parzialmente nascosto dagli alberi e dal bordo di una grande lapide. E poi compare la macchina in lontananza. Una piccola macchina nera che non avevo mai visto prima.

Stanno andando troppo veloci. Anche da questa distanza, riesco a vedere che c'è Abi al volante. Corro verso di loro, agitando le braccia, e urlo. «Ferma la macchina! Ferma la macchina, Abi!». Ma stanno andando così veloci e riesco a vedere che il suo viso è stravolto, sta piangendo, ora lo vedo, sta urlando. *Mamma!!!!*

Ma non accenna a fermarsi, qualcosa decisamente non quadra; Eva è appoggiata contro Abi, Abi sta urlando qualcosa e io continuo a gridare: «SCENDI DALLA MACCHINA!». Io sono in piedi, con le mani sulla testa; mi volto e Richard sembra così lontano, si vede appena dietro la curva, con la schiena rivolta verso di noi; grido il suo nome ma lui non mi sente, e io ricomincio a gridare: «SCENDI DALLA MACCHINA!». Vorrei buttarmici davanti per fermarla con le mie mani, mentre la mia bambina urla e io grido ancora una volta, con tutto il fiato che ho in gola: ...*SCENDI DALLA MACCHINA!*

Si lancia verso di me, la mia bambina. Ho le braccia aperte e mi cade addosso. È saltata fuori dalla macchina. Siamo a terra, la mia spalla si è incastrata sul cordolo della strada. Tutti urlano, dopodiché c'è un rumore terribile, spaventoso... Non voglio guardare.

CAPITOLO 49

L'ha ucciso. Era quello, il suo ultimo colpo. La sua ultima vittoria! Uccidere Richard, il complice traditore. Lui, ovviamente, pensava che fosse un vero lavoro e di avere ancora almeno quindici minuti prima che arrivassero. Ma lei lo ha ingannato. Ha calcolato il tempo in modo che lui venisse colto di sorpresa.

Alla fine, il bersaglio era Richard.

È stata intelligente, Eva, a usare Abi. L'avrei denunciata, dopo questo fatto? Se Abi fosse stata al volante? Senza patente, in eccesso di velocità e colpevole di aver ucciso, e questa volta per davvero, qualcuno? Eva pensava di poter mettere le cose in modo da far credere davvero ad Abi che era stato un incidente e che lei era colpevole. Quando Abi mi ha visto, ha provato a fermare la macchina, ma Eva non glielo ha permesso: ha preso in mano il volante e ha premuto il piede sull'acceleratore. Abi ha provato a impedirglielo, ed Eva è andata fuori di testa. Era quasi sopra di lei, non voleva proprio lasciarla uscire, ma Abi ci è riuscita lo stesso. Ringrazio l'universo ogni giorno, per questo.

Tutte queste cose sono venute fuori durante il processo.

Eva è stata giudicata colpevole di omicidio di primo grado, e ora è in carcere. A vita. Ho sentito che sta provando a fare ricorso in appello, ma non mi preoccupo. Non riesco a immaginare come la possa spuntare. Una cosa buona, se così si può definire, è che nessuno ha tirato fuori le truffe che lei ha messo in atto. Certamente non la stessa Eva, e se ci pensiamo, perché avrebbe dovuto? L'estorsione è un crimine, in questo stato. Non le avrebbe giovato in alcun modo. Quindi la polizia, l'accusa, tutti, hanno pensato che Eva avesse ucciso Richard per gelosia, e che eravamo tutti coinvolti in una sordida storia di amanti e tradimenti. Io e Mark, Eva e Mark, io e Richard. E questo ha fatto sì che io e Adley non dovessimo testimoniare. Nessuna di noi vittime ha dovuto farlo.

Ma io e Adley, alla fine, abbiamo rintracciato le vittime, quelle di cui eravamo a conoscenza. E ne abbiamo trovate altre tre: altre tre donne. Forse ce ne sono ancora, non lo sappiamo. Ma a quelle che abbiamo contattato, abbiamo detto la verità.

Non è mai successo.

Non hanno riavuto quello che hanno perso, ma almeno sono riuscite ad andare avanti.

CAPITOLO 50

Oggi c'è una nuova insegna, all'ingresso dell'azienda. Io sono in piedi lì davanti e la guardo dal basso, con un gran sorriso sul volto. C'è scritto, a caratteri cubitali, *Rue & Nichols*. Mi piace molto, anche se speravo in *Nichols & Rue,* ma non è stato accettato. Sonya ha detto che ha pagato abbastanza da poter mettere prima il suo nome. Lei e Mark non stanno più insieme, ma ha mantenuto il nome. È un marchio, ha dichiarato. Tutto qui.

Abbiamo anche cambiato edificio, grazie a Dio. Non ci sono più quelle pesanti travi d'acciaio e quegli orologi enormi. Il nostro ufficio è accogliente, carino. Abbiamo anche delle tende che piacciono molto a Vlad.

Le cose si sono un po' complicate, quando Sonya ha buttato fuori Mark. Non ha dovuto pagargli nemmeno un centesimo, per cui lui ora è più al verde che mai, ma non è tutto. Sonya gli ha chiesto di interrompere seduta stante il round di finanziamento della SunCell e di rimborsare gli investitori, ma lui ha rifiutato. Anche di fronte alla prospettiva del rigetto della domanda di brevetto, e con il valore del prodotto ridotto, beh, praticamente a zero, non ha cambiato idea. Ha detto che alla fine la SunCell avrebbe fatto le cose per bene e che il prossimo brevetto avrebbe avuto successo. Deve per forza andar bene, ha affermato. Come se lo sapesse. E comunque, non è contro la legge sbagliare, ha dichiarato. Teoricamente ha ragione, ma tutti perderebbero i loro soldi. Mi sarebbe piaciuto vedere Mark mentre spiegava a Vlad i motivi per cui i suoi dieci milioni di dollari sono scomparsi nel nulla.

Io non c'ero, quando Sonya ha licenziato Mark, e lei ha detto che era "piuttosto scioccato". Ma cosa poteva farci? Nonostante tutta la sua spavalderia, le macchine supercostose e le appariscenti penne stilografiche, era sempre un idiota. No, non è questo che avevo intenzione di dire. Volevo dire, era sempre un dipendente. Licenziarlo era nel pieno diritto di Sonya. E Vlad ha riavuto i suoi soldi, insieme a una lettera di Sonya, dove lei gli spiegava personalmente la situazione e gli diceva che, d'ora in poi, noi avremmo avuto la situazione sotto controllo. È venuto a ringraziarci personalmente. «Non capita tutti i giorni, nella mia attività, di incontrare persone oneste», ha commentato. «Questo richiede coraggio». È ancora il nostro miglior cliente.

Della squadra originale, abbiamo tenuto solo Liam (Responsabile Tecnico Informatico) e Aaron l'avvocato (Responsabile Legale). Questo è quanto. Tutti gli altri hanno trovato lavoro altrove, e non ne sento la mancanza.

Adley del Wi-Fi è ora responsabile del settore innovazione. L'ho reclutata e si è trasferita qua da New York. È fantastica. Ma lo sapevamo già.

Hilary gestisce il nostro dipartimento di pubbliche relazioni. La mia cara amica Hilary. Hilary ed Henry non stanno più insieme. Si è scoperto che lui era uno stronzo piuttosto dispotico. Forse era anche violento, ma lei non ne vuole parlare. Lei voleva lavorare, le sarebbe piaciuto lavorare, e lui glielo aveva proibito. Nel ventunesimo secolo, Henry proibiva a sua moglie di lavorare. Quindi, ecco che quando le persone ti rivolgono commenti sarcastici, criticano le tue scelte, hanno sempre fretta di giudicare, forse non ce l'hanno con te, forse sono solo spaventate.

Sto parlando di me, a proposito, non di Hilary.

Hilary aveva i suoi difetti, ma si è rivelata un'amica meravigliosa, la migliore che potessi desiderare e più di quanto meritassi. E se posso aiutarla in qualche modo, nessuno al mondo potrà impedirmelo.

Mia madre è morta serenamente due mesi fa. È stato un sollievo, sotto tanti aspetti. Alla fine, ho tenuto la casa di Kirkland Place, e adesso ci abitiamo io e Abi. Sasha è venuta da Los Angeles e, insieme a Hilary, mi ha aiutato a catalogare e mettere all'asta il contenuto della casa. Come già sapevo, c'erano molti oggetti preziosi. Opere d'arte, splendidi mobili, libri, tra cui una prima edizione rarissima e molto costosa di una delle opere fondamentali della teoria della probabilità.

Non ho potuto fare a meno di pensare a Eva, dopo aver messo all'asta il tutto. Solo quel libro valeva più di trentamila dollari, quindi direi che ho guadagnato molto, da quell'asta. Dove sarebbe lei, ora, se le avessi dato quei soldi? Non nell'istituto penitenziario di Framingham, questo è certo.

Non ho potuto resistere. Le ho mandato una cartolina. Non proprio anonima, anche se certamente non si poteva distinguere il mio nome dallo scarabocchio che ho messo come firma. Ma lei capirà.

Ehi, Eva, indovina quanto ho ricavato dal contenuto della mia casa? Poco più di un milione di dollari! Ci credi? Un milione di dollari! Quante erano le probabilità?

NOTE DELL'AUTRICE

Caro lettore,

i miei più sentiti ringraziamenti per aver acquistato *L'Incidente*. Mi è piaciuto moltissimo scriverlo e spero che sia stato di tuo gradimento.

Va detto che i personaggi di questo libro non sanno nulla della sindrome da stanchezza cronica. È una malattia complicata e l'estrema stanchezza è solo uno dei suoi numerosi gravi sintomi. Se desideri saperne di più su questo particolare disturbo, il seguente articolo di Harvard Health Publishing è un buon punto di partenza:

www.health.harvard.edu/a_to_z/chronic-fatigue-syndrome-a-to-z

Se desideri dare un'occhiata agli altri miei libri, visita il mio sito Web: www.nataliebarelli.com

RINGRAZIAMENTI

Sono molto fortunata ad avere accanto delle persone meravigliose. Mi aiutano a creare libri migliori e sono molto grata a tutte loro.

Un grazie di cuore alla mia favolosa editor Traci Finlay, soprattutto per i suoi suggerimenti brillanti e il suo meraviglioso entusiasmo!

Un ringraziamento altrettanto sentito a Mark Freyberg, per avermi ancora una volta generosamente concesso il suo tempo per rispondere alle mie domande su tutte le questioni legali.

Grazie alla mia famiglia, ai miei adorabili amici che mi sostengono anche più del necessario, e in particolare a mio marito, che è presente in troppi modi perché io possa elencarli qui.

E a te, caro lettore, grazie per aver letto questo libro. Significa moltissimo per me, come sempre.